SPIRITUS

DU MÊME AUTEUR

Le Général de l'armée morte, roman, Albin Michel, 1970.
Le Grand Hiver, roman, Fayard, 1978.
Le Crépuscule des dieux de la steppe, roman, Fayard, 1981.
Le Pont aux trois arches, roman, Fayard, 1981.
Avril brisé, roman, Fayard, 1984.
La Niche de la honte, Fayard, 1984.
Les Tambours de la pluie, roman, Fayard, 1985.
Chronique de la ville de pierre, roman, Fayard, 1985.
Invitation à un concert officiel et autres récits, nouvelles, Fayard, 1985.
Qui a ramené Doruntine ?, roman, Fayard, 1986.
L'Année noire, suivi de *Le cortège de la noce s'est figé dans la glace*, récits, Fayard, 1987.
Eschyle ou le grand perdant, Fayard, 1988 et 1995.
Le Dossier H., roman, Fayard, 1989.
Poèmes (1958-1988), Fayard, 1989.
Le Concert, roman, Fayard, 1989.
Le Palais des rêves, roman, Fayard, 1990.
Le Monstre, Fayard, roman, 1991.
Printemps albanais, Fayard, 1991.
Invitation à l'atelier de l'écrivain, suivi de *Le Poids de la Croix*, Fayard, 1991.
La Pyramide, roman, Fayard, 1992.
La Grande Muraille, suivi de *Le Firman aveugle*, récits, Fayard, 1993.
Clair de lune, récit, Fayard, 1993.
L'Ombre, roman, Fayard, 1994.
Œuvres, t. I, II, III, IV, Fayard, 1993, 1994, 1995, 1996.
L'Aigle, récit, Fayard, 1996.
Récits d'outre-temps, Stock, 1996.
Les Adieux du mal, récit, Stock, 1996.

SUR L'AUTEUR ET SON ŒUVRE

Éric Faye : *Ismail Kadaré, Prométhée porte-feu*, José Corti, 1991.
Ismail Kadaré, Entretiens avec Éric Faye, José Corti, 1991.
Migjeni, *Chroniques d'une ville du Nord*, précédées de *L'Irruption de Migjeni dans la littérature albanaise*, par Ismail Kadaré, Fayard, 1990.
Anne-Marie Mitchell, *Ismail Kadaré, le rhapsode albanais*, Le Temps parallèle, 1990.
Fabien Terpan, *Ismail Kadaré*, Éd. universitaires, 1992.
Ismail Kadaré, Gardien de mémoire, colloque, Association des écrivains de langue française, présenté par Maurice Druon, sous la direction de J. Augarde, S. Dreyfus, E. Jouve, SEPEG International, 1993.
Ismail Kadaré, *Dialogue avec Alain Bosquet*, Fayard, 1995.

Ismail Kadaré

SPIRITUS

*roman avec chaos,
révélation, vestiges*

traduit de l'albanais par
Jusuf Vrioni

Fayard

Première partie

CHAOS

1

Nous pénétrâmes sur le sol albanais par la frontière orientale. On était en plein hiver. La plaine de Macédoine que nous laissions derrière nous était gelée. Nos hôtes d'ici, nous voyant essuyer les vitres embuées de la voiture pour mieux distinguer le paysage, nous dirent en plaisantant que c'était toujours le même hiver. Du moins jusqu'aux abords de la capitale. Nous étions maussades et fourbus.

Cela faisait de longs mois que nous sillonnions les espaces de l'ex-empire communiste. Personne ne comprenait au juste ce que nous cherchions. Nous évitions les explications, mais, eussions-nous désiré renseigner nos interlocuteurs, nous n'aurions pu le faire convenablement. Certains jours, nous ne savions pas nous-mêmes très clairement après quoi nous courions.

Nos caisses contenaient toutes sortes de dossiers, de témoignages. Des horreurs, des statistiques, des plans de camps et de prisons, des lettres d'internés, des décisions secrètes et, bien sûr, des coupures de journaux. Tous ces documents nous avaient paru passionnants quand nous les avions recueillis, mais, bizarrement, nous ne tardions pas à trouver notre butin banal et rebattu. Nous finîmes par formuler explicitement ce que nous n'avions pas soupçonné naguère : que l'histoire du communisme était universelle, indépendamment de la variété des pays et des peuples qui l'avaient subi. Tout comme l'hiver... Et, à présent, le premier voile de l'oubli qui commençait à les recouvrir faisait encore ressortir davantage leur aride uniformité.

Nous cherchions autre chose. Quelque chose de singulier, un de ces événements ou phénomènes qui ont le don de condenser à l'extrême une vérité largement diffuse. Nous étions persuadés qu'un fléau aussi répandu – sur près de la moitié du globe – ne pouvait pas ne pas avoir produit des manifestations d'une espèce jamais vue, de celles qu'on qualifie de surnaturelles.

Par moments, nous nous découragions, surtout à l'idée que, puisque les corps célestes, sans même avoir jamais eu le moindre contact entre eux, sont plus ou moins faits du même matériau, nous pouvions difficilement espérer trouver dans la composition de notre petite planète une substance nouvelle, et, qui plus est, ayant impérativement été sécrétée au XXᵉ siècle !

Dès lors, au terme de notre périple, nous comprenions que nous avions trop attendu de la terreur. Nous avions pensé que, de par son intensité, elle avait pu transgresser les limites du possible et engendrer des événements ou phénomènes que l'esprit humain n'avait encore jamais imaginés. Nous nous astreignions à nous les représenter sous la forme de faits qui n'auraient jamais dû se produire, mais qui, par suite d'une erreur ou d'une négligence, avaient surgi du gouffre obscur de l'outre-monde comme Œdipe était sorti par erreur du ventre de sa mère pour réintégrer ces ténèbres.

Souvent, il nous arrivait de penser que de pareils
épisodes s'étaient peut-être produits, mais qu'ils ne
s'étaient sans doute manifestés qu'un instant, et qu'il
ne s'était trouvé personne à proximité pour les
constater. Ou bien que, même si d'aucuns avaient
assisté à ces phénomènes, ils n'avaient peut-être pas
bien compris de quoi il retournait. Ou encore – dernière hypothèse – que, pour une raison ou une autre,
il leur avait été impossible d'en témoigner.

À certains moments, nous avions l'impression que
c'était dans les régions froides, là où la neige s'interposait pendant de longs mois entre la terre et le ciel,
que nous trouverions plus aisément ce que nous cherchions. Mais peut-être le sable du désert dont le
ventre avait il y a très longtemps expulsé la vie était-il
mieux fait pour nous le livrer ? Sous le soleil torride,
ce qu'on voyait se mettrait à trembler trompeusement au-dessus de la surface, à deux doigts d'engendrer des mirages.

Dans l'espace ex-communiste, on pouvait trouver
toutes les variétés de sols et d'eaux. Il nous semblait
que, pour révéler quelque chose, il n'aurait fallu aux
marais survolés par la lune qu'un bref instant de torpeur, le temps de participer à l'amalgame nécessaire
avec un chagrin, un cri de corbeau, un bijou égaré...
Mais non, même cela n'aurait rien donné.

Parfois, nous nous disions que si l'histoire terrifiante que nous recherchions ne se manifestait pas,
c'était pour des raisons que nous ne pouvions appréhender. Peut-être devait-elle rester de ce côté du
globe où nous nous trouvions encore, afin de ne pas
en rompre l'équilibre et en déplacer l'axe ?

Toutes ces conjectures nous vinrent naturellement à l'esprit au fur et à mesure que nous nous enfoncions plus profondément en territoire albanais. Nous n'ignorions pas que c'était un vieux pays de légendes, et pourtant, compte tenu des déconvenues que nous avait déjà occasionnées l'ancien et immense empire, son appendice, cette Albanie, était bien incapable de ranimer nos espoirs.

Notre véhicule gravissait à faible allure une route de montagne. De part et d'autre, la neige, semée de cavités et de crevasses noirâtres, évoquait des masques de tragédie. Nous ne pouvions en détacher nos regards, peut-être parce qu'il paraissait s'en falloir de peu qu'elle surmontât son empêchement et se mît à nous parler.

2

En Albanie, nous trouvâmes plus ou moins ce à quoi nous nous attendions. Les hôtels, toutefois, étaient moins lugubres, les cafés plus enfumés.

À chaque pas, nous croisions des anciens communistes désemparés, comme empoussiérés. Les ex-détenus hochaient eux aussi leurs têtes grisonnantes, mais plus comme au début, quand ils arboraient un air menaçant. La lassitude marquait la plupart, même les fous. Les ci-devant propriétaires étaient eux aussi fatigués par leurs interminables démarches dans les bureaux des mairies, chez les avoués, et surtout par la recherche de leurs vieux titres fonciers.

Certains de ces documents portaient des sceaux de régimes depuis longtemps renversés ou étaient rédigés dans des alphabets étrangers qu'on n'employait plus nulle part, voire dans des idiomes non indo-européens.

Sans doute pour respecter le rituel, peut-être aussi pour soulager notre conscience, nous nous offrîmes spontanément à expliquer ce que nous cherchions à nos accompagnateurs. Nous avions répété tant de fois notre petit laïus que, parfois, nous en avions nous-mêmes la nausée : Un événement tragique, subit, comme une faille causée par un coup asséné dans le mur séparant ce monde-ci de l'autre. Une brèche qui nous laisserait entrevoir un bref instant ce qu'il y a là derrière. Une vision de l'au-delà, de celles qu'on qualifie d'oniriques. Devenue ainsi sous l'effet de quelque écartèlement ou contraction horrible. Inintelligible pour notre cerveau. Telle qu'elle s'autodévorerait, s'engloutirait en elle-même... et que nous nous évertuerions à la faire changer de sens... à l'attirer... vers nous... pour la sortir... des ténèbres...

Nos cicérones souffraient à nous écouter ; on voyait bien qu'ils désiraient sincèrement que nous cessions de nous tournebouler. Mais l'empêchement qui se lisait dans leurs yeux ressemblait à celui que semblaient exprimer les trous béants dans la neige en bordure de la route.

Quelques jours plus tard, nous commençâmes à recueillir divers éléments et fûmes éclairés par les témoignages que l'on nous apportait. Ils n'avaient plus trait à des événements ordinaires : drames familiaux provoqués par l'État, création d'une psychose en prélude à une campagne de terreur, phases d'autoexcitation du Guide suprême... Les faits devenaient maintenant de plus en plus singuliers. Un homme que l'on croyait mort depuis longtemps était réapparu, tout comme dans les vieilles ballades. Mais nos accompagnateurs avaient parfaitement compris que la mort qui l'avait emporté puis fait resurgir n'avait été qu'une manipulation de la police secrète. Pour ne pas les chagriner, nous nous abstînmes de leur indiquer que c'était une méthode employée on ne peut plus couramment par tous les services spéciaux communistes. À Tobolsk, en Russie, où l'un des supplices les plus fréquents consistait à descendre quelqu'un dans une fosse à côté d'un individu tout juste passé de vie à trépas, on avait une fois, à l'ouverture de la sépulture, confondu le défunt et le supplicié, et cette permutation n'avait été découverte qu'au bout de plusieurs années, quand la famille du mort avait enfin obtenu l'autorisation de récupérer sa dépouille.

Nous continuâmes d'enregistrer des épisodes analogues, surtout parmi ceux rappelant ces très anciennes malédictions qui poursuivaient de génération en génération les familles et qui n'étaient pas sans faire écho à la lutte des classes. Comme dans la plupart des pays de l'Est, en Albanie, la malédiction n'exerçait pas son effet sur plus de trois générations. Mais nous n'ignorions pas qu'en Russie, en Mongolie, elle pouvait frapper jusqu'à cinq.

Ces faits étaient troublants ; pourtant, il leur manquait toujours quelque chose pour se muer en véritables mythes. Les moules des mythes anciens, les seuls à permettre de faire face à tout ce deuil et à toutes ces ténèbres, étaient disposés là, à côté, comme des poteries récemment mises au jour par des archéologues. Mais événements actuels et moules antiques restaient séparés.

Depuis quelque temps déjà, nous avions l'intuition qu'un événement, pour être tel que nous le recherchions, se devait d'avoir sécrété lui-même sa carapace. De surcroît, ceux-là étaient encore immatures, trop « verts », comme nous disions, et il leur faudrait au moins deux cents, peut-être même trois cents ans avant d'avoir pu acquérir la patine et la concision de la légende.

Nous interrogeâmes les Albanais sur le prétendu mort pour vérifier si certains avaient pu vraiment croire qu'il était venu de l'autre monde. Mais, à chaque fois, on nous sourit : ç'aurait été bien trop naïf, quand il était de notoriété publique que les dossiers de la Sûreté accomplissaient d'encore bien plus grands prodiges. Et puis, ces dossiers étaient devenus on ne peut plus familiers à tous ; on en parlait comme de la pluie et du beau temps...

Nous souriions nous aussi, mais en grimaçant. Ce qui devait choir d'abord, s'étioler comme l'involucre ou la bogue, de façon que l'événement s'allégeât de son premier fardeau, c'était le dossier. Quand celui-ci aurait disparu, l'événement lui-même fabriquerait la première couche de son écorce protectrice, puis la deuxième, la troisième, jusqu'à se reclore dans la mystérieuse carapace du mythe.

Jamais nous ne parviendrions à ce stade, pour une simple raison : la brièveté de l'existence humaine. Aussi nous hâtions-nous, mais, après chaque accès de précipitation, nous nous étions sentis encore plus découragés : ainsi à travers les plaines de Pologne, puis au milieu de la neurasthénie hongroise, en sillonnant la Tchéquie couverte de poussier... Seul et mince espoir à nous rester : le mirage qu'avait pu engendrer quelque terreur surnaturelle. Nous évoquions de plus en plus souvent l'exemple de ces victimes dont les cheveux, d'épouvante, au lieu de mettre trente à quarante ans à blanchir, le faisaient en un instant.

Un soir, l'un de nous crut distinguer dans le ciel un éclair languide et glacé, puis, sur le point de s'assoupir, il eut l'impression qu'un lourd remords pesait sur la moitié gauche de la ville. Il attendit quelques minutes que l'orage éclate, puis fondit en sanglots en se remémorant un très ancien chagrin.

Un autre jour, nous trouvâmes notre chef plongé dans le manuel *L'albanais sans peine*. Nous l'avions souvent entendu dire que la langue d'un peuple recèle parfois les clés qui permettent de percer ses mystères, mais, comme il avait formulé le même jugement à Saint-Pétersbourg, ainsi qu'à Budapest, sans connaître ni le russe ni le hongrois, nous pensions qu'il n'aurait jamais osé s'attaquer au difficile parler des Albanais.

De fait, même à distance, on devinait déjà comme il souffrait au froncement de ses sourcils et aux plis de son crâne presque chauve. Il attendait impatiemment la venue des habitants du cru pour les tourmenter à leur tour par quelque question piège. Dieu sait où il avait débusqué certaines locutions intraduisibles comme « *jour à ne jamais venir* », « *événement à ne jamais se produire* », et surtout un mode verbal qui les sous-tendait et n'avait cours qu'en albanais, peut-être un peu aussi en grec ancien. D'après lui, ce mode servait à charger les verbes albanais d'une intention, autrement dit à leur conférer un pouvoir soit bénéfique, soit maléfique.

Nous ne fûmes pas les seuls à en demeurer pantois, les autochtones aussi, car, comme eux-mêmes devaient le reconnaître, s'ils n'ignoraient bien entendu pas ce mode et l'employaient dans leur conversation quotidienne, jamais leur réflexion ne les avait entraînés aussi loin.

Notre chef les transperça d'un regard qui parut tour à tour rigolard et malveillant, comme si le pouvoir tantôt mauvais, tantôt bienfaisant de la langue albanaise l'avait déjà habité. Bien sûr, jamais vous n'y avez pensé, disait-il, car vous ne voyez pas plus loin que le bout de votre nez. Vous usez de ce mode, mais vous ignorez que c'est l'instrument qui forge toutes ces malédictions et bénédictions que l'on rencontre chez vous plus que partout ailleurs. Vous ouvrez des yeux de chats-huants, mais c'est parce que vous ne soupçonnez pas que, d'après votre tradition ancestrale, les divinités mineures, les Oras, vos fées, ne font qu'errer par monts et par vaux pour récolter, puis porter là où il se doit les bénédictions ou malédictions qu'elles entendent. Comprenez-vous maintenant que ce sont justement elles qui font marcher cet instrument ? Et vous rendez-vous compte que, quand les poètes d'autrefois considéraient l'albanais comme une langue divine, ils le faisaient non point parce qu'ils ajoutaient foi à ces balivernes, mais simplement parce qu'ils savaient que le mode optatif du verbe, ce trésor qui la distingue de toutes les autres langues de la planète, a rapport avec les divinités que sont les Oras ? Vous ne voulez pas le savoir ? Vous ne savez en fait que vous plaindre. Et c'est aussi pour cette raison que votre Guide, votre pope ou hodja, comme vous voudrez, vous a défigurés tout en vous opprimant, avant de finir par pondre parmi vous, comme autant d'œufs de chouette, un demi-million de casemates !

À mesure qu'il parlait, sa colère paraissait augmenter, tant et si bien que nous crûmes qu'il allait empoigner quelqu'un à la gorge ou se faire écharper par les autochtones offusqués. Lui-même, à ce qu'il sembla, éprouva cette crainte, car, au comble de l'exaspération, il tourna brusquement les talons et alla s'enfermer dans sa chambre.

3

Après le refroidissement des relations entre le chef et notre petite escorte, nous nous attendions à ce qu'en résultassent des suites fâcheuses pour l'ensemble de notre collaboration. Or, c'est exactement le contraire qui se produisit. Peut-être à cause même de cette friction, à moins que ce ne fût que pure coïncidence, quarante-huit heures plus tard, le matin, comme nous prenions le café au bar de l'hôtel, un de nos accompagnateurs nous déclara qu'apparemment nous étions tombés sur les traces de ce que nous recherchions. Il s'agissait d'un épisode dont on disait qu'il était survenu dans la ville voisine, un fait mystérieux ou, pour user de l'optatif, un fait *à ne jamais se produire...*

Notre chef baissa les yeux et fit mine de ne pas avoir relevé, dans la voix de l'autre, l'intonation ironique témoignant qu'il avait oublié son courroux de l'avant-veille et comptait que ses interlocuteurs en fissent autant.

— Trêve de plaisanteries ! coupa notre autre guide. Ce qu'on raconte est en effet très étrange. Tout en sirotant son café, il précisa : – Dans la ville voisine, ou un peu plus loin, il y a de cela plusieurs années, la police secrète albanaise a réussi à capturer un esprit.

Nous restâmes un moment silencieux et, comme notre chef avait encore les yeux rivés sur sa tasse, nous eûmes, connaissant ses manies, l'impression qu'il attendait nos questions, alors qu'en l'occurrence c'était à lui d'en poser. Que voulait dire « capture d'un esprit » ? Quand cela était-il arrivé ? Dans quelles circonstances ? De quelle façon ?

Nos accompagnateurs haussèrent les épaules comme pour dire : comment peut-on formuler de pareilles interrogations ?

Ils avaient raison. C'étaient des questions oiseuses, comme le « C'est vrai ? » que les gens lancent à tort et à travers dans la conversation de tous les jours.

La seule à compter fut posée une fois passé le premier moment d'ahurissement : cet événement avait-il quelque consistance, ou bien n'était-ce que le fruit d'une imagination débridée ?

Nos cicérones répondirent qu'ils en savaient maintenant assez long sur notre travail et nos recherches pour se garder de nous servir des récits de science-fiction ou des histoires abracadabrantes. On avait toutes raisons de croire que celle-ci était fondée sur un épisode réel, même si, pour l'heure, il demeurait obscur. Les faits étaient d'ailleurs rapportés selon deux variantes : la capture d'un esprit par un agent de la Sûreté, et la surveillance d'un individu au-delà de sa mort.

— Deux variantes... Seigneur, comme dans l'Antiquité !

C'était la première fois que le chef rouvrait la bouche.

La conversation finit par se détendre et nous commandâmes un second café. Les Albanais nous dirent qu'ils avaient déjà eu vent de tout cela, mais que c'était seulement ici, dans la ville de B., qu'ils s'étaient convaincus que cette histoire qui avait tout d'un conte à dormir debout cachait en fait quelque chose de bien réel. Tout, cependant, y était camouflé avec soin. À ce qu'il semblait, la Sûreté albanaise avait tenu à tout prix à garder secrets et la manière dont elle avait agi, et les moyens auxquels elle avait eu recours. Les avait-elle cachés comme on le fait d'une précieuse invention, ou bien parce qu'elle comptait les réemployer ?

Nous revînmes à maintes reprises sur le sens des expressions « capture d'un esprit » et « surveillance après la mort ». Est-ce que « capture » voulait dire arrestation d'un esprit, en quelque sorte sa mise aux fers, ou bien ce vocable avait-il en albanais d'autres connotations ? Les autochtones nous assurèrent que le mot était employé ici dans son sens premier, autrement dit de prise au piège, comme on attrape les oiseaux ou les papillons. Alors que « surveillance après la mort » était plus flou : on pouvait l'entendre comme celle du cadavre, ou bien du fantôme qui s'était manifesté, ou plutôt dont on pensait qu'il était apparu aux gens qui avaient eu jadis affaire à lui.

Certes, tout cela était encore bien brouillasseux. Nos accompagnateurs durent même se rendre jusqu'à la ville voisine pour élucider un point, mais sans succès. La seule chose dont ils se convainquirent, c'est que l'événement ne s'était pas réellement produit là, mais plus loin, et même très loin de là. Si, dans l'esprit de beaucoup, la ville voisine passait pour en avoir été le cadre, c'est parce qu'y avait été menée une enquête sur une pièce qui devait y être représentée et qu'on avait interdite. Nos guides évoquèrent un moment ce spectacle censuré. Il s'agissait de la pièce de Tchekhov, *la Mouette* ou « Heureuse Blanche », comme on l'intitulait en vieil albanais.

Tandis qu'ils parlaient, notre chef faisait craquer avec impatience la jointure de ses doigts. Finalement, il ne put se retenir :

— Vous me rendez fou, avec votre pièce ! Vous causez, causez, et vous finissez toujours par revenir à elle ! Mais comment savez-vous que cette histoire a quoi que ce soit à voir avec elle ?

Ils restèrent un instant décontenancés. Puis, presque d'une seule voix, ils répondirent que tous ceux qui avaient entendu parler du « piège à esprit » (c'était la première fois qu'ils employaient cette expression) en venaient à un moment ou à un autre à évoquer la pièce interdite.

— Alors, il n'y a pas une minute à perdre, s'exclama le chef. Allons-y !

4

Aujourd'hui encore, quand je rouvre le cahier où j'ai retranscrit les propos des membres de la troupe encore en vie, je me mets, comme alors, à trembler. Pourtant, rien ne justifiait une pareille réaction. De prime abord, il s'agissait d'une interdiction parmi d'autres, de celles qui se comptaient par milliers dans l'Est sans fin et qui frappaient depuis les simples représentations d'amateurs dans les kolkhozes russes jusqu'aux spectacles de l'Opéra de Berlin. Pourtant, un tremblement sourd, de ceux qui paraissent monter du tréfonds de l'être, parut nous prodiguer un mystérieux signal. Quelque part sous nos pieds, profondément, très profondément, se trouvait peut-être, sinon ce que nous cherchions, du moins un boyau y conduisant.

Nous étions encore en haut, tout en haut, à la surface de la Terre, alors que le mystère, lui, était tapi en bas, au-dessous d'horribles et infranchissables crevasses. Nous étions, si l'on peut dire, à l'extérieur de l'écorce qui enveloppait l'événement, et des couches entières de boue, de pierraille, de craie, peut-être aussi de charbon, nous en séparaient ; pourtant, même à distance, de sous son abominable gangue il irradiait l'angoisse.

Nous ne savions encore rien. Nous ignorions non seulement quel était le noyau de l'histoire, mais aussi le moindre détail pouvant s'y rattacher, comme, par exemple, cette pièce de théâtre qui avait été mise à l'index.

Quiconque aurait entendu les mots « pièce maudite ! » aurait d'abord songé à l'une de ces campagnes à répétition dont la vie littéraire et artistique faisait naguère les frais. Mais, en l'occurrence, il s'agissait de bien autre chose. La malédiction avait été proférée par quelqu'un qui n'avait jamais entendu prononcer le nom de Tchekhov, qui n'avait même jamais assisté à une quelconque représentation publique : la vieille Drane, une femme âgée de quatre-vingt-deux ans, de confession catholique, vivant dans un hameau proche de Lezhe. Mais on ne devait apprendre tout cela que plus tard...

Nous fûmes dans la ville de B. le soir même. De loin, ses lumières ne nous parurent guère accueillantes. Peut-être est-ce nous qui étions dans une disposition d'esprit peu favorable, pour ne pas dire hostile ; peut-être en était-il vraiment ainsi. En pénétrant dans l'agglomération, nous eûmes l'impression de mieux comprendre. Comme dans toutes les villes de ce qui s'appelait l'Est, la plupart des bars et autres débits de boissons portaient des dénominations occidentales. Sauf qu'ici, tout était outré : « Beverly Hills », « Eva de Saint-Germain-des-Prés », « Roma », « Monte Carlo »... L'oubli du passé, auquel ce monde avait depuis si longtemps aspiré, cette ville, on le sentait, le recherchait exaspérément. Nous avions l'impression d'être des messagers de mauvais augure rapportant un souvenir qu'on eût préféré savoir effacé.

Avant de nous enquérir des membres de la troupe, nous parcourûmes plusieurs fois la rue principale dans les deux sens. Puis nous nous arrêtâmes devant le bâtiment du théâtre. Les affiches de la dernière représentation flottaient, lacérées par le vent. On annonçait une nouvelle création, mais le bâtiment paraissait désert. Le samedi, nous dit-on, il n'y avait pas répétition mais nous pouvions, si nous le souhaitions, trouver les comédiens au café L'As.

Nous nous y rendîmes. La fumée de cigarettes était suffocante. On nous prit pour les représentants d'une firme cinématographique en quête d'acteurs locaux pour faire de la figuration, et l'on vint à nous avec empressement. Puis, déçus d'apprendre que nous ne nous intéressions qu'à des représentations passées, les gens nous demandèrent en se tapant le front : vous parlez sérieusement ?

On aurait dit que, pour eux, cette époque n'avait jamais eu cours. Certains ne croyaient même pas que le théâtre eût réellement servi une seule fois. Beaucoup nous dirent qu'il avait surtout hébergé des réunions commémoratives. Plus rarement quelque procès public. Puis, comme nous insistions qu'il y avait également eu des spectacles, ils rassemblèrent leurs souvenirs. Oui, bien sûr, il y en avait eu, mais il s'agissait de pièces, comment dire... sur les coopératives. Du socialisme réaliste, comme on appelait ça à l'époque. Réalisme socialiste ! corrigea un autre. Ah oui, mais n'est-ce pas bonnet blanc, blanc bonnet ?

Quand nous les interrogeâmes sur *la Mouette*, ils baissèrent la tête. Ils l'avaient chassée, semblait-il, de leur mémoire, et il leur fallut un certain temps pour en raviver le souvenir.

La Mouette de Tchekhov ? Oui, bien sûr, j'en ai entendu parler. Il y a même eu toute une histoire à son propos. Une ténébreuse affaire qui n'a jamais été élucidée...

Quoi donc ? Qu'est-ce qui n'a jamais été éclairci ?

Ils haussaient les épaules tout en se regardant les uns les autres.

Oui, une histoire vraiment très obscure.

Parce que la pièce avait été frappée de malédiction ? Avez-vous entendu dire qu'elle avait été vouée à tous les diables par une vieille femme ?

Oui, oui, cela aussi, nous l'avons entendu raconter, mais le brouillard tombant sur cette pièce n'a pas été provoqué par la malédiction. C'est peut-être même le contraire...

Qu'est-ce que cela veut dire, le contraire ? Que c'est le brouillard qui a engendré la malédiction ?

Possible... Mais c'est déjà une vieille histoire. Et comme elle est mystérieuse, elle le paraît deux fois plus.

Et personne n'en parle plus ?

Personne, je suppose. Aujourd'hui, les gens sont attirés par d'autres choses. La dernière fois qu'il en a été question remonte, si je ne m'abuse, au lendemain de la chute du communisme. Un comédien fut tué en pleine rue d'un coup de fusil de chasse. C'est alors, si mes souvenirs sont bons, qu'il fut encore question de *la Mouette*. Après, plus jamais.

« Un acteur tué et on ne nous en a rien dit ?... Oh non ! » gémit notre chef, et il se prit le front à deux mains comme s'il avait voulu empêcher son crâne d'éclater.

5

Pour la plupart, ils étaient morts ou avaient quitté cette localité. Nous retrouvâmes seulement le directeur du théâtre, l'épouse du metteur en scène et une des principales comédiennes, celle qui avait interprété le rôle de la Mouette. Tous conservaient encore des affiches du spectacle, désormais jaunies, avec une mouette abattue au bord d'un lac. Et, naturellement, des photos de la première. Le moment de la remise des bouquets. Du rimmel avait dégouliné de l'œil droit de la vedette, à cause des larmes. Quelques vues de la salle : des visages rayonnants, d'autres hébétés comme face à une énigme.

Le directeur : Je n'ai rien pigé. Interdire une représentation, y compris au tout dernier moment, quand les billets sont tous vendus, était on ne peut plus courant. Mais ce qui s'est produit avec *la Mouette* était inexplicable. Des ordres opposés sont venus de directions diverses. L'un annulait l'autre. La représentation fut suspendue à quatre reprises et autorisée le même nombre de fois, avant d'être finalement interdite. Et, à chaque fois, pas la moindre explication. L'énigme était telle que le bruit courut que la Sûreté locale était pour, et le Comité du Parti, contre. Quand j'entendis cette version, je crus à une plaisanterie de mauvais goût que la police répandait elle-même pour se moquer des gens ou pour Dieu sait quelle autre raison. Plus tard, lorsque des purges ont eu lieu à la Sûreté, je me rappelle, un des griefs avancés fut son attitude tolérante vis-à-vis de *la Mouette* ! Vous imaginez ? Puis le brouillard retomba, et Dieu sait quel brouillard ! Tant d'années se sont écoulées depuis lors sans que j'aie jamais pu rien y comprendre...

Pour ce qui est de l'histoire de l'esprit capturé, je crois bien avoir entendu parler de quelque chose de ce genre à l'époque, mais très vaguement. Nous étions nous-mêmes si angoissés que de pareils récits ne nous faisaient plus ni chaud ni froid.

L'épouse du metteur en scène : Tous en prirent pour leur grade. Mais ce fut certainement lui qui eut le plus à pâtir. Je suis certaine que ce sont ses tourments qui lui ont flanqué le cancer. Des journées entières d'inquiétude, puis voici qu'un petit espoir tout pâlichon se mettait à luire au loin. Ou, au contraire : dans l'ardeur au travail, un funeste grognement qui venait tout trancher comme avec un couteau. La nuit, il lui arrivait de délirer. Dans son sommeil, il me prenait la main comme pour me tâter le pouls. Le spectacle continue, murmurait-il. Puis, brusquement, d'une voix coupante, il décrétait : C'est fini !... Et je ne parle pas des autres causes de souffrance. Les réunions harassantes, parfois jusqu'à trois heures du matin. Des questions, des interrogatoires à n'en pas finir. Pourquoi avez-vous choisi précisément cette pièce ? Que pensez-vous des drames révolutionnaires de la littérature contemporaine ? Quel symbole avez-vous trouvé dans la mort de la Mouette ? Saviez-vous que nos camarades chinois ont interdit cette œuvre ? Sur chaque point lui étaient demandés des éclaircissements approfondis. Puis des explications encore plus circonstanciées. Après quoi venaient des questions on ne peut plus inattendues, par exemple : Pourquoi n'avez-vous pas voulu engager le soldat dans votre spectacle ?...

Ce soldat, auquel vous autres étrangers, vous vous êtes vous-mêmes intéressés, n'était autre que le comédien qui a été tué après la chute de la dictature. En fait, ce n'était pas un acteur, simplement une recrue qui avait servi à la frontière maritime et avait sans doute fait partie d'une troupe d'amateurs. S'expliquer sur son compte était on ne peut plus difficile. Vous comprenez pourquoi c'est mon mari qui a dû répondre de tout : Ce soldat avait beau être un merveilleux garçon, un héros de la frontière, ce n'était qu'un amateur, on ne pouvait lui confier un rôle dans une pièce de cette importance... N'esquive pas ! l'interrompait le secrétaire du Parti ; si tu n'as pas voulu l'engager, c'est bien parce qu'il avait servi à la frontière dans les organes de la dictature du prolétariat !... Oh, aujourd'hui encore, au souvenir de cette scène, je me sens comme une crampe dans la poitrine.

Le secrétaire régional à la propagande du Parti : Pourquoi vous en prenez-vous à moi ? Qu'est-ce que j'ai à voir avec cette histoire ? Ce n'est pas moi qui ai interdit la pièce. Les ordres venaient d'en haut, et nul n'ignore que les ordres du Parti étaient sacro-saints. Qui osait nourrir le moindre doute sur leur bien-fondé ? Maintenant, voilà que des bravaches viennent bomber le torse. Ouais, c'est facile de la ramener aujourd'hui ! À l'époque, tout était bien différent. Moi, de nos jours encore, quand j'entends la sonnerie du téléphone, je me mets à trembler... La section de l'Intérieur, contre la suspension de la pièce ?... Vous me faites rigoler... Ha-ha !... Ne me regardez pas comme ça... Ces choses-là, vous ne parviendrez jamais à les comprendre. Quand bien même le monde aura été mis cul par-dessus tête... Oh, laissez-moi donc finir tranquille le peu de jours qui me restent à vivre. Que diable, je suis un être humain, moi aussi ! Une créature vivante...

La comédienne (la Mouette) : Quand je repense à cette histoire, aujourd'hui encore je ne saurais trop dire ce qui l'a emporté, du chagrin ou de l'ivresse. Sans doute l'un et l'autre y furent-ils à parts égales, et bien que les hommes soient davantage enclins à évoquer le malheur, je ne puis dire que la joie que j'ai alors ressentie ait été moindre que ma peine. À l'époque, j'étais comme ivre. Je pensais que le bon-heur n'a qu'un temps. Comme l'arc-en-ciel, comme la jeunesse. Excusez ces larmes, mais je ne puis les retenir. Il y a si longtemps que je n'ai pas pleuré. Et si vous vous mettez à pleurer de nos jours sur ces choses-là, les gens se moquent de vous... Je m'as-treins à me remémorer surtout les instants de bon-heur que m'a procurés ce spectacle. J'aurais aimé ramasser toute ma vie et la bourrer dans ces instants. Je pressentais que c'était la seule occasion qui me serait offerte. Une mouette venue des steppes russes du XIXe siècle... Pardonnez-moi, je dis sans doute des sottises. Ne m'en tenez pas rigueur... Je voulais donc vivre chacun de ces moments dans sa plénitude. J'avais vingt-quatre ans, j'étais sortie de l'Institut des arts de Tirana depuis deux ans, et, même si j'aimais mon mari, à l'époque, entre deux répétitions, j'ai eu un... flirt... Je l'ai trahi, comme on disait alors... Vous ne m'en voudrez pas, j'espère... J'avais tant hâte de goûter à tout. J'étais un peu comme quelqu'un qui amasse des provisions pour un long hiver. Puis l'hi-ver, comme on pouvait s'y attendre, est venu, mais je ne tiens pas à me le rappeler... Comme si les réunions visant à condamner la pièce ne suffisaient pas, on a plaqué là-dessus une enquête sur mon flirt... Mais mon principal souci demeurait *la Mouette*... Parfois, je rêvais que le spectacle avait été de nouveau auto-risé. Une voix nous appelait : Vite, vite, la salle est à nouveau bondée ! Nous courions pour gagner la scène, mais nous trébuchions... Nous ne retrouvions plus nos costumes, nos chaussures... Et quand, à grand-peine, nous parvenions sur le plateau, nous nous apercevions que nous étions à moitié nus...

6

Après dîner, nous restâmes tard au bar de l'hôtel. Nous ne pouvions chasser de notre esprit l'histoire de *la Mouette*. Ni, surtout, le sort du « soldat ». Non, déclara brusquement le chef, cela ne peut avoir de lien avec ce que nous cherchons... Nous le regardâmes, interloqués. En fait, nous avions tous eu la même pensée, mais aucun de nous ne l'avait exprimée. Il s'en rendit compte et sourit, comme pris en faute. Je n'ai cessé de ruminer ça, nous dit-il. Et d'ajouter : Ce méli-mélo finira un jour par nous faire perdre la boule.

Le soldat avait accompli son service sur la côte méridionale, dans une de ces zones où avaient souvent lieu des évasions. L'île grecque de Corfou n'était qu'à quelques milles mais, le soir, ses lumières paraissaient à portée de main. C'était elle, semblait-il, qui encourageait les départs clandestins. Mais ceux-ci devenaient de plus en plus difficiles. Le littoral était surveillé jour et nuit par toutes sortes de moyens : militaires escortés de chiens policiers, agents de la police secrète travestis en villégiateurs, en mendiants ou en péripatéticiennes à l'affût de clients étrangers. La mer n'était pas moins contrôlée. La nuit, deux projecteurs balayaient de leurs redoutables faisceaux la surface des eaux. Les consignes émanant du Centre étaient de plus en plus strictes : il fallait absolument réduire le nombre des évasions. À toutes les réunions d'état-major, le premier point de l'ordre du jour portait sur le même thème : les évasions. Les télégrammes envoyés à la capitale à l'occasion des congrès du Parti ou de l'anniversaire du Guide commençaient souvent par ces mots : Nous, membres du détachement militaire de X..., sur la frontière, promettons à notre Dirigeant suprême d'empêcher dans le mois qui vient toute évasion...

Promesse difficile à tenir. Mais y manquer signifiait licenciement, sanctions, puis nomination de nouveaux officiers, généralement plus sévères que leurs devanciers et qui montraient une conception différente de la surveillance. On avait ainsi changé à plusieurs reprises les barbelés aux points les plus chauds, remplacé les projecteurs, les jumelles, les vedettes de poursuite, et finalement substitué aux anciennes de vraies prostituées amenées de la capitale, qui, à la différence des filles de la Sûreté, avaient la faculté d'agir à leur guise avec les « clients » à condition de réussir à percer leurs intentions.

On avait donc tout essayé, jusqu'à ce mémorable été du début des années quatre-vingt où le chef de la Sûreté fraîchement nommé réveilla à cinq heures du matin le secrétaire du Parti pour lui faire une annonce pour le moins surprenante...

En cette même fin de semaine, avertis on ne sait comment, une petite foule d'habitants de la ville côtière, mêlés à des touristes autochtones et étrangers, regardèrent, épouvantés, la vedette de la police arborer à sa proue un cadavre. La victime était pliée en deux, le haut du corps penché par-dessus bord, ayant l'air de suivre des yeux l'écoulement du sang qui, quelques instants auparavant, avait été le sien.

Toute explication visant à faire comprendre ce qu'était ce cadavre était superflue.

Toujours est-il que la terreur répandue par ce procédé fut indescriptible. Beaucoup interrompirent leurs vacances en invoquant toutes sortes de motifs ; d'autres s'enfermèrent dans leurs chambres d'hôtel pour ne plus en ressortir. Cette nouvelle tactique se révéla plus fructueuse que tous les barbelés, projecteurs, chiens, radars et tapins mis ensemble. Effectivement, les évasions cessèrent.

Mais cette pause fut de courte durée. Avant la fin de la saison, deux sœurs, étudiantes à Tirana, réussirent à gagner Corfou à la nage. La colère des autorités ne connut pas de bornes. Le léger adoucissement que l'on avait cru déceler çà et là, la satiété succédant à la gloutonnerie criminelle, mais qui ne recouvrait en fait qu'une crainte superstitieuse du péché, prit fin aussitôt.

Le « soldat » faisait alors son service militaire juste en face de Corfou. Au petit poste-frontière, la vie était monotone, si bien que ceux qui avaient quelque don, comme, par exemple, de gratter la guitare, ne manquaient pas de se distinguer. Après lecture, un soir, d'un poème, et surtout après un sketch humoristique que lui-même et une autre recrue originaire de Shkodër avaient monté pour le réveillon du Nouvel An, tous s'étaient mis à l'appeler « l'Artiste ».

C'est ainsi que l'avait également qualifié le commissaire du poste quand il l'avait convoqué à son bureau : Écoute, l'Artiste... Après quelques phrases passe-partout sur l'art qui devait être au service du peuple, il lui avait expliqué ce qu'il attendait de lui. Au début, le « soldat » avait senti son sang se figer. Il avait supposé qu'on voulait l'enrôler comme espion. Puis il s'était rassuré. Ce que l'on attendait de lui était certes bizarre, mais bien moins éprouvant. Il allait devoir jouer un rôle... Il fallait qu'il comprît bien ce qu'on lui demandait. La lutte des classes allait en s'intensifiant. L'ennemi s'efforçait de miner la Révolution. Mais il n'était pas si facile de la faire reculer. Elle l'écraserait sur son chemin... Comme il devait le savoir, après une régression passagère provoquée par l'exhibition d'un cadavre, les évasions avaient repris. Apparemment, la peur s'émoussait. Tu demanderas pourquoi nous ne renforçons pas la terreur, lui avait déclaré le commissaire. Tu auras raison : c'est ce qu'il faudrait faire. Mais, pour cela, il nous manque un ingrédient : les cadavres... Il l'avait empoigné aux épaules et, approchant son visage du sien, avait repris : Qu'est-ce que tu as à ouvrir des yeux grands comme des soucoupes ? Les cadavres existent, bien sûr, mais va donc les retrouver au fond de la mer !.. Tant et si bien que nos ennemis ont tout loisir de se moquer de nous. Ils peuvent répandre le bruit que nous sommes incapables de mettre la main dessus... Nous voici donc dans l'embarras. Mais, rira bien qui rira le dernier ! Comme toujours, nous les aurons ! Nous allons trouver les cadavres... Il avait pointé son index sur la poitrine du soldat : Toi, l'Artiste, tu vas jouer ce rôle-là...

Et c'est ainsi que ce dernier avait entamé la carrière de comédien la plus surprenante de toute l'histoire du théâtre. Étendu, immobile, sur la vedette des gardes-côtes, couvert d'un drap blanc maculé de taches rougeâtres qui avaient l'air de sang, il joua le rôle d'un macchabée. Son rêve de devenir un jour acteur se réalisait de la manière la plus saugrenue. Comme la vedette approchait du rivage, il perçut les commentaires de la petite foule. C'était un murmure plus dense que celui d'une salle de théâtre, et sans doute plus impressionnant. À deux reprises, il entendit un cri de femme : Mon fils... mon fils ! comme ils t'ont arrangé !... De sous le drap, il se sentit gagné par une terreur dont l'intensité surpassait sûrement celle des tragédies antiques... Qui est-ce, d'où est-il ?... Des questions fusaient çà et là. Parfois, il lui arrivait même de saisir le nom du mort. Et, de nouveau, les battements de son cœur distendaient sa poitrine. À coup sûr, les filles avaient du mal à refouler leurs soupirs. Ne manquaient que les bouquets de fleurs du baisser de rideau et les flashes des photographes...

Son service terminé, la première chose qu'il fit à son retour à B. fut de se présenter au théâtre. Toute la ville était en ébullition à cause de la représentation annoncée de *la Mouette*. Il avait sur lui une attestation d'« activité exemplaire au sein de la troupe d'amateurs » délivrée par la direction des gardes-côtes. Il ne sollicitait qu'un petit rôle de troisième ordre que, finalement, après maintes interventions, il parvint à décrocher.

Ce furent précisément ces recommandations qui l'entourèrent d'un halo de soupçons. Au début, on le prit pour un espion, ce à quoi il devait s'attendre en pareilles circonstances, mais, par la suite, la vérité finit petit à petit par se faire jour. Lui-même, un soir, à moitié ivre, raconta à des camarades « la première et dernière saison théâtrale où il avait tenu le rôle principal... »

À compter de ce jour, les gens le regardèrent avec des yeux si embrumés qu'on avait du mal à y déchiffrer leurs sentiments. D'aucuns le tenaient pour coupable ; d'autres, ne sachant trop à quoi s'en tenir, haussaient les épaules. Quant à ceux qui avaient eu des proches abattus à la frontière, il leur était encore plus pénible de se prononcer. Il en alla ainsi même après la chute de la dictature, à cette seule différence près que, désormais, les commentaires étaient émis à voix haute, ouvertement. Mais, comme auparavant, les gens se répartissaient en deux camps, jusqu'au jour où le fusil de chasse qui le coucha raide mort dans la rue principale mit un point final à leur dispute.

Enveloppé dans un drap blanc sur lequel les taches de sang ne cessaient de s'élargir, son corps languit un long moment avant l'arrivée du médecin légiste. Autour de lui, la rumeur humaine différait peu de celle des vagues, et les questions « Que se passe-t-il ? », « Qui est cet homme ? » se répétaient comme jadis aux quatre vents.

7

La crainte du chef que cet embrouillamini ne nous fît perdre la raison était maintenant partagée. Non seulement lui, mais chacun de nous subodorait qu'il y avait peut-être un lien entre l'histoire du soldat et celle que nous appelions désormais entre nous la « capture de l'esprit », ou, en abrégé, la « casprit ». Et nous étions fondés à le faire : le soldat recouvert du drap maculé de sang, les femmes, sœurs et mères sanglotant sur la côte, le transfuge gisant entre-temps par le fond ou bien qui avait réussi à passer sur l'autre rive, tout cela incitait à penser qu'il était bel et bien question d'un esprit capturé ou d'une âme séparée de son corps.

À chaque fois que notre chef, après s'être abîmé dans ses réflexions, revenait à la réalité pour faire « non » de la tête, nous savions à quoi il songeait. Pour lui, l'histoire du soldat se rattachait à tout autre chose. Sa fin, le corps recouvert cette fois d'un drap vraiment ensanglanté, indiquait que son sort avait été scellé dès l'instant où il avait accepté de jouer un pareil rôle. Le chef, qui s'y connaissait un peu en théâtre antique, déclara que dans les tragédies grecques, il arrivait que les figures peintes ou gravées sur les casques des personnages participassent parfois réellement aux affrontements. Étrange conception du monde, expliquait-il, que celle où l'objet ou l'événement portait poinçonné en lui dès sa genèse le jour et même l'heure où il révélerait son essence. Le chef rattachait ce phénomène à l'instrument de la langue albanaise permettant de conférer au verbe une connotation maléfique. D'après lui, par exemple, la malédiction d'une mère : « Puissé-je te voir comme ça, ô mon Dieu ! », qu'elle croyait diriger d'ici, depuis le rivage, sur l'officier de police qui pilotait l'embarcation, visait en fait le soldat recouvert du drap. Au reste, par la suite, lorsqu'on eut commencé à apprendre la vérité sur le passé de ce dernier, beaucoup, en le croisant dans la rue, durent cette fois le maudire directement en lui lançant : « Puissions-nous un jour te voir comme ça ! »

Entre-temps, nos amis albanais, qui avaient tout mis en œuvre pour élucider davantage le mystère, nous dirent que, d'après les habitants du coin, cette histoire d'esprit capturé ou de surveillance après la mort avait eu pour cadre un tout autre endroit. On l'avait même entendue, c'était avéré, dans une troisième variante : une motte de terre avait parlé, mais, là encore, loin d'ici, quelque part dans le nord-est de l'Albanie.

Nous avions remarqué que les gens cherchaient à évacuer toute histoire embarrassante le plus loin possible de chez eux. La ville de B. ne faisait pas à cet égard exception. Autrefois, il en allait tout autrement : les districts, voire les bourgs les plus reculés s'en disputaient au contraire la paternité.

À propos du soldat, nous n'aurions probablement rien su de lui si son histoire ne s'était déroulée pour la plus grande part à bonne distance d'ici, sur le littoral. Quelques jours auparavant s'était présenté à nous un homme qui prétendait être au courant de l'affaire de l'évasion des deux sœurs étudiantes. D'après lui, ce fameux soir, elles avaient été accompagnées d'un troisième protagoniste, leur propre frère. Mais, au cours de la traversée à la nage, celui-ci, on ne savait trop comment, s'était perdu dans les flots. À l'approche de la côte de Corfou, ses sœurs l'avaient en vain cherché des yeux à la surface des eaux. Puis, à l'aube, ayant enfin pris pied, de la plage déserte elles avaient scruté la mer, lançant des cris désespérés : Frérot, frérot !..

– Nul n'a su ce qui s'était passé, déclara l'homme. Avait-il été englouti par les flots, tué ou capturé par les gardes-côtes ?.. Peut-être est-ce précisément là que la légende de la capture d'un esprit a pris naissance.

Nous écoutions, pétrifiés, cet homme roux aux yeux chassieux et larmoyants.

– Il paraît que ses deux sœurs continuent de le chercher, reprit-il. Quand ils entendent le cri de la chouette au printemps, les villageois de ces parages disent : Ce sont les sœurs qui cherchent leur frère, elles crient dans toutes les directions : « Gjon ! Gjon ! », mais il ne répond pas.

Captivés par ce récit, nous n'avions pas remarqué que la mine du chef s'était assombrie. Finalement, il n'y tint plus. D'un geste brusque, il empoigna l'homme par les revers de son manteau et, collant son visage au sien comme il faisait d'habitude quand il sortait de ses gonds, il lui dit d'un ton menaçant :

— Comment oses-tu te moquer de choses aussi sacrées, voyou !.. L'histoire de la chouette qui recherche son frère en hurlant « Gjon ! Gjon ! », je l'ai lue pas plus tard qu'hier dans un recueil de vos vieilles légendes...

L'autre demeura de marbre, comme s'il n'avait rien entendu. Il se borna à poser lentement ses mains sur celles du chef pour les écarter de son cou.

— Moi aussi, je pourrais vous saisir au collet, répondit-il d'une voix glaciale. Et vous accuser du même forfait en vous traitant de voyou.

— Comment ça ? Toi, m'accuser, moi ?...

Il se dressa et partit comme un fou, apparemment pour chercher le livre de légendes. De fait, au bout de quelques instants, il revint, le souffle court, en le brandissant, et se mit à le compulser sans ménagements, au risque d'en déchirer les pages.

— Voilà où ça se trouve ! s'écria-t-il. Tiens, voilà, noir sur blanc !

Sans même jeter un regard à l'ouvrage, l'homme sourit d'un air ironique.

— Nul ne peut démêler ici-bas ce qui remonte à autrefois et ce qui date d'aujourd'hui, pérora-t-il. Libre à vous de vérifier ce que je viens de vous dire. Je regrette seulement d'avoir voulu vous venir en aide alors que vous ne le méritez pas.

Le lendemain, nous apprîmes que l'histoire du frère perdu en mer était authentique. Tout au moins jusqu'à ce lever du jour où, sur la grève de Corfou, ses sœurs l'avaient en vain cherché pour la dernière fois.

Notre chef ne savait trop quoi dire. Il se bornait à ressasser sa petite rengaine : Ce méli-mélo me rendra fou !

Nous n'étions pas moins troublés. L'histoire était donc véridique, hormis le ululement de la chouette. Mais étions-nous en droit de penser que le cri de l'oiseau de nuit changeait quoi que ce fût au fond de l'affaire ?

À présent, nous avions le sentiment de percer la véritable origine de ce brouillard qui enveloppait tout ce qu'on rapportait de l'univers communiste. Apparemment, ces récits subissaient une forte déperdition, comme il en va des eaux aspirées par le sol et qui vont s'accumuler en quelque sombre royaume liquide dans les entrailles du globe. Puis, à leur tour, ces nappes ne cessent d'envoyer vers le haut, en surface, à l'instar de vapeurs humides, leurs interventions, voire leurs griefs...

8

Plus l'attitude des habitants de B. à notre endroit nous paraissait distante, pour ne pas dire hostile, plus nous nous persuadions qu'il s'y était produit des événements énigmatiques dont nul ne souhaitait la mise au jour.

À l'issue d'un second entretien avec la comédienne de *la Mouette* – entretien émaillé de mille excuses et d'énormément de prévenance, s'agissant d'un souvenir aussi scabreux que l'était celui de ce flirt dont nul n'osait lui reparler, encore moins rechercher les circonstances, comme si elle-même n'en avait pas fait mention dans un contexte il est vrai dramatique : les interrogatoires de la Sûreté –, l'un des membres de notre commission nous rejoignit, l'air abasourdi. Pouvions-nous imaginer que, dans cette ville même, durant la période de pire terreur, on avait découvert un petit groupe qui se livrait à des séances de spiritisme ?

C'était vraiment inconcevable, non seulement dans le cas de l'Albanie, mais, plus généralement, pour l'ensemble des pays de l'Est. Or, notre compagnon venait juste de quitter l'actrice, et celle-ci lui avait expliqué en long et en large que sa convocation aux bureaux de la Sûreté avait été précisément motivée par le fait que son ami faisait partie de ce groupe.

Séances de spiritisme sous la dictature du prolétariat !... Voilà qui passe l'imagination ! ressassait notre chef. Puis, comme se parlant à lui-même, il se mit à répéter le nom de l'amant de la comédienne, un ingénieur électricien qui avait, selon elle, disparu sans laisser de traces bien avant la découverte du groupe. Shpend Guraziu ! Shpend Guraziu ! Je ne sais quelle impression ce nom produit sur vous, nous dit-il, mais, personnellement, il me fait frémir : *oiseau à la pierre noire* !... Nous le crûmes sur parole, d'autant plus que c'était le seul à avoir quelques notions, même aléatoires, d'albanais, si bien que, maniaque comme il était, il traduisait tout, jusqu'à la signification des noms propres.

Comme on pouvait s'y attendre, il demanda à rencontrer lui-même la comédienne, mais il revint de cette entrevue encore plus perturbé qu'avant. L'actrice n'avait gardé de tout cela qu'un souvenir confus. C'était relativement explicable, la disparition de son amant datant du jour même où *la Mouette* avait été définitivement interdite. J'étais si bouleversée, lui dit-elle, que rien ne me faisait plus la moindre impression. J'aurais voulu mourir... Par la suite, s'étant quelque peu calmée, elle avait cherché à apprendre des détails, mais les renseignements qui lui avaient été fournis brillaient par leur imprécision. Quelqu'un lui avait indiqué que son amant était tombé de voiture alors qu'il escortait une délégation française. Mais un autre nourrissait les plus grands doutes sur cet accident : Tu ne l'ignores pas, lui avait-il dit, accompagner des étrangers paraît être une mission bien agréable : hôtels de luxe, boissons de marque, etc., mais il arrive que cela finisse par te coûter cher...

Lorsque, quelques années plus tard, elle avait été brusquement convoquée à la Sûreté, elle s'était remémorée ses anciens soupçons. Le groupe n'avait pas encore été pris, mais, apparemment, on avait commencé à l'avoir à l'œil. On la soumit à un interrogatoire serré sur le disparu. Comme pas mal de temps s'était écoulé depuis lors, elle crut pouvoir nier sa liaison, mais, quelques minutes plus tard, elle avait renoncé à s'obstiner dans cette voie. Il avait suffi d'une cassette de magnétophone. C'était une de leurs conversations, enregistrée Dieu savait quand. Elle s'en souvenait encore au bout de tant d'années. *Elle* : Alors, tu viendras ce soir avec les Français ? *Lui* : Oui, promis-juré. *Elle* : J'aimerais tellement t'apercevoir dans la salle. *Lui* : Moi aussi, je brûle de vivre cet instant. *Elle* : Chéri, on se retrouvera après le spectacle. *Lui* : Peut-être...

Tels étaient les derniers mots qu'ils avaient échangés. L'après-midi, tout était terminé : la pièce, lui-même...

Les magistrats instructeurs l'avaient interrogée sur les moindres détails, mais ils souhaitaient surtout retrouver une veste fourrée qui avait appartenu à son amant. Une canadienne brun clair de marque étrangère... Ils la cherchaient fébrilement ; aujourd'hui encore, je ne comprends toujours pas pourquoi. Je leur ai répété une multitude de fois qu'il n'avait pas laissé de canadienne chez moi. J'étais mariée, il ne pouvait pas venir me retrouver la nuit. Notre seule rencontre avait eu lieu dans l'appartement d'un de ses amis, un après-midi, avant les répétitions. Mais ils insistaient : Où donc peut-il l'avoir laissée ? Ils étaient certains qu'elle se trouvait quelque part, et tenaient à la récupérer à tout prix...

Puis, soudain, ils lui avaient fichu la paix. Apparemment, ils n'avaient plus eu besoin d'elle. Ils avaient probablement trouvé ce qu'ils cherchaient en même temps que le groupe. L'un de ses membres, celui qui faisait fonction de médium, était mort, disait-on, sous la torture. On ignorait le sort des autres.

Tout était enveloppé d'un épais brouillard. La tombe même de Shpend Guraziu était restée inaccessible pendant un certain temps. La section du cimetière où elle se trouvait avait été clôturée afin, prétendait-on, qu'on pût y effectuer des fouilles. Comme si le mort s'était levé de sa tombe et s'en était allé... C'est ce que je pense encore, parfois. Je suis sûre qu'il est toujours en vie quelque part.

9

Nous fûmes surpris d'apprendre que nombre de gens étaient au courant de l'histoire du groupe qui se livrait à des séances de spiritisme. Les yeux ronds, nous leur demandions : Comment était-ce possible ? – mais, déconcertés par leur flegme, nous oubliions aussitôt la suite des questions que nous souhaitions leur poser. En fait, il y avait des moments où nous ne comprenions pas nous-mêmes ce qui nous étonnait le plus : qu'un tel épisode, paradoxal, extraordinaire, lourd de mystères, se fût produit au beau milieu des cérémonies et grand-messes communistes, dans la liesse du Premier-Mai, entre les discours, les ovations au réalisme socialiste, ou bien qu'après avoir entendu rapporter un tel fait divers ils eussent eu le cœur à aller tranquillement rigoler et boire à leur troquet habituel sans ressentir le besoin d'avoir au moins chassé ce récit de leur esprit.

Ils nous écoutaient avec un sourire narquois. Nous comprenions maintenant ce qu'ils voulaient dire par : c'est de la vieille histoire, elle remonte au temps des... Chinois ! Beaucoup en parlaient comme de l'époque de l'Empire ottoman, d'aucuns estimaient même que les deux époques n'étaient pas très éloignées l'une de l'autre, tandis que d'autres pensaient que c'était la période de l'amitié avec les Russes qui était aussi reculée que l'ère glaciaire.

Ç'avait été la période de la Grande Surveillance, témoignaient les plus loquaces. Après l'arrivée du vaisseau noir, toute l'Albanie avait été mise sur écoutes.

Il s'agissait du bateau chinois qui avait apporté l'énorme quantité nécessaire de micros. La commande avait été passée par le Guide albanais en personne dans une lettre émouvante adressée à son collègue de Pékin : Cher frère, je suis souffrant, je perds la vue, viens à mon aide...

Notre chef était dans un état d'agitation que nous lui avions rarement vu. Au cours de ses fréquentes insomnies, il nous réveillait pour nous faire part de ce qui bouillonnait dans sa tête. Il était convaincu qu'on touchait du doigt le fil censé nous conduire à la solution de l'énigme. Surveillance au moyen de micros... séance de spiritisme... Il se pouvait qu'à l'occasion d'une de ses investigations, la police eût enregistré les divagations d'un médium... autrement dit les paroles que l'esprit d'un défunt avait transmises à ce dernier en cours de séance...

Le raisonnement était convaincant. Et même, plus nous y réfléchissions, plus nous nous persuadions qu'il en avait bien été ainsi. Nous ne pouvions nous plaindre d'avoir perdu notre temps avec *la Mouette*, puisque c'était le théâtre qui nous avait conduits sur cette nouvelle piste.

Le chef se cloîtra une journée entière dans sa chambre avant de proférer les mots que, désormais, nous attendions tous : Il faut retrouver le dossier !

Nous avions senti que ce jour finirait par arriver. Plus nous cherchions à nous convaincre, plus nous nous jurions même de ne plus nous occuper de dossiers, plus nous rongeait le soupçon que nous allions précisément devoir en passer par là.

D'entrée de jeu, nous avions décidé d'un commun accord que si nous ne voulions pas nous égarer dans la nuit noire des dossiers, il fallait tout simplement ne pas nous en occuper. Nous étions certains que c'était l'attitude la plus avisée. On en avait tant et tant parlé dans tout l'Est, après les bouleversements, que même les plus fervents partisans de l'ouverture des dossiers avaient fini par en avoir la nausée. Des années durant, un tintamarre à tout casser n'avait cessé de s'élever à leur propos : qu'on les ouvre, qu'on les brûle, qu'on les referme, qu'on les trie, qu'on les dépose dans des temples, qu'on les envoie à tous les diables... On eût dit que le Grand Est, frappé par la malédiction, allait au devant d'une découverte horrible, après quoi il ne lui resterait plus qu'à s'aveugler, comme Œdipe.

Entre-temps, les dossiers eux-mêmes n'avaient point échappé à la profanation. On les avait pillés, comme les pyramides. On les avait vendus au marché noir comme des icônes ou des parcelles de plutonium. On en avait déchiré des pages, on leur en avait substitué de fausses... Par moments, l'immense empire rappelait ces images des anciens poètes chinois où l'on voit errer dans les ruines du régime renversé des bêtes fauves portant entre leurs crocs des hardes ensanglantées, les lambeaux de vêtements de dignitaires mis à mort. Aujourd'hui, entre les mâchoires des fauves, on pouvait aisément imaginer des pièces de dossiers déchiquetées.

Aucun de nous n'osa rappeler la moindre de ces circonstances lorsque le chef, nous dévisageant d'un œil perçant, nous lâcha d'une voix glaciale : On ne peut faire autrement, il va falloir rechercher le dossier du médium.

10

Nous le trouvâmes plus vite et à moindre prix que nous ne l'aurions pensé. L'absence des trois derniers feuillets du dossier, qui en avait comporté onze (le nombre était inscrit en haut de la première page), ne nous parut pas constituer une grosse perte. Comme toute chose, au fil des années, les dossiers avaient perdu de leur intérêt et de leur valeur. Surtout ceux d'instruction, que l'on regardait comme de troisième ordre. Pareil au marchand qui craint que sa camelote ne soit pas estimée à son juste prix, le type qui nous l'apporta nous précisa qu'outre les feuillets où était consignée l'instruction, il contenait la phrase que l'accusé était censé avoir prononcée sous les sévices qu'il avait endurés : *On ne peut pas tirer deux morts d'un seul corps,* griffonnée en marge de la première page.

Par bonheur, le dossier n'était pas trafiqué, à l'exception de l'annotation sur les deux morts dont on devinait du premier coup d'œil qu'elle avait été rajoutée, peut-être au cours d'une précédente tentative pour en tirer quelque argent. Le texte du procès-verbal était correct, avec peu de fautes, hormis dans les vocables latins, en particulier le mot *spiritus* que le scripteur avait orthographié par deux fois *shpirtium,* et une autre fois *shpirtus,* termes qu'il avait forgés à partir de *shpirt* – en albanais : « âme ».

Aucune mention apparente des tortures, mais il était aisé de les deviner à la façon de parler de l'interrogé, et surtout à ses demandes réitérées de pouvoir se rendre aux toilettes.

De l'instruction, il ressortait qu'il avait été employé à l'unique succursale bancaire de la ville. Les principales questions posées avaient trait aux « objectifs du groupe ». Les réponses du médium, qui soutenait que ces séances n'avaient aucun caractère d'opposition à l'idéologie marxiste-léniniste, mais que les participants espéraient y trouver des réponses à leurs préoccupations personnelles, étaient jugées mensongères par les enquêteurs. De temps à autre, ils exigeaient de nouvelles explications sur le rôle du médium dans une séance de spiritisme, sur ce qui amenait les esprits à se manifester ou, au contraire, les effarouchait et les éloignait, comme durant « cette nuit terrible, inoubliable... » Ils demandaient ce qui advenait quand l'esprit, ne retrouvant pas son propre corps, en cherchait un autre où s'introduire, dans quelle mesure une nuit d'hiver, le vent ou bien le clair de lune exerçaient une influence sur sa trajectoire, etc.

Ils accompagnaient chacune de leurs questions de périphrases comme : « d'après vous », parfois même : « selon votre étrange manière de voir », ainsi que de sarcasmes appuyés, témoignant par là de leur crainte que le dossier ne fût examiné par leurs supérieurs. Pourtant, en dépit de leurs efforts pour dissimuler le plaisir qu'ils prenaient à cette « sombre histoire », on sentait bien qu'elle les captivait. Et on devinait que même le ton sévère qu'ils prenaient pour poser des questions d'un autre ordre n'était souvent qu'une manifestation de leur impatience à en revenir aux tribulations de l'esprit.

Avoue que votre véritable intention ou plutôt votre espoir insensé était d'entrer en contact avec les esprits des anciens membres du Bureau politique fusillés ! Fous que vous étiez, vous pensiez pouvoir tirer d'eux va savoir quels aveux, quelles révélations...

Nous n'avons jamais songé à rien de tel. Je vous le jure. S'il y a quelque chose à quoi nous n'avons jamais pensé, c'est bien cela !

Tu mens, vieux renard ! Nous sommes au courant de tout. Nous savons même à quelle ambassade étrangère vous portiez vos informations.

Oh non ! ...Mais je voudrais aller aux toilettes...

De par le mode de trahison que vous avez choisi, la communication avec les esprits, la magie et autres fumisteries du même tonneau, vous pensiez pouvoir être traités comme des débiles et vous en tirer avec cinq ou six ans derrière les barreaux. Vous vous trompiez lourdement, messieurs ! Le procédé que vous avez choisi est certes singulier, mais l'intention de trahison est caractérisée. Renonce donc à ce genre d'espoir et avoue, comme les autres !

Je n'ai rien à avouer.

Qu'espériez-vous apprendre des esprits des anciens membres du Bureau politique, hein ? Quel message attendiez-vous de l'esprit de Shpend Guraziu, hein ?

Je ne sais rien. Je ne me sens pas bien... Je souhaite aller aux toilettes...

Tu ne veux toujours pas parler ? Alors, je vais te le dire, moi, ce que vous attendiez de l'esprit de Shpend Guraziu durant cette « nuit inoubliable » : vous attendiez, encore qu'avec un certain retard, la réponse de la France...

Oh non !

... Le nom de Shpend Guraziu était celui qui revenait le plus souvent durant l'interrogatoire. On cherchait des indications sur lui, sur ses lectures, sur la façon dont se déroulait son apprentissage du français, naturellement aussi sur sa liaison avec la comédienne qui jouait *la Mouette*. Mais l'essentiel tournait invariablement autour des contacts avec la délégation française. D'une ligne du procès-verbal d'instruction (Nous savons tout. Tu comprends le français ? Écoute !), on déduisait qu'ils lui avaient fait entendre un enregistrement, mais cela, au lieu de nous venir en aide, nous embrouilla encore davantage. S'ils connaissaient la teneur de ses conversations avec les Français, que demandaient-ils donc avec tant d'insistance au médium ? Qu'était-ce au juste que cette réponse de la France ? Et pourquoi devait-elle précisément être donnée au cours de cette séance de spiritisme ?

En reconstituant l'instruction ligne après ligne, nous parvînmes à dissiper quelque peu ce brouillard. En fait, Shpend Guraziu avait participé aux séances de spiritisme sous deux formes : d'abord en tant que simple auditeur, avec les autres ; la dernière fois, comme esprit. Entre ces deux formes de participation s'était étendu un intervalle de trois ans. Dès lors, nous possédions les dates exactes : la venue de la délégation française et la disparition de Shpend Guraziu avaient eu lieu à la même époque que l'interdiction de *la Mouette* ; l'interrogatoire du médium, trois ans plus tard, quelques jours seulement après la découverte du groupe. Ce que l'on appelait « la réponse de la France » devait donc être apportée, « encore qu'avec un certain retard », par l'esprit de Shpend Guraziu.

— Je crois bien que nous venons de renouer le fil, commenta le chef, mais sur un tel fond de brume, je dirais presque d'onirisme, que j'ai bien peur qu'il ne nous échappe une nouvelle fois.

Cette sensation, nous l'éprouvions tous. Nous craignions soit que le fil que nous tenions ne vînt à s'effilocher, soit que l'obscurcissement progressif qui affectait désormais notre cerveau ne finît par nous précipiter dans les ténèbres.

11

Ce que nous redoutions eut tôt fait de se produire : dès le lendemain matin. La nuit semblait avoir avalé le rai de lumière qui avait tout juste filtré. Peut-être n'aurions-nous pas dû dormir, dit le chef sur le ton de la plaisanterie. Le fil ténu que nous avions cru découvrir s'était mêlé aux rêves pour se dissiper avec eux comme l'un de leurs congénères.

Si, la veille, nous avions estimé que la « capture d'un esprit » ou « la surveillance au-delà de la mort » n'étaient pas sans rapports avec quelque pratique du spiritisme, cela, le matin venu, nous paraissait tout aussi improbable, voire aussi tiré par les cheveux qu'un mauvais feuilleton. Les questions que soulevait ce rapprochement étaient aussi multiples qu'implacables. Se pouvait-il que les enquêteurs communistes, rompus aux investigations les plus démoniaques, eussent vraiment escompté tirer quelque information de signaux donnés par un esprit au cours d'une séance de spiritisme ? Non seulement la logique policière l'excluait, mais toute la mentalité communiste s'inscrivait en faux contre ce type d'hypothèse. Si la Sûreté avait voulu instiller un sentiment de culpabilité dans le cerveau de ses victimes, ce à quoi s'adonnait volontiers le Guide malade d'Albanie, elle aurait recouru à toutes sortes de procédés, mais en aucun cas à des pratiques méprisées, devenues la risée de l'opinion, jugées même répréhensibles : les pratiques mystiques.

En outre, qu'était-ce que cette « réponse de la France » demandée avec tant d'insistance ? Il y avait dans cette affaire quelque chose qui ne collait pas. Un décalage, une incompréhension majeure entre les uns et les autres. La police savait quelque chose que les victimes, elles, ignoraient. Inversement, la première soupçonnait les secondes d'être au courant d'une donnée qui lui avait, à elle, échappé. Nous ressentîmes, cette fois au décuple, le regret de la perte des trois derniers feuillets du dossier. Nous voulions encore conserver un faible espoir qu'ils ne continssent pas la clé de l'énigme.

Nous nous employâmes à rechercher les dossiers des autres victimes. Peine perdue. Bon nombre d'entre eux avaient depuis longtemps été récupérés par les avocats des familles pour y puiser des pièces en vue des interminables procédures qui s'étaient engagées après la chute du communisme, quand on s'était employé à tout rejuger. Les autres, parmi lesquels celui de Shpend Guraziu, avaient disparu sans laisser de traces.

À présent, non seulement le chef, mais nous tous prononcions le nom de Shpend Guraziu d'un ton particulier, empreint à la fois de respect et de crainte. Dès que quelqu'un y faisait allusion, nos cerveaux se représentaient aussitôt cette « nuit terrible, inou-

bliable » dans laquelle son esprit s'était englué...
C'était une nuit où il faisait un temps épouvantable,
et peut-être est-ce cela qui l'avait empêché d'apporter la réponse de la France ?...

Quoi qu'il en fût, notre chef s'avisa de conduire
notre petite troupe jusqu'au cimetière de la ville.
L'actrice avait révélé que Shpend avait naguère été
exhumé, mais nous n'y avions guère attaché d'importance, les cas d'exhumations en Albanie étant plus
fréquents que nulle part ailleurs. Notre erreur, en
l'occurrence, avait été de ne pas avoir fait la distinc-
tion entre l'avant et l'après. La frénésie d'exhumations s'était surtout produite au lendemain du renversement de la dictature, quand toutes choses
avaient été reconsidérées. Il était alors courant de voir
des gens traverser le pays du nord au sud, ou vice
versa, transportant par train, en taxi ou à dos
d'homme des cercueils, des caisses, parfois des sacs
remplis d'ossements qu'ils allaient, après les avoir
déterrés, réensevelir à l'endroit voulu. Des « tom-
beaux des martyrs », on extrayait souvent les restes de
ceux que l'on avait jadis proclamés héros, afin de
mettre à leur place leurs adversaires politiques, lesquels s'étaient eux-mêmes souvent entretués. On eût
dit que tout le monde était pressé d'instaurer l'ordre
nouveau sous terre avant même de le faire régner en
surface. Les campagnes électorales, la diffusion de
nouveaux programmes par les partis politiques
étaient toujours émaillées de demandes d'exhumations ou d'inhumations.

Bien que plusieurs années se fussent déjà écoulées,
le cimetière de la ville portait encore les traces de ce
branle-bas souterrain. Mais, justement parce qu'elle
avait précédé ce chambardement, l'exhumation de

Shpend Guraziu avait été jugée sans intérêt. Ainsi donc, il n'a été ni partisan du roi, ni moine franciscain, ni adversaire du régime ? Ainsi donc, il a été déterré à l'époque du communisme ? Bon, ce devait être alors pour quelque motif banal, comme le transfert de ses restes par ses proches ; ce genre d'opération avait parfois cours, même en ce temps-là.

Nous réussîmes enfin à retrouver un des fossoyeurs, lequel prétendit avoir pris part à l'exhumation de Shpend Guraziu :

Dès l'instant où on nous a convoqués en hâte au beau milieu de la nuit, nous avons compris qu'il s'agissait de quelque chose d'inhabituel. C'était une nuit d'orage, il pleuvait. La tombe que nous avons déblayée était éclairée par les phares de deux véhicules de la Sûreté. Nous avons reçu l'ordre de charger dans la benne du camion non seulement les ossements, mais aussi toute la terre que nous avions déblayée. Ça paraissait un travail de dingues, mais le chef de la Sûreté était là ; c'est lui qui donnait les ordres et surveillait de près l'opération : « Vous devrez la boucler sur ce que vous êtes en train de faire cette nuit ; sinon, vous savez ce qui vous attend ! » Ce sont les seuls mots qu'il nous a adressés avant de s'engouffrer dans sa voiture pour escorter le camion. Il ne nous serait pas venu à l'esprit de dire quoi que ce fût sur la besogne que nous venions d'accomplir. Mais nous ne pouvions nous empêcher d'échafauder toutes sortes de conjectures. Ils paraissaient rechercher quelque chose, mais je ne saurais dire s'ils le trouvèrent ou pas. Plus tard, par hasard, j'ai appris qu'ils avaient effrité poignée après poignée toute la terre déblayée. D'aucuns disaient que le défunt était mort d'un mal inconnu que les savants voulaient à tout prix identifier. Moi, je ne crois pas à ce genre de salades. Ça pue à dix pas les mises en scène de la Sûreté. Pour rendre cette explication plausible, ils nous avaient équipés de gants en caoutchouc. Pour ma part, je crois que s'ils ont exhumé ce macchabée, c'est parce qu'ils avaient des doutes sur son état civil. Ils devaient soupçonner quelqu'un d'autre d'avoir été enterré à sa place.

Les paroles du fossoyeur jetèrent sur les faits un nouvel éclairage. La comédienne aussi avait déclaré avoir eu le pressentiment que Shpend Guraziu était toujours en vie. Dans ce cas, l'enregistrement de sa voix, censée venir d'outre-tombe, n'aurait pas tout à fait relevé de la fable.

Le même jour, le chef nous dit que, puisque nous avions mis les pieds dans le monde de l'au-delà, nous ferions bien de rendre aussi une petite visite au cimetière de l'ancienne prison. Il avait entendu raconter d'étranges histoires à son propos.

Comme on pouvait s'y attendre, ce cimetière avait encore été plus chamboulé que les autres. Aux termes de la loi d'alors, la dépouille d'un détenu mort pendant la durée de sa peine devait rester en prison jusqu'au terme de celle-ci. C'est alors seulement que les restes étaient rendus à la famille.

Dans un coin à gauche se trouvaient les *perpétuels*, ceux qui n'avaient aucun espoir de sortir un jour, sauf cas d'amnistie générale, ainsi que nous l'expliqua un des gardiens que nous avions fini par pouvoir joindre. Sur la droite, ceux qui n'avaient plus qu'un bref morceau de peine à purger, généralement de deux à cinq ans. Les *politiques*, ici comme à l'intérieur de la prison, étaient regroupés à part, au milieu.

Et vous aviez des listes, comme pour les vivants, avec le nom et la date d'élargissement de chacun ?

Bien sûr. Nous avions des listes à jour, avec tous les renseignements. Pendant sa tournée, mon adjoint, paix à son âme, je m'en souviens, tenait à leur adresser un petit mot : Tiens, la première herbe t'a poussé dessus, Martini ? Ou bien : Patiente encore cet hiver, Rrok, en mars tu retourneras chez toi...

Et, à la fin de leur peine, leurs proches venaient toujours les rechercher ?

En général oui, sauf quand il ne restait plus de famille. Parfois, ils apportaient un cercueil chargé sur une charrette ou un taxi. Les plus pauvres arrivaient munis d'un simple sac en papier kraft, de ceux qu'on emploie pour mettre le ciment.

En cas d'amnistie, est-ce qu'ils en bénéficiaient aussi ?

Oui, bien sûr. Tout comme les vivants. Il faut être juste : dans cette prison, le règlement était respecté. Aujourd'hui, on peut dire ce qu'on veut, mais, pour ce qui me concerne, je ne tiens pas, à l'approche de la mort, à charger ma conscience de menteries. Je peux vous dire que s'il était un endroit où les amnisties étaient strictement appliquées, c'était bien le cimetière de la prison. Là, il n'y avait circonstances ni aggravantes ni atténuantes. Car les cadavres, vous ne l'ignorez pas...

De nouvelles condamnations venaient-elles frapper certains récidivistes ?

Des récidivistes dans les cimetières ? Hum, c'est une autre paire de manches... Oui, bien sûr que oui. Vous comprenez, les détenus, surtout les politiques, avaient des liens entre eux. Quand on avait vent dans une prison de la constitution d'un groupe d'oppo-

sants ou d'une tentative d'évasion collective, la nouvelle condamnation frappant les vivants touchait
aussi les morts dès lors qu'ils avaient été impliqués
dans ces agissements. Je me souviens par exemple
d'un certain Sheme Alarupi ; il fut recondamné à
trois reprises après sa mort. Mon adjoint, paix à son
âme, aimait être le premier à lui en faire part sur sa
tombe : Eh bien, Sheme, il n'était donc pas dit que tu
sortirais encore cet automne. Tu as appris la nouvelle ? On t'a flanqué une rallonge de dix ans. Tu ne
peux donc pas te tenir tranquille, même là où tu es ?

Y avait-il dans ces cas-là une notification officielle,
comme par exemple une lecture de la nouvelle
condamnation au pied du tombeau ?

Non, non, on ne jouait pas ce genre de comédies-
là. Aujourd'hui, on peut bien raconter tout ce qu'on
veut, mais cette prison était un établissement sérieux.

Une dernière question : quand on découvrait sur le
tard l'action coupable d'un ennemi du régime, mort
entre-temps et qui croupissait comme tout un chacun
au cimetière municipal, le règlement prévoyait-il que
son corps fût exhumé pour lui faire purger ici sa
peine ?

Non, je n'ai jamais entendu parler d'un cas semblable. Je vous l'ai dit, messieurs, c'était un établissement sérieux.

12

Après un adoucissement de quelques jours, le
temps se remit au froid. Une température polaire

répandit partout le gel. Mais nous ne songions nullement à quitter l'Albanie. Une voix intérieure nous
soufflait même que ce n'était pas du tout le moment
de partir.

Le cimetière de la prison avait été notre dernière
chance de retrouver la trace de Shpend Guraziu. Désormais, on ne pouvait plus que s'en remettre au
hasard. L'océan des dossiers, avec le grondement de
ses vagues, s'étendait devant nous. En longeant son
rivage sans fin, comme des gens qui se cherchent à
tâtons en criant dans les ténèbres, nous pouvions
tomber sur le sien. Malgré l'extrême ténuité de nos
espoirs, cet océan ne manquait pas de nous attirer.

Le dossier du médium avait quelque peu assouvi
notre curiosité, mais ce n'était qu'un dossier d'instruction. Il faisait encore partie des pourtours. Le
noyau opaque, lui, commençait au-delà. La tentation
d'y aller voir était irrésistible et, malgré nous, nous y
cédâmes.

Le dossier que nous eûmes l'occasion de nous procurer à prix d'or paraissait à première vue modeste,
mais on devinait qu'il avait la valeur et la consistance
des objets authentiques. Ce qui, chez lui, pouvait
paraître pauvret, dépouillé, aride, lui conférait justement l'austérité propre aux stèles funéraires.

Son contenu était plutôt chiche. Y figurait l'appro-
bation de la demande d'ouverture d'un dossier relatif
à « l'interrogatoire de la citoyenne K.M. », oculiste
attachée à l'hôpital municipal. La décision était fondée sur la déposition de l'infirmière C.T., faite auprès
de l'agent 309 F. Sur un feuillet à part étaient
consignés ses dires. Le 2 décembre, la nièce de K.M.,
qui faisait ses études de médecine à la Faculté de
Tirana, venue pour les vacances de fin d'année

(Noël) chez sa tante, avait confié à cette dernière qu'au cours de la dissection de cadavres en provenance de la morgue, elle avait eu l'occasion de relever des traces de balles, et même, dans un cas, de trouver le projectile lui-même, ce qui, d'après la tante, confirmait les rumeurs suivant lesquelles les corps livrés par la morgue étaient ceux d'exécutés.

Le second document portait la date du 2 mars de l'année suivante, époque à laquelle K.M. avait déjà été placée sous surveillance. Il consistait en un vieil adage : « Corbeau qui cesse d'y voir devient encore plus noir », prononcé au cours de l'examen auquel il s'était soumis par le patient Djemal V., ancien professeur de latin devenu entre-temps employé à la Caisse d'épargne.

Les rires de la doctoresse et de son patient, les formules « Est-ce possible ? » et « Dieu veuille que ce le soit ! » laissaient supposer, d'après le rédacteur, qu'il s'agissait d'une insinuation perfide.

Curieusement, le rédacteur ne s'étendait pas sur ce que pouvait être ladite « insinuation perfide ».

Le troisième document consistait dans une note de l'Institut de la Culture populaire de Tirana, datée du 29 mars. La personne chargée du dossier, ne fournissant elle-même aucune interprétation personnelle du dicton, s'était adressée à cet institut : En réponse à votre demande, nous vous adressons ci-joint toutes les variantes ainsi que les significations données en différents endroits au proverbe « Corbeau qui cesse d'y voir devient encore plus noir ».

Sur un feuillet à part, quelqu'un qui, apparemment, suivait le dossier, avait inscrit à l'encre rouge : Pour l'instant, priorité à l'élucidation du dicton du Corbeau. Je répète la consigne : agir au plus vite. Que l'on ne mégote pas sur les *frelons*. Recourir éventuellement à un *rat*, si possible aveugle. Je crois que nous en avons encore sous la main. À défaut, utiliser un *rat* à la vue notablement affaiblie, de manière qu'il n'inspire aucun soupçon à la doctoresse au cours de la visite – A.V.

Nous avons scruté le dossier mot après mot, lettre après lettre. Par moments, il nous paraissait indigent, mais, certains jours, notre cerveau devenait si embrumé qu'il prêtait une foule d'interprétations à n'importe quel phénomène, si bien que nous finissions par trouver tout un monde dans ce dossier. Puis il rapetissait.

Le premier point et naturellement le plus facile à résoudre était le sens respectif des mots *rat* et *frelon* qui, comme nous l'avions subodoré, voulaient dire « agent provocateur » et « micro espion ». De même, nous n'eûmes aucun mal à identifier A.V. Il s'agissait d'Arian Vogli, à l'époque chef de la Sûreté de la ville.

En revanche, c'est en vain que nous nous efforçâmes de trouver quelque relation entre le « Corbeau » et la « Mouette ». Quant au destin ultérieur de certains protagonistes du drame, nous ne devions l'apprendre que plus tard. Une femme médecin, K.M., avait été reléguée avec son mari et ses enfants dans un village agricole de l'Albanie centrale. L'infirmière C.T. avait enfin réussi à se faire affecter à la « maison d'hôte », comme on appelait les résidences où descendaient les membres de la haute nomenklatura quand ils se rendaient en province. À ce titre, elle avait effectué deux voyages à Vienne pour accompagner le Premier secrétaire de la ville, qui devait y faire soigner une hernie.

La nièce, étudiante en médecine, se trouvait aussi à l'étranger. Lors de la prise d'assaut des ambassades, en 1990, elle était partie par le premier navire à appareiller à destination de l'Occident. Par la suite, on ignore comment, elle avait passé quelques années comme pensionnaire dans une maison close d'Athènes. Elle gérait maintenant un salon de beauté à Tirana.

Son évocation des traces de projectiles relevées sur les cadavres fournis par la morgue, qui devait causer tant de malheurs, nous fit soupçonner un certain temps qu'on eût exhumé Shpend Guraziu pour tenter de dissimuler la trace d'une balle dans sa nuque.

Mais, là-dessus, nous ne disposions d'aucun témoignage.

13

Notre fringale de dossiers étant désormais satisfaite, nous espérions connaître une certaine relâche. Or c'est le contraire qui se produisit. Nous étions comme sur des charbons ardents. Nous redoutions de nous y être accoutumés, comme on le fait de la drogue, mais, d'un autre côté, nous sentions que nous ne pourrions échapper aussi aisément à leur attrait.

Nous fûmes tirés de ce lamentable état par nos accompagnateurs albanais. Avec un air quasi coupable, ils nous confièrent que quelqu'un avait en sa possession quelque chose de très bizarre qui pouvait s'apparenter à un dossier, mais en plus rare... en plus diabolique aussi, si l'on pouvait dire, et qui, à défaut d'être ce que nous recherchions, pouvait au moins y conduire.

La nuit était humide, trouée par les faisceaux tâtonnants des phares qui, de l'asphalte mouillé de la chaussée, semblaient tantôt s'échapper vers le ciel, tantôt en redescendre. Pour corser le tout, l'hôtel était rempli d'adeptes d'une secte venus de pays lointains pour tenir leur congrès à B.. Bref, c'était une soirée qui demandait à être épaulée comme une vieille masure sur le point de s'effondrer. Sans barguigner, notre chef tira de sa serviette une liasse de deux mille dollars et le petit paquet devint notre bien.

Il s'agissait de trois cassettes enregistrées. Dans la chambre du chef, ennuagés par la fumée de sa cigarette qui, curieusement, s'était répandue partout, nous les auditionnâmes l'une après l'autre.

La première aurait suffi à nous laisser bouche bée. C'était l'enregistrement du pénible bredouillis d'un sourd-muet ou d'un simple d'esprit. Pas un mot compréhensible, tout juste un bla-blou-bli. Ces borborygmes étaient interrompus à quatre reprises par une voix claire qui indiquait, comme un présentateur annonçant un événement à la télévision, la date de chaque enregistrement : 19 octobre, 20 octobre, lundi 1er novembre...

Après une seconde audition, le chef haussa les épaules. Ces sons étaient ininterprétables. Les détenteurs des cassettes n'avaient fourni aucune explication. Ils avaient seulement dit qu'ils ignoraient de quoi il retournait. Spontanément, ils avaient pensé que c'était la voix de l'au-delà que nous recherchions.

Notre première hypothèse fut qu'il s'agissait d'un essai de prise de son avec un suspect. Une sorte de préparatif avant interrogatoire. À moins que ne s'y exprimât au contraire la peur de ce qu'il en serait ressorti... Cette seconde hypothèse nous parut la plus plausible.

La deuxième cassette contenait l'enregistrement de la voix et des soupirs d'une femme faisant l'amour, précédés et suivis de quelques bribes de conversation. *La Mouette* y étant évoquée, nous pensâmes que c'étaient les voix de l'actrice et de Shpend Guraziu, mais, après une nouvelle audition, nous nous persuadâmes qu'il s'agissait de quelqu'un d'autre. La femme, comme il ressortait des marmonnements de l'homme, se prénommait Edlira. Au surplus, de leur brève conversation du début, on déduisait qu'ils étaient tout juste rentrés de la représentation de *la Mouette* et qu'elle en avait été transportée de bonheur, ce qui expliquait, toujours selon ses dires, son ardeur durant cette nuit d'amour.

– Incroyable ! murmura le chef comme s'il se parlait à lui-même. De quelque côté qu'on se tourne, on en revient toujours à cette pièce de théâtre !

La troisième cassette contenait des interceptions téléphoniques. Celle qui, d'entrée de jeu, nous parut la plus banale, fut pourtant celle que nous réécoutâmes avec le plus de concentration. Contrairement à toute attente, dès les premières phrases, on remarquait que la voix de l'individu espionné n'était nullement hésitante, que c'était au contraire le ton d'un officiel sûr de lui. Par la suite, il apparut que non seulement c'était un haut fonctionnaire, mais qu'il travaillait dans la police secrète. Les conversations roulaient principalement sur un micro égaré. Un *prince* –

c'est ainsi qu'on l'avait surnommé. Je le retrouverai coûte que coûte ! disait l'homme écouté. Je remuerai ciel et terre ! Comment ?...

– Assez ! finit par s'exclamer le chef après la quatrième ou cinquième audition ; il s'était pris la tête à deux mains. – L'espionnage des espions... Il ne nous manquait plus que ça ! Je l'ai dit depuis le début : quand on commence à fourrer son nez dans les dossiers, on finit par devenir cinglé !

Il avait raison. Dans nos têtes régnait une confusion que rien ne semblait pouvoir dissiper. L'espionnage des espions... Et si les gens de ce service étaient à leur tour espionnés et que tout se démultipliât ainsi à l'infini comme les ronds sur les eaux dormantes ?

Mais la nuit avait du mal à s'écouler et, comme si nous avions pressenti qu'elle nous réservait une dernière surprise, après avoir dit bonne nuit au chef, nous descendîmes au bar. Là nous attendait, apparemment depuis longtemps, le rouquin aux yeux chassieux. Il ne chercha pas à se justifier ni à avancer quelque explication, si invraisemblable fût-elle, pour les trois feuillets du dossier d'instruction du médium qu'il s'était abstenu de nous remettre. Il se borna à nous en préciser le prix en exigeant une réponse immédiate. Ayant pris acte de notre indifférence, il esquissa un léger rictus : Vous vous en mordrez les doigts, dit-il, mais il sera trop tard. Et il se leva.

Aujourd'hui encore, nous ne nous expliquons pas ce qui nous conduisit à penser que nous nous en repentirions effectivement et qu'il serait alors trop tard. Toujours est-il que nous finîmes par balayer nos hésitations et résolûmes de payer le prix en puisant dans nos économies.

Pour la première fois, nous sentîmes nos doigts trembler en entamant notre lecture. Sur le coup de deux heures du matin, nous décidâmes d'aller réveiller le chef. Nous restâmes dans sa chambre jusqu'au petit matin. Chaque fois que l'un d'entre nous disait « Je vais aux toilettes », les autres regardaient leurs mains comme s'ils allaient y découvrir des instruments de torture.

14

Jamais nous n'avions eu sommeil plus agité. À peine endormis, nous croyions entendre le magistrat instructeur nous crier : « Parle ! », et nous avions aussitôt envie d'aller aux cabinets.

La teneur du tout dernier feuillet était particulièrement dramatique :

Parle, tu n'en auras que des avantages. Ta fille obtiendra le droit de s'inscrire en faculté. Et même à celle qui a sa préférence : la médecine, si je ne m'abuse ?

Je ne sais rien. Je n'ai rien à dire. Laissez-moi aller aux toilettes.

Ah, tu ne sais rien, ordure ? Et cette voix, tu la reconnais ? Regarde-moi en face, as-tu jamais entendu cette voix ? Tiens, écoute-la encore une fois. Tu la reconnais ?

Oui, je la connais.

C'est celle de Shpend Guraziu ?

Oui, c'est bien lui.

Et maintenant, monsieur le médium, nous t'avons réservé une petite surprise. Écoute cette autre voix... Tu la connais ?

Mon Dieu !

Tu la connais ? Parle !

On dirait la voix d'un mort.

Parle, pourriture ! Tu la reconnais ?

C'est encore lui... Quelle horreur !

As-tu compris maintenant que nous sommes plus forts que vous ?

Malheureux que nous sommes !

Oui, vraiment, vous êtes de pauvres malheureux...

Malheureux que nous sommes *tous* !

N'as-tu pas compris, fumier, que nous sommes capables de vaincre la mort ? Alors, qu'espères-tu ?

Qu'attendez-vous de moi ? Je veux aller aux toilettes.

Vide ton sac !

Vous savez tout. Que voulez-vous de plus ?

La réponse de la France... la réponse de l'Occident !

Je ne sais rien de tout cela. Je veux aller aux WC...

Écoute, ordure ! Écoute encore une fois la voix de l'enfer !

Pas de réponse... Rien que le silence. Ô Sainte Vierge... le silence partout !

Là-dessus se terminait le procès-verbal d'interrogatoire. Sur son propre exemplaire, au bas du texte, le chef avait tracé une croix à l'encre rouge.

Le médium, à ce qu'il semblait, avait succombé après le mot « *partout* ».

Nous nous réunîmes pour examiner ce que cette nuit pouvait avoir apporté comme correctifs à nos appréciations. Un vent inquiet faisait vibrer les vitres.

De temps à autre, nous tournions la tête vers la fenêtre comme si nous nous sentions en faute.

Nous parlions à voix basse, sans nous interrompre l'un l'autre, ce qui ne nous était guère coutumier.

Que ce feuillet contînt, condensée en lui, l'origine de toute l'histoire, c'était fort probable. Mais il ne suffisait pas à l'expliquer.

Nous tombâmes d'accord sur la première hypothèse : un trucage de voix. Pour une police secrète comme celle des Albanais, enregistrer la voix de Shpend Guraziu malade, torturé, sur le point de rendre l'âme, n'offrait pas de difficultés. C'est l'éventualité qui nous paraissait la plus plausible ; pourtant, nous n'eûmes rien de plus pressé que de la rejeter pour passer à la suivante.

Le principal obstacle résidait dans le fait que nous ignorions les paroles de Shpend Guraziu qu'on avait fait entendre au médium au cours de son ultime interrogatoire. Accoutumé depuis des années aux séances de spiritisme, il ne se serait pas laissé aisément abuser par un trucage de voix. Alors, qu'avait-il entendu qui l'avait fait frémir et avait apparemment précipité sa mort ?

Intrigués par ces paroles, les magistrats instructeurs avaient cherché à apprendre quelle avait été la réponse de la France. Shpend Guraziu avait donc bien demandé quelque chose aux Français. Cela, les enquêteurs le savaient. Ce qu'ils ignoraient, c'était la réponse que les membres de la délégation française n'avaient apparemment pas pu donner sur-le-champ, pour une raison compréhensible : ils n'étaient pas mandatés, ils avaient dû en référer à leur gouvernement, etc. Il s'agissait donc de quelque chose d'important, et même de capital. Une chose qui – c'était la crainte des enquêteurs – risquait d'être déjà arrivée entre-temps.

L'une des clés de l'énigme résidait dans leur insistance à savoir ce qui s'était passé durant cette nuit pluvieuse et venteuse où l'esprit de Shpend Guraziu n'était pas parvenu à communiquer son message. À l'évidence, ils ne croyaient pas que la voix du mort eût pu transmettre la réponse de la France. Alors, pourquoi s'étaient-ils ainsi obstinés ?

Notre seule explication était que les magistrats instructeurs avaient feint de croire à l'acheminement du message français par un esprit dans l'espoir que le médium, succombant à la torture, en fût réduit à dévoiler une autre vérité, la seule vraie. Il pouvait déclarer par exemple : Cette nuit-là, nous n'attendions aucun message, pour la simple raison que nous savions déjà de quoi il retournait. Il nous était déjà parvenu, disons, par le truchement d'une autre délégation, d'un agent ou bien d'un fonctionnaire de telle ou telle ambassade occidentale... Autrement dit, les enquêteurs, persuadés qu'une réponse était déjà bien arrivée en Albanie, espéraient, par leurs efforts réitérés, leurs recherches minutieuses, parfois à tâtons dans le noir, finir par mettre la main dessus.

Nous nous tenions devant le dossier d'instruction comme devant une ruine silencieuse. De temps à autre, nous avions l'impression de discerner dans cette grisaille un pâle scintillement ; mais, chaque fois, il se rééclipsait dans les profondeurs avec son secret.

Nous sentions bien qu'il nous manquait peu de chose pour découvrir la faille par laquelle nous pourrions nous glisser sous l'écorce terrestre. Peut-être un flair analogue à celui des chevaux pour deviner un mort enfoui sous terre, ou celui des rats pour pressentir les secousses sismiques, un sixième sens dont le Créateur n'avait pas équipé les humains pour une raison qu'Il était seul à connaître.

Le vent, comme irrité par des ongles invisibles, éraflait les vitres.

Un éclair languide, libéré des chaînes de la gravitation universelle, flottait dans notre imagination, comme noyé.

Pas de réponse, avait dit le médium quelques instants avant d'expirer. Rien que le silence, partout...

Peut-être cette réponse n'avait-elle été qu'un vain rêve caressé des années durant par tous les habitants de l'Est ? Des millions d'yeux enténébrés par l'attente avaient ainsi scruté les troubles nébulosités du ciel communiste. Pour y découvrir un éclair moribond, solitaire, évadé des lois de l'Univers.

15

Une sourde torpeur s'abattit subitement sur nous ces jours-là. Même quand nous en émergions, ce n'était qu'un faux réveil, nous n'échappions pas complètement à l'emprise du sommeil.

Les journées se déformaient brusquement. Le temps, voire l'espace se dilataient et se contractaient tour à tour. De même nos membres. Quelque chose se tramait au-dedans de nous. On eût dit que tout notre être se préparait à nous ne savions quoi.

Nous étions à la fois curieux et effrayés de voir ce qui allait se produire. Mais l'une et l'autre impressions étaient comme dépourvues de pesanteur, appartenant à un autre monde.

Parfois, dans nos moments de lucidité, pareils aux objets célestes d'un univers miniature, tournoyait au-dessus de nous tout ce dont nous avions entendu parler jusque-là : une séance de spiritisme dans la ville de B., la représentation puis l'interdiction de *la Mouette*, la recherche d'un micro-espion, les tortures infligées à un médium, l'exhumation de Shpend Guraziu, un corbeau de plus en plus noir au fur et à mesure qu'il y voyait moins... Nous sentions que tous ces éléments avaient quelque rapport entre eux, mais nous ne parvenions pas à trouver le fil. Certains nœuds qui les avaient reliés étaient défaits. D'autres événements de moindre ou de plus grande importance paraissaient voleter parmi eux : la malédiction jetée sur la pièce de Tchekhov par une vieille qui n'était jamais allée au théâtre, les râles d'une inconnue avant l'orgasme à la suite d'une première de théâtre, un homme à la langue coupée qui cherchait à se faire entendre...

C'étaient des fragments de vie qui, de même que la poussière cosmique engendre des corps célestes, s'étaient apparemment projetés les uns à la rencontre des autres pour s'agglomérer comme la matière des astres, avant de prendre la forme d'un message explicite : on a capturé un esprit, ou bien : la terre du cimetière a parlé.

Comment en était-on arrivé là ? Comment ces fragments s'étaient-ils attirés et mortellement embrassés dans l'espace enténébré ? Pourquoi précisément ces particules-là et pas d'autres parmi les myriades et myriades d'événements humains gravitant dans l'éther ?

À l'évidence, nous cherchions la vérité et la redoutions tout autant. Nous nous en approchions et nous en éloignions dans un permanent mouvement de va-et-vient, comme des fantômes. Nous craignions quelque explication décevante. Certains jours, nous n'aurions su dire si c'était l'événement qui essayait de nous filer entre les doigts, ou nous qui nous dérobions à lui. Il devait s'agir d'un épisode qui aurait eu besoin de vieillir d'au moins trois cents ans. Nous fouillions sa double vie : son existence réelle et l'autre, sa vie fossile, sédimentaire... Nous souhaitions que l'une et l'autre de ces formes n'en vinssent pas à se nuire mutuellement.

Nous désirions élucider définitivement le dossier de l'affaire. Pour nous, ce dossier était la matrice ensanglantée qui avait enfanté l'événement. Mais, comme toute matrice, elle ne devait jamais apparaître au grand jour.

Parfois, nous nous rendions compte que nous demandions l'impossible. Nous étions en quête d'un événement situé à la frontière entre deux mondes. Il ne pouvait qu'être difforme, troublement réfracté par quelque miroir de l'au-delà. Bref, nous recherchions ce que, pour user de l'optatif albanais, nous souhaitions ne jamais voir se produire...

16

Tout comme les schizophrènes croient apercevoir leur double dans la rue, nous avions parfois l'impression de nous observer nous-mêmes à distance, très loin sur cette terre des Albanais, errant en quête de représentations oniriques.

En de pareils instants, même ce que nous vivions au quotidien dans la morne ville de B. épousait la forme des plus anciens récits épiques... Pour la trente-cinquième année de communisme en Albanie, la ville de B. avait été le théâtre d'événements extra-ordinaires dont la légende avait assimilé les moindres détails tout en en rejetant le noyau, si l'on peut dire, ou encore le squelette. Ce noyau était le suivant : le désespoir, cette année-là, était si profond – la fin du deuxième millénaire approchait et tout paraissait si noir qu'on inclinait à penser qu'il n'y en aurait pas de troisième –, l'atmosphère, donc, était si lugubre qu'un mort inhumé depuis trois ans avait réussi à envoyer un message sur terre. Incompréhensible, ce message avait fait trembler plusieurs nuits les habitants de B. au cours de cet hiver qui, même sans cet événement, eût été on ne peut plus rigoureux.

Bien des années plus tard, grattant la croûte de cette époque-là, maints chroniqueurs, historiens, envoyés spéciaux de chaînes de télévision, et naturellement des experts en psychoses collectives s'étaient employés à élucider l'affaire, mais il s'agissait d'un événement d'une nature telle qu'il se dérobait ou se métamorphosait au fur et à mesure qu'on s'évertuait à le cerner.

Malgré tout, après bien des efforts, on finit par découvrir que cette histoire était bien plus complexe que ne l'avait laissé supposer la ballade qu'on lui avait consacrée, en particulier dans deux de ses vers où il était dit que la terreur avait été si barbare et le désir de témoigner si intense que « la terre même s'était mise à parler ». On fouina dans des archives et des documents sans nombre, authentiques ou faux (parfois, ces derniers laissaient entr'apercevoir de nouvelles réalités encore plus sidérantes), on interrogea et sonda des centaines de témoins ; leurs réponses débouchèrent toutes sur la même conclusion : indépendamment du jour tout relatif que certains recoupements avaient jeté sur l'affaire, le fond de celle-ci restait le même ; pour la première fois dans l'histoire de ce pays, peut-être même de l'humanité entière, une voix était montée de sous la terre.

Même plus tard, après qu'on eut brassé et retourné les archives, que se fut levé un tourbillon rappelant les ouragans du début d'automne, pareille au sanglant rubis d'une bague continua de scintiller dans ce tumulte la voix de l'au-delà.

Ce message, intercepté par la police secrète albanaise et enregistré sur cassette, avait été envoyé comme cadeau d'anniversaire au Guide de l'Albanie le soir du 16 octobre de cette mémorable année.

Bien sûr, nous avions été les premiers à mener l'enquête. Nous continuions d'avancer lentement d'une salle à l'autre du labyrinthe. Les degrés recouverts de terre étaient dégagés l'un après l'autre. On remuait les lourdes dalles, on ôtait le crépi, la gangue de boue. Par moments, nous avions l'impression que notre cerveau s'était doté d'aptitudes surprenantes qui nous rendaient capables d'appréhender des phénomènes raisonnablement inaccessibles aux cinq sens : par exemple, l'angoisse de la langue albanaise cherchant à se protéger de la tourmente. Nous distinguions presque à l'œil nu ce vieux métier fatigué de tisser et qui avait eu tant de mal à endurer le remplacement de ses pièces en vue de créer un parler nouveau.

Naturellement, il était plus simple de camper les gens avec des micros espions fourrés – ou prétendument fourrés – dans leurs vêtements, et courant, pris de panique, comme poursuivis par les antiques Érinyes...

Néanmoins, ces phases d'extralucidité ne duraient guère et nous revenions bientôt à notre labeur de fourmis pour glaner la vérité sur le terrain : confessions abasourdissantes, papiers, procès-verbaux de réunions du Bureau politique, ordres secrets et ultrasecrets, prises de vues saisissantes, aveux, journaux intimes du Guide rédigés en état de délire et émaillés de lacunes et d'incohérences sans nombre...

17

Nous sentions cette matière depuis si longtemps inerte se ranimer peu à peu. La sève se remettait laborieusement à irriguer ses veines.

Fascinés et en même temps remplis d'appréhension, nous attendions qu'elle prît pleinement forme. Parfois, il nous semblait qu'au tout dernier instant, elle allait s'évanouir sous nos yeux. Qu'elle allait se remettre à s'écouler par les fentes de la terre d'où on la croyait jaillie. D'autres fois, nous craignions de l'avoir esquintée. Nous l'aurions bel et bien arrachée aux crevasses, mais grièvement blessée, sans être assurés d'avoir su préserver son existence duelle.

Depuis quelque temps déjà, les habitants de la ville de B. nous battaient froid. Ils devinaient que nous étions désormais au courant de faits que nous étions censés ignorer. Eux-mêmes, apparemment, s'étaient efforcés de les oublier ou les avaient effectivement extirpés de leur mémoire. Les borborygmes émis par une langue estropiée et que nous avions entendus sur les cassettes, s'échinant à formuler quelque chose sans y parvenir, avaient peut-être quelque rapport avec cette ville elle-même.

Pour notre part, nous continuâmes à mener nos investigations. Le chaos tournoyant qui se déployait devant nous paraissait parfois s'apaiser, mais pour bientôt s'exaspérer, enfler à nouveau. En ces instants, nous avions l'impression que les chaînes et filins avec lesquels nous escomptions le maîtriser, de même que nos rêts et nos grappins, étaient absolument impuissants à dompter son tourbillon.

Nous sommes plus ou moins dans la situation des premiers Tragiques face au chaos mythologique, observa un jour notre chef.

Bien qu'il eût lâché ces mots d'un ton sardonique, nous sentions que, de même que l'Univers, à ce qu'on dit, peut se réfléchir dans une simple goutte d'eau, toutes les affres du monde peuvent aussi se trouver condensées dans le récit d'un unique événement.

Nous poursuivîmes notre enquête. Le rideau se levait peu à peu sur cet événement. Le brouillard se dissipait sur ses creux et ses bosses. Équipés de lunettes de protection, comme ceux qui attendent d'assister à une explosion atomique, voire à l'Apocalypse, nous attendions qu'il se découvre.

Deuxième partie

RÉVÉLATION

1

Le Guide devenait aveugle. Ce qui, pendant de longs mois, n'avait été qu'une supputation, venait d'être formulé quelques instants auparavant dans des termes on ne peut plus précis. Jamais il n'aurait imaginé entendre prononcer la condamnation de sa vue dans un français estropié aux intonations nippones. La semaine précédente, l'équipe de médecins français lui avait laissé quelque espoir. Sitôt arrivés, les Japonais, en revanche, s'étaient montrés implacables : sa vue s'affaiblirait de plus en plus rapidement pour finir par s'éteindre tout à fait en l'espace de deux ans. L'éventuelle opération de la cornée après « maturation », qu'avaient laissé espérer les Français, relevait plutôt du vœu pieux, voire de la courtoisie diplomatique. C'était justement le soupçon qu'il en fût ainsi qui l'avait incité à solliciter l'envoi d'urgence de cette autre équipe venue de loin.

Ainsi, ses yeux le lâchaient. Il y songea sereinement, avec moins de peine qu'il ne l'eût supposé. Apparemment, à l'heure des doutes, tout son chagrin s'était consumé, peut-être même un peu trop.

Debout devant la grande baie, il entendit le léger ronronnement des voitures qui amenaient les médecins, puis ceux-ci lui firent l'impression de taches noires se déplaçant pêle-mêle, comme charriées par le vent.

Le jour déclinait. Il imagina la nouvelle se propageant timidement dans les résidences des membres du Bureau politique. Inutile de vouloir garder un si gros secret, avait-il dit à son épouse quand, toute retournée, elle s'était mise à discuter au téléphone avec le ministre de l'Intérieur des mesures à prendre pour jeter un voile sur la venue des médecins en les faisant passer pour des archéologues ou des prospecteurs de pétrole. On finira bien un jour par apprendre la vérité.

Curieusement, il ne redoutait pas la divulgation de la chose. En son for intérieur, il allait même jusqu'à la souhaiter. Comparé aux autres menus secrets, il avait l'impression que celui-ci le rehaussait et, point capital, n'altérait en rien la dignité de son image.

Cela faisait des années qu'il s'était convaincu que tout, y compris les circonstances qui semblaient lui être adverses, finissait par tourner à son avantage. Que la mort, avant de s'approcher en personne, lui envoyât un de ses oripeaux, paraissait un indice de bonne entente avec elle. Elle l'accoutumait avant l'heure à son royaume : d'abord aux ténèbres, sans doute aussi à la séparation d'avec ses proches.

La tombe n'a pas peur du mort, pas plus qu'il n'a peur d'elle. Il tenait cet adage de sa mère, laquelle le lui avait soufflé un jour qu'il l'avait trouvée devant un étrange bahut, en train de mettre la dernière main à son ultime toilette : la chemise et la robe qu'on lui passerait, les chaussures, la courtepointe en taffetas, et jusqu'au voile de gaze dont on lui recouvrirait le visage. Mais que fais-tu là, mère ? lui avait-il demandé. Inutile de te fatiguer, nous avons tant de gens qui peuvent t'aider... Elle lui avait expliqué que ce n'était pas pour rien que les vieilles femmes s'occupaient toujours elles-mêmes, sans le secours de personne, des préparatifs de leur mort. Il faut s'entendre seul à seule avec la Faucheuse, lui avait-elle dit. Ainsi, au jour convenu, elle te paraît légère et te porte légèrement là où chacun a sa place.

Le Guide soupira. Pour l'heure, il aurait bien plus apprécié quelques mots de sa mère que toutes les marques de dévotion des membres du Bureau politique.

Il n'en imagina pas moins les hauts dignitaires apprenant tour à tour la nouvelle de sa cécité. Il se représenta d'abord les plus fidèles, le visage horrifié, se prenant la tête à deux mains, prêts à fondre en sanglots en même temps que leurs épouses. Attendez, attendez, marmonna-t-il. Inutile de vous affliger à ce point, ni de crier « Quel malheur ! » comme si c'était la fin du monde. Pour ce qui est de vos yeux que vous vous dites disposés à m'offrir, non, merci bien... Tel est mon sort, et je m'y soumets.

Une vague d'émotion le submergea. L'idée qu'il se sacrifiait ne le quittait plus. Il aspirait lui-même les ténèbres, il buvait la nuit, cette fois avec sérénité.

Il songea à l'autre portion du Bureau politique, à ceux qu'il ne portait guère dans son cœur. Le visage livide, inexpressif, ils apprenaient la sinistre nouvelle. Vous voilà frigorifiés, hein ? Vous ne savez pas quoi dire ?

Ils ne lui avaient fourni aucun motif qui justifiât sa méfiance, mais cela ne le consolait en rien. Au contraire : il les avait pris d'autant plus en grippe qu'il trouvait moins de raisons de leur en vouloir.

Parfois même, il avait le sentiment que, s'ils ne se manifestaient pas et ne lui fournissaient aucun grief sérieux, c'était pour le tourmenter encore davantage.

Vous ne perdez rien pour attendre, fit-il avec aigreur. À présent que lui-même était devenu aveugle, ils ne se sentiraient plus tellement portés à implorer son pardon. Dès lors, il serait plus que jamais en droit de les frapper quand ils auraient fait déborder la coupe.

Ce flot de bile le porta mentalement vers un troisième groupe. Certains étaient des membres suppléants du Bureau politique que leur longue attente avant d'accéder au zénith avait doublement vieillis, d'autres encore depuis longtemps exclus, d'autres enfin qui étaient décédés. S'y mêlaient les condamnés dont la plupart gisaient depuis longtemps sous terre mais qui, dans son esprit, étaient encore en vie. Contents, hein ? leur lança-t-il à part soi. Bien sûr, vous vous frottez les mains, cela fait des années que vous ne cessez de m'épier.

Les rumeurs courant sur sa cécité étaient encore toutes récentes. Deux mois auparavant, à son retour d'un voyage dans le sud du pays, sa femme, s'entortillant dans ses phrases comme chaque fois qu'elle redoutait de le froisser, lui avait conseillé d'éviter, quand il se trouverait de nouveau face à un bas-relief ou à une plaque commémorative, de tendre la main vers le marbre comme il venait de le faire devant les bustes des trois frères Frashëri. Brusquement, il avait été saisi d'inquiétude : Tu veux dire que c'est un geste d'aveugle ? l'avait-il coupée en la fixant droit dans les yeux. Inutile de tourner autour du pot, je sais bien ce qu'avec le ministre de l'Intérieur et la bande de crétins qu'il dirige, vous avez tous pensé. Parce qu'aucun d'entre vous ne sait que ce geste de la main en direction d'une statue ou d'une stèle constitue justement une très ancienne forme d'hommage à qui est dédié le monument.

Elle avait tenté de lui expliquer qu'il s'agissait d'éviter les fausses interprétations, surtout en cas de prises de vues par la télévision, mais il avait refusé de l'écouter. Et puis, après tout, ils n'ont qu'à l'apprendre ! avait-il lâché avec mépris, tout en ajoutant pour lui-même : au reste, n'a-t-on pas insinué un peu partout depuis de nombreuses années que j'étais dérangé, et même un peu excentrique... ?

Comme toujours, dans ses moments de colère, il ne pouvait s'empêcher de penser à la portion déloyale de son Bureau politique. Désormais il les écraserait, justement avec ce qu'ils avaient pris pour son mal, alors que c'était en réalité le leur. Il les torturerait avec le diagnostic français : greffe de la cornée d'ici un an, deux tout au plus... Avec des yeux remis à neuf, il viendrait se rasseoir à la longue table où ils l'attendraient, morts d'angoisse. Oui, vraiment, je suis bien content de pouvoir à nouveau vous regarder... Je constate que plusieurs d'entre vous ont forci, que certains ont même rajeuni. On dirait que mon absence les a vivifiés. Bien sûr, les vieux, c'est comme les pierres, c'est lourd à porter. Mais, que voulez-vous, on n'y peut rien, vous serez obligés de me supporter encore quelque temps. Je ne vais pas quitter ce monde sur mes deux jambes...

Il se tournerait ensuite vers les autres, ceux qui paraissaient tout pâles et amaigris : Et vous, que vous est-il arrivé ? Quelles sont ces rides que je ne vous connaissais pas ? Vous vous êtes inquiétés à mon sujet, je sais, comme autrefois quand je souffrais du cœur, vous en avez même sûrement perdu le sommeil. Merci... Merci bien... À moins que ce ne soit un autre genre de souci qui vous a rongé ? Vous avez passé des nuits blanches à chercher la meilleure façon de prendre ma place, comme jadis, quand je languissais, presque sans connaissance, et que vous ne songiez qu'aux postes que vous convoitiez ? Dommage, oui, vraiment dommage...

C'est ainsi qu'il les accablerait, les enfoncerait, les réduirait en miettes, jusqu'à les amener à maudire le sein qui les avait allaités.

Il lui parut entendre de menus bruits dans la pièce voisine. Depuis pas mal de temps, il avait l'impression que ses oreilles percevaient des voix, des murmures qu'il n'entendait pas auparavant. Normal : la première observation qui l'avait frappé dans un ouvrage consacré à la cécité était que l'affaiblissement de la vue s'accompagnait d'une acuité accrue de l'ouïe.

Vous vous êtes trop vite réjouis, se dit-il avec un soupir de lassitude en passant en revue une kyrielle de gens. Pour eux, désormais, ce serait encore pire. Ses yeux n'avaient pu jusqu'ici les surveiller partout ; à présent, ses oreilles les suivraient jusque dans les recoins les moins imaginables.

Deux jours auparavant, en son nom, le ministre de l'Intérieur avait demandé au vice-premier ministre chinois qui conduisait la délégation officielle de son pays aux fêtes de la Libération, une certaine quantité de micros espions ultrasophistiqués. Ce soir même, à la réception donnée au palais des Brigades, le Chinois ferait sans doute connaître la réponse.

« *Tout oreilles je suis disposé à l'ouïr...* », récita-t-il à voix haute en se rappelant machinalement ce vers.

L'idée que tout ce qui lui était échu dans son existence l'avait été au moment voulu, dans le bon ordre, l'effleura tranquillement. Il avait si longtemps refoulé son envie d'écrire. On eût dit que le sort lui envoyait cette cécité pour le délivrer de ses hésitations...

Les esquisses et surtout les différentes variantes d'un même soupçon se tissaient plus volontiers dans les ténèbres. Il y en avait tellement dans son cerveau ! Tous les complots ourdis ou à ourdir contre lui y figuraient. Les nuits noires où il avait attendu tout éveillé la fin de ses adversaires. Les messagers qui venaient lui annoncer des suicides inattendus. Et puis les suicides qui se faisaient attendre... Tout cela se mêlait dans son crâne à des événements qui n'étaient pas encore advenus. Mais, pour lui, ça ne faisait guère de différence. C'était le même matériau. Comme d'un tas de laine crue filée au fuseau, il pouvait à son gré tricoter du passé ou du présent, voire les deux à la fois. Et, pour son bonheur, il perdait maintenant la faculté de distinguer l'un de l'autre.

Il fut tenté de rire à la pensée des larmes que tous allaient verser sur la perte de ses yeux. Vous en faites donc plutôt pour vos mirettes ! s'exclama-t-il en élevant la voix.

Oui, il écrirait, c'était sûr, ses souvenirs d'enfance et ceux de sa jeunesse en France. Peut-être aussi une pièce sur l'hiver 1960 à Moscou. Et une autre encore autour d'un événement qui ne s'était pas encore produit...

Un bloc de marbre avec deux cavités en guise d'yeux, qui lui rappelait tantôt la tête de Vehip le Borgne, le cantonnier de son enfance, tantôt celle d'Homère, oscillait dans son imagination.

Le Chinois donnerait sûrement sa réponse dans la soirée. Des milliers de nouveaux micros seraient placés partout. L'Albanie allait perdre de son acuité visuelle ? Son ouïe s'affinerait à un degré qu'elle n'avait encore jamais atteint. Au fond, c'était dans la logique des choses. L'Albanie renouerait avec ses origines, à l'époque où l'oreille primait l'œil.

L'Albanie des rhapsodes, de la tradition orale. On pouvait bien à nouveau se moquer d'elle : ne l'avait-on pas toujours fait ?

Derrière les vitres, les lumières de la capitale dans ses ornements de fête scintillaient confusément.

Soudain, un vide se fit dans son esprit. Puis sa première réflexion fut pour les racines profondes de tout ce qui advenait. De fait, c'est bien cela, songea-t-il en poussant un profond soupir : à l'Albanie comme à nulle autre convenait sa propre cécité.

À son entrée dans le palais des Brigades, les applaudissements d'abord, puis le silence, puis la reprise du brouhaha général parurent reproduire le rituel d'un, de quatre, de sept ans auparavant. Mais les vieux habitués des réceptions, tout comme les diplomates depuis longtemps accrédités à Tirana captèrent d'emblée cette ombre particulière dont le deuil couvre une euphorie apparente. Il y avait là au moins deux douzaines de personnes qui étaient au courant de son début de cécité, et elles suffisaient à répandre l'ombre en question.

À la table d'honneur, les regards des membres du Bureau politique convergeaient sur lui. Ce soir, l'éclat inaccoutumé qui était apparu ces derniers mois dans ses propres yeux était proprement insoutenable. Ciel, que lui a-t-on fait ? se demandait tout un chacun. On eût dit qu'un diamant avait été placé sous le voile de chacune de ses prunelles.

Les médecins venus de l'autre bout du monde devaient se trouver ici ou là dans la salle, mais personne ne les connaissait. Heureux que la largeur de la table ne leur permît de causer qu'aux convives assis à leurs côtés, les membres du Bureau politique songeaient déjà aux prochaines réunions où le Guide les jugerait essentiellement à l'oreille. Jusque-là, ils se torturaient les méninges sur le choix de la chemise qu'ils allaient porter et encore davantage sur celui de leur cravate qu'il avait coutume, va savoir pourquoi, de considérer d'un air plutôt ironique. La première chose qu'apprenaient les nouveaux élus était qu'il ne supportait pas les visages mal rasés. Ils se tailladaient sans pitié avant chaque réunion et étaient même plutôt fiers d'arborer des joues ou un menton couverts d'estafilades, jusqu'au jour où il leur fit dire qu'ils devaient bien se pénétrer du fait qu'ils ne se rendaient pas à l'infirmerie, mais au Bureau politique.

Tout cela, pourtant, n'était rien, comparé au supplice des yeux. Depuis nombre d'années, le bruit courait que c'était d'abord et avant tout dans leurs yeux qu'il débusquait la félonie de ses subordonnés. Sous son regard, ils se sentaient perdus. Ils savaient que baisser le leur équivalait à un suicide, mais affronter le sien n'était guère plus commode : il pouvait prendre cette attitude pour de la présomption, une velléité de se montrer son égal – sans parler de la maudite expression « Il n'a pas froid aux yeux », qu'un pas seulement séparait de l'opposition déclarée. Ils ne pouvaient non plus se permettre de porter des verres fumés, car il était au courant de leurs moindres pépins de santé. Un jour par semaine,

racontait-on, il s'enfermait dans une pièce de sa résidence, jusque tard dans la nuit, en compagnie d'un
médecin chevronné, un de ses vieux amis. Là, face à
une lampe, tous deux rigolaient en examinant sur des
radios l'ombre de leurs maxillaires, de leurs poumons
et surtout de leurs crânes. Non, mais regarde le foie
de celui-ci, disait-il ; tu vois toute cette acidité ? J'ai
bien l'impression qu'il s'est mis à noircir ! confirmait
l'autre, et c'étaient de nouveaux rires. Alors, qu'en
penses-tu ? On le supprime ? demandait-il. Le vieux
médecin marquait quelque hésitation : Attendons de
voir le suivant, répondait-il d'un air docte ; on avisera
après... Et ils repartaient à rire.

Maintenant, tout cela était terminé. Ils pouvaient
choisir leurs cravates à leur guise, mais devaient en
revanche veiller de plus près à leurs intonations. Il
leur fallait les adoucir si elles étaient rauques, les
rendre chaleureuses au moment opportun, les durcir
au contraire dans les assemblées où la sévérité était de
mise.

Conformément à l'usage, au moment du café, une
partie des invités sortirent de table et se mirent à aller
et venir à travers les salons, comme avant le souper.

Le vice-premier ministre chinois adressa de loin un
signe au ministre albanais de l'Intérieur.

— Je me suis entretenu avec le Premier ministre
Chou, souffla-t-il quand l'autre se fut approché. Il
m'a dit qu'il se ferait un plaisir de veiller personnellement à la fourniture du *matériel*, d'autant plus que
celui-ci a été directement demandé par votre haut
dirigeant.

— Je vous en remercie, répondit le ministre. Je suis certain qu'il appréciera beaucoup cette marque d'attention du camarade Chou En-lai.

Depuis que couraient des rumeurs de refroidissement des relations sino-albanaises, les diplomates étrangers prêtaient grand cas à l'atmosphère des réceptions officielles et ne quittaient pas des yeux les principales personnalités.

— Le Premier ministre Chou m'a confirmé que la première livraison pourrait arriver très vite, dès la semaine prochaine. » Le Chinois approcha sa tête de celle de son interlocuteur et, portant ses doigts joints à ses lèvres, comme s'il voulait y déposer un baiser, afin d'exprimer la perfection, il reprit : « Vous jugerez par vous-même ces petites merveilles, camarade ministre. Le dernier cri de la technologie chinoise, ha-ha !

Quelques instants plus tard, le ministre de l'Intérieur parvint à retrouver, parmi la foule des invités, l'épouse du Guide.

— La demande sera satisfaite, et même au plus tôt.

— Vraiment ? fit-elle. Excellent... » Mais on voyait qu'elle pensait à autre chose. « Écoute, dit-elle en s'adressant à lui par son prénom, des rumeurs ont encore couru au sujet de...

— Que voulez-vous que je vous dise ? C'est exact, on nous a rapporté certains propos... Nous avons eu deux nouveaux cas.

— Encore ce proverbe sur le Vieux Corbeau ?

Le ministre fit « oui » de la tête.

Ses traits à elle se glacèrent. On devinait que la dureté avait du mal à s'inscrire sur ce visage aux traits gracieux.

— Je pense que tu sauras t'occuper de cela toi-même. Dans ce genre de cas, aucune pitié pour qui que ce soit...

— Bien sûr, acquiesça le ministre.

— Quant à lui, il ne doit être informé de rien. Il n'y a aucune raison de le contrarier.

— Bien sûr, répéta le ministre.

Le brouhaha d'après-dîner s'élevait dans une atmosphère de plus en plus détendue. Après avoir cherché un guéridon où poser leurs tasses, les invités ne pouvaient s'empêcher de tourner la tête en direction de la table d'honneur.

L'épouse du Guide suivit un instant des yeux le petit groupe de médecins japonais qui erraient, totalement étrangers à l'animation qui les entourait.

— Je veux espérer qu'ils sauront tenir leur langue, lâcha-t-elle.

— Je le souhaite aussi, répondit le ministre.

Derrière lui, cependant, quelqu'un d'autre dévorait des yeux ces hôtes lointains : l'ambassadeur de France.

2

Le vrombissement de la voiture s'engouffrant dans la cour intérieure parut faire vibrer les vitres de la fenêtre. Les voici, pensa-t-il en se levant de son bureau. Il avait les genoux ankylosés, cependant qu'un léger frisson lui parcourait le haut du corps. Les marches de l'escalier craquèrent sous les pas de son adjoint. Ça va, j'ai compris, grogna-t-il.

Dans la cour, les nouveaux arrivants se dégourdissaient les jambes.

— Arian Vogli, chef de la Sûreté, dit-il en leur tendant la main. On vous attend depuis ce matin. Soyez les bienvenus !

Son regard s'arrêta sur le toit du véhicule, semé de taches blanches.

— Il neigeait sur les hauteurs, fit l'un des voyageurs. Telle est d'ailleurs la cause de notre retard.

Pendant qu'on déchargeait les caisses, ils s'installèrent dans une pièce voisine pour prendre un café. Les emballages paraissaient givrés ; les idéogrammes se détachaient sur eux comme des bestioles fossilisées.

— Avant de vous faire signer les bordereaux de livraison, nous ferions bien d'éclaircir un certain nombre de points, fit l'un des visiteurs.

— Bien sûr, répondit Arian Vogli. Vous êtes pressés ?

— Malheureusement, oui. Ce soir, nous devons encore effectuer une autre livraison dans la ville voisine. Je pense que nous coucherons là-bas.

— Ne pourrait-on pas tenir la réunion ici ? suggéra le chef de la Sûreté. Que les autres nous rejoignent, fit-il à l'adresse de son adjoint.

Il savait plus ou moins d'avance ce que les visiteurs allaient dire. La pression des ennemis du dehors et du dedans s'accentuait. La lutte de classe devait se renforcer. Ces micros, dernier cri de la technique, seraient les oreilles rajeunies de la dictature du prolétariat. Tant que ces oreilles seraient tendues, l'Albanie ne risquerait rien. Si jamais elles venaient à se boucher, ils seraient perdus.

Ce fut en effet, à peu de chose près, ce que déclara le premier à prendre la parole. Seule innovation : il mit l'accent sur le fait que les micros avaient été commandés à la Chine par requête expresse du Guide, et tout ce qui les concernait devait être notifié sans délai à la fois au ministère de l'Intérieur et au secrétariat général du Comité central.

Tandis que l'autre parlait, Arian Vogli promenait son regard sur l'affiche tout juste collée célébrant l'anniversaire de la création des services secrets : un œil d'homme et un autre d'aigle quasiment superposés. L'an prochain, il faudra peut-être y ajouter une oreille, songea-t-il.

— Je crois que vous avez déjà commencé à dresser des listes ? reprit l'autre. Malgré tout, il se peut que vous deviez y apporter quelques correctifs après avoir entendu le supplément d'information qui va vous être donné par le camarade ingénieur.

Avant d'écouter les explications de ce dernier, ils commandèrent un nouveau café. Peut-être à cause de sa spécialité, l'ingénieur s'exprimait à voix basse, comme s'il fredonnait une berceuse. Il indiqua qu'il s'agissait là d'une première dans l'histoire des écoutes albanaises. La micro-écoute avait été jusqu'ici une pratique peu courante, ne représentant que six pour cent du total de la surveillance secrète, pour l'essentiel assurée directement par l'oreille. Désormais, tout allait être chamboulé. Autrement dit, au lieu de passer pour un espionnage de haut luxe, élitiste, la micro-écoute allait se muer en pratique généralisée – globale, comme on disait à présent.

Ce pouvoir général et absolu d'intrusion devait être envisagé sous deux angles : d'abord, les micros seraient placés où que ce soit ; ensuite, ils n'épargneraient qui que ce soit.

Avant de décrire les différents types de *frelons*, comme il se mit à les dénommer, l'ingénieur dit quelques mots de leurs particularités. À la différence de leurs prédécesseurs, il s'agissait du dernier raffinement de la technique ; c'étaient des appareils ultra-sensibles, de très faibles dimensions, pouvant facilement être placés ou ôtés, autrement dit « semés » puis « récoltés » où que ce fût. Vous savez mieux que moi, camarades, les ennuis que nous avons eus avec nos vieux clous, qui, plus que des voix humaines, récoltaient des parasites et du vent. Que de fois n'avons-nous pas failli nous rompre le cou en nous faufilant pour les coller sous les abat-jour ou les en détacher !

Maintenant, poursuivit l'ingénieur, nous pouvons dire adieu à cette époque.

Tournant la tête vers les caisses, l'ingénieur enchaîna en disant que les *frelons* actuels étaient de trois types. D'abord les permanents, pour l'écoute telle que jusque-là pratiquée, classique, lesquels continueraient d'être installés dans les hôtels, les bureaux, les cafés et autres lieux qu'il leur laissait le soin de deviner. Seule nouveauté pour ces appareils-là : la liste des endroits où ils seraient installés serait allongée. Ainsi, grâce à leurs nouvelles caractéristiques, ils pourraient être glissés sous les bancs des jardins publics, derrière les tableaux dans les musées, voire sous les affiches de cinéma devant lesquelles les gens avaient en général la langue plus déliée.

Le deuxième type, celui des *frelons* provisoires, était également connu de tous. Mais si, jusqu'à présent, leur usage avait été limité en raison des difficultés évoquées ci-dessus, leur pose dans les combinés téléphoniques, les lavabos, voire les lits conjugaux, serait dorénavant bien plus aisée.

L'ingénieur tourna de nouveau la tête vers les caisses en cherchant apparemment des yeux l'une de celles qui, outre les idéogrammes habituels, arboraient un signe rouge. Sans retenir un sourire infatué, il déclara qu'il avait gardé le meilleur pour la fin : la troisième espèce. Il s'agissait de micros absolument nouveaux. Des perles, le dernier cri de l'espionnage, aussi les appelait-on à juste titre les « princes de l'écoute ».

Il parla longuement de ces appareils, avec passion :
— Il y a quelques années, vous avez, et nous avec vous, été émerveillés par les *frelons* autonomes fonctionnant à piles et collés au suspect. Cet émerveillement était justifié : à l'époque, ils représentaient pour nous le summum de la perfection. Ils escortaient effectivement le suspect pas après pas, comme des chiens, mais des toutous tenus en laisse par la Centrale ! On avait beau accroître leur rayon d'action, venait un moment où le suspect sortait du champ. Et, pour nous, c'était terminé.

L'ingénieur sourit. Il ajouta que les cibles, comme tous les coupables, étaient en général des natures inquiètes, instables, de sorte que, tôt ou tard, elles finissaient par échapper à la surveillance. Les *princes*, eux, ne permettaient aucune dérobade. Ils jouissaient d'une autonomie illimitée. Ils étaient alimentés par piles, ils enregistraient eux-mêmes et conservaient la minuscule cassette à l'intérieur de leur petit corps. Fourrés dans le sac ou les vêtements de la victime, ils la suivaient pas à pas à des centaines, des milliers de kilomètres, jusqu'au bout du monde, si nécessaire.

Voilà donc à quoi ressemblaient les *princes*. L'exaltation de l'orateur s'était communiquée à toute l'assistance. Avec ces gaillards prenait fin l'époque où les ennemis, après être restés le bec cloué dans leurs bureaux ou leur chez-soi, se faisaient signe – « On sort un moment ? » – et, une fois dans la rue ou dans un jardin public, donnaient libre cours à leur fureur contre l'État.

Le sentiment de gratitude à leur égard se mêlait à une sorte de compassion, mais légère, diffuse, qui tenait peut-être à leurs faibles dimensions et à ce qu'ils travaillaient en solitaires où que le hasard les portât : dans la fourrure parfumée d'une belle dame ou au fond d'un puits de mine. Peut-être aussi au poison des mots que ces malheureux, après les avoir recueillis avec tant de peine, renfermaient dans leur corps grêle, comme dans un sarcophage, dans l'attente qu'on les ouvrît.

L'extase adoucissait leurs voix. Le rythme de leur respiration s'en ressentait aussi. Tout en devisant, leur venaient à l'esprit des gens qu'ils haïssaient et qu'ils se représentaient maintenant, victimes de mutilations ou bien couverts de répugnantes pustules, avec des *princes* sur tout le corps. D'aucuns songeaient aux femmes qui avaient refusé leurs avances et qui passaient pour être soit des glaçons, soit des chattes en chaleur. D'autres encore rêvaient d'éventer des complots, comme ç'avait été le cas quatre ans auparavant, et ils se voyaient déjà en train d'être décorés dans quelque amphithéâtre de la capitale.

Apparemment fatigué, l'ingénieur marqua une pause. Il ne pouvait s'empêcher de braquer son regard sur la caisse au signe rouge. Son collègue, qui avait rongé son frein, profita de l'occasion pour rappeler les recommandations de la Direction générale : tous ces appareils coûtaient les yeux de la tête, mais les *princes* surtout devaient être utilisés et préservés avec soin. L'installation de chacun devait faire l'objet d'un procès-verbal et leur récupération était soumise à la même procédure.

Le premier orateur, dont on devinait sans mal qu'il était le plus important en ce que non seulement il parlait moins, mais traitait des points les plus fondamentaux, indiqua que le Guide s'était occupé en personne de la répartition des *princes* entre tous les districts du pays.

– Comme vous le constaterez en ouvrant les caisses, vous avez droit à trente-neuf pièces, ce que vous devez à mon sens considérer comme un honneur fait à votre circonscription, qui s'est toujours distinguée par son patriotisme et son loyalisme envers l'État.

Un murmure de gratitude courut simultanément sur de nombreuses lèvres.

– Je regrette que vous ne restiez pas ce soir à dîner, dit Arian Vogli. Vous ne pouvez vraiment pas ?

– Non, vraiment, mon cher, répondirent-ils l'un après l'autre. Vous comprenez : on nous attend, nous sommes déjà en retard. Il y a un bon moment que la nuit est tombée.

Quand vint l'instant d'ouvrir les caisses, les mains trahirent ouvertement l'émotion que les voix avaient été jusque-là les seules à contenir. Tous tremblaient ; Arian Vogli eut même l'impression d'entendre un sanglot, de ceux qui échappent aux participants à un enterrement.

Ici comme ailleurs, ils brûlaient de curiosité de voir les fameux *princes*. Alignés dans leurs boîtes tapissées de velours pourpre, ceux-ci, de fait, avaient l'air tout à la fois de parures féminines et d'ornements mortuaires.

La signature des récépissés eut lieu à même les caisses vides.

— Maintenant, vous voudrez bien nous excuser, dit l'un des hommes de la capitale. Vous aurez d'ailleurs sûrement à faire, ce soir.

— Certes, répondit Arian Vogli. Nous allons une nouvelle fois vérifier les listes. Peut-être même choisirons-nous le premier candidat, l'élu qui aura les honneurs du premier *prince*, ajouta-t-il en souriant.

— Alors, tous nos vœux, frères ! déclarèrent-ils en saluant. Et puisse tout aller pour le mieux !

Arian Vogli les raccompagna jusque dans la cour. En les quittant, il sentit à nouveau sa poitrine comme prise en étau et il se rendit compte que ce sanglot qu'il avait cru tout à l'heure entendre sortir de la gorge d'un autre, c'était lui qui l'avait étouffé dans sa propre cage thoracique.

Comme il tendait la main à chacun, une inexplicable impulsion le poussa brusquement à embrasser l'un d'eux, celui qui avait le moins parlé.

L'autre lui rendit son accolade et y mit même une égale chaleur.

Adieu, mon cher... Ces mots, Arian Vogli ne savait trop s'il les avait entendu proférer par lui ou seulement pensés.

Tête basse, il s'en retourna dans la pièce où ses collaborateurs l'attendaient.

Tard, vers deux heures du matin, ils sortirent à la queue leu leu.

– Je vais rester encore un moment, dit Arian.

Il les raccompagna jusqu'à la porte principale, puis son regard s'arrêta un instant sur les sombres capotes des sentinelles dans la cour.

Sur sa table gisaient les listes constellées de signes à l'encre rouge, de points d'interrogation et d'exclamation accolés aux noms. Chacun de ses collaborateurs avait mentionné ses préférences en même temps que la raison de la mise sur écoutes. À deux ou trois reprises s'étaient manifestés des désaccords, au demeurant inévitables en pareils cas, surtout en ce qui concernait le nombre de micros que devait se voir allouer chacun. Mes péquenots sont toujours les bons derniers, avait protesté l'un d'eux, chargé des campagnes. Il n'y en a que pour les artistes et les intellectuels. Or, la langue du paysan est plus affûtée que toute autre. Dites-vous bien qu'à cause de cette indifférence que nous témoignons aux hameaux et villages, c'est de là qu'un jour le malheur nous tombera dessus !

Arian se souvint des réparties qui avaient été alors échangées et se mit à rire tout seul. Prends-en, prends-en donc encore, tu nous rapporteras d'autres bêlements ! – Tu préfères peut-être les râles si expressifs des poufiasses hollandaises de l'hôtel de tourisme ? Pour ne pas parler des tantouzes...

Ils s'étaient aussi longuement étendus sur le choix de l'individu qui servirait de cobaye pour le premier *prince*. On lui avait laissé l'honneur de choisir parmi les divers « élus » possibles. La liste ne comportait en fait que quatre candidats : le metteur en scène qui montait une nouvelle pièce, avait fait plusieurs voyages à Tirana et pestait en permanence contre le ministère de la Culture ; un ex-officier passé dans le civil, que l'on soupçonnait de déverser son fiel en famille ; un prêtre catholique qui, suspecté, au terme d'une période de relégation, d'avoir baptisé un enfant un mois auparavant, avait été interdit de séjour à Shkodër ; la spécialiste des yeux à l'hôpital municipal.

Il imagina la tenue hivernale de chacun (la saison était favorable à la pose des *princes*, avaient commenté les envoyés de la capitale), la main fourrant à la hâte le micro dans un rembourrage d'épaule. Comme la pose des *princes*, en tant que pratique nouvelle, pouvait réserver pas mal de surprises, ils avaient envisagé d'aborder le sujet au cours d'une réunion spéciale.

Il interrompit ses allées et venues pour s'approcher de la table. Sur une feuille blanche, il écrivit : « Hôpital. Vastes possibilités. Cabines réservées aux patients. Surtout au service de radiologie. »

Dès qu'on voulait bien s'en donner la peine, on trouvait une solution à tout. Au demeurant, se dit-il, il doit y avoir des gens de chez nous parmi les préposés aux vestiaires.

À nouveau il revit en esprit, comme pour une célébration funèbre, les *princes* étendus sur leur velours rouge. Ce n'était pas pour rien qu'ils paraissaient avoir été placés dans un cercueil. Ils allaient bel et bien répandre la mort.

À coup sûr, ajouta-t-il à part soi. Sinon, tout cela n'aurait aucun sens. Aucun poids.

L'exaltation le reprit. S'y était insinué une sorte de frisson. Tout cela ne serait pas sans lui attirer des tracas. Il allait susciter des jalousies aveugles, pouvant déboucher sur un acte de vengeance, lequel le frapperait peut-être même de là où il s'y attendait le moins. Il se représenta les dignitaires de la ville, accompagnés de leurs épouses, comme il les voyait habituellement à la tribune centrale du stade pour les fêtes de la Libération. Ils le soupçonneraient de les avoir placés sur écoutes. Peut-être même seraient-ils au courant de ces deux expressions terribles : *où que ce soit* et *qui que ce soit* ?

Ils étaient bien en droit de ne pas l'aimer et, le cas échéant, de se venger. De fait, réfléchit-il, il ne pouvait en aller autrement. Pourtant, il sentait que ce n'était pas à eux qu'il était redevable du frisson d'épouvante qui l'avait parcouru. Il y avait une autre peur en lui. Il allait être amené à descendre dans les abîmes de la vie. Là où il faisait si froid, si noir. Il entendrait l'inaudible, les turpitudes, les râles amoureux, les prières secrètes à des saints depuis longtemps interdits.

Il s'efforça de chasser ces visions de son esprit. En son for intérieur, l'espace de quelques instants, tout se trouva réduit en poussière. Puis, dans ce vide, se dessina un nom : Edlira. Il avait pourtant cru qu'elle avait été extirpée de sa mémoire. Mais cela faisait des nuits que l'idée qu'il pourrait l'écouter le rongeait en secret. Peut-être même était-ce pour elle qu'il était resté seul au bureau.

Au cours de son premier mois de mariage, elle avait paru heureuse. Elle ne pensait assurément pas qu'il en viendrait à la suivre comme une ombre, ainsi qu'il l'en avait menacée lors de leur dernière rencontre : Je ne te lâcherai pas, sache-le ! – Ah oui ? avait-elle répondu d'un ton railleur. Tu te crois si fort ? Tu te trompes !

En fait, bien qu'étant alors premier secrétaire de l'organisation de jeunesse, il se sentait plus dépourvu de pouvoirs que jamais. C'était l'époque de la campagne contre la dégénérescence des cadres. Des slogans comme « Le relâchement moral est le prélude au relâchement politique » étaient affichés un peu partout. On épiait les idylles avec autant de soin que les agissements criminels. Les mauvaises langues prétendaient que c'était dû au déficit hormonal des membres du Bureau politique et surtout du Guide lui-même. Toute marque d'appétit sexuel était considérée comme une moquerie, pour ne pas dire une attaque contre lui. L'abstinence sévissait partout. Un nouveau titre de fierté, invoqué semblait-il pour la première fois au monde, avait cours parmi les cadres : l'impuissance sexuelle.

Lui-même s'était senti morveux après cette menace. Il eût donné tout au monde pour pouvoir effacer la mauvaise impression qu'il avait laissée lors de leur dernière rencontre. Mais Edlira ne lui en avait pas fourni l'occasion.

Mais voilà que le moment était venu de mettre à exécution sa menace de naguère. Il se trouverait effectivement à ses côtés alors même qu'elle ne pourrait le concevoir. En ces instants sacrés où elle se croirait blottie au creux du nid conjugal... Il saurait enfin si elle était aussi heureuse qu'elle le prétendait.

Il n'éprouvait envers elle aucune malveillance. Non plus qu'aucun désir de vengeance. Il ressentait seulement une amertume qu'il ne savait comment extirper de sa poitrine.

La musique du samedi soir, cinq ans auparavant, sur la placette où on dansait, entre les tentes des volontaires du défrichement de Terres nouvelles, retentissait encore de temps à autre à ses oreilles. Aux accents de cette musique, ils s'étaient approchés l'un de l'autre, puis embrassés longuement dans la pénombre, elle, étudiante de première année à la Faculté des sciences économiques, avec ses cheveux qui embaumaient le savon comme ceux de toutes les jeunes filles, le samedi, et lui, premier secrétaire à la Jeunesse pour toute l'Université, venu de Tirana en tournée de contrôle dans sa chemise bleu ciel, cible de l'admiration d'une bonne partie des étudiantes, tous deux hâlés, incarnation du bonheur radieux dispensé par le socialisme. Et, une semaine plus tard, un autre samedi, aux accents de la même musique, mais venant cette fois de loin, après lui avoir dit « Je suis vierge », enflammée par cette fin d'été, elle s'était donnée à lui sans résistance dans un pré.

Arian Vogli se refusa à laisser échapper un soupir. Pourtant, cette suffocation ne pouvait être qualifiée autrement.

Quand donc était apparue pour la première fois la fêlure qui les avait séparés ? Lui, dont le métier était de percer les secrets, se dérobait sans cesse à cette question. Si cette brouille ne s'était pas produite avant sa nomination à la tête de la Sûreté à B., il aurait pensé toute sa vie que c'était son accession à ce poste qui avait éloigné Edlira de lui.

Cette affectation n'avait pas manqué de surprendre ses proches. Aux yeux de tous, elle avait suscité cette interrogation : Ainsi... toi... auparavant déjà... tu travaillais pour eux ?

En fait, jamais il n'avait été un collaborateur secret des services ; il avait même été le premier étonné de son nouvel état. Quelles qualités le désignaient pour une pareille fonction ? Diplômé de la Faculté de lettres et de philologie, sans aucune expérience en la matière... Mais, bien vite, au siège du Comité central, au cours d'une réunion de jeunes cadres appelés à entrer à la Sûreté, tout s'était éclairci. Le Parti, le Guide lui-même avaient pensé rajeunir les services en leur infusant un sang neuf. Il leur fallait s'adapter aux circonstances. Ils restaient l'épée bien-aimée du Parti. Mais, pour être efficace, la lame devait être affilée.

Au ministère de l'Intérieur, on avait accueilli fraîchement les *Illyriens,* ainsi qu'on surnommait ironiquement les jeunots à cause de leurs prénoms désuets comme Gent, Altin, Arian, redevenus à la mode depuis un certain temps. Ils fournissaient la première génération de cadres à succéder aux vieux loups des ministères, les Sefedin, les Koçi ou les Zylo. Leurs études supérieures, leur connaissance de l'anglais et du français (les plus âgés, eux, parlaient seulement le russe, plus rarement un peu de serbo-croate ou de grec acquis à l'occasion de missions de moyenne durée dans les pays correspondants), leur façon de s'habiller jouaient certes en leur faveur, mais ce que l'on attendait d'eux, c'était avant tout un esprit nouveau.

Les trois premiers mois avaient été plus difficiles que prévu. Quelque chose clochait dans l'« entente entre les générations », et le jour où lui fut notifiée sa nomination à B., il avait poussé un soupir de soulagement. Il s'était dit aussi qu'il y retrouverait Edlira. Mais cette pensée lui était venue placidement, comme l'évocation d'un objet précieux dont il était écrit qu'il devait le perdre...

Il imagina le jour où il dirait à son second : Place donc un *frelon* dans l'appartement de l'ingénieur Gjikondi. Oui, dans le lit conjugal... Il paraît que sa femme, en faisant l'amour, dévoile des secrets de la plus haute importance...

Il eut l'impression d'esquisser un rictus amer. Tel qu'on en éprouve en soi-même l'aigreur alors que les gens qui regardent, loin de le remarquer, croient voir son contraire. Il était persuadé qu'il ne donnerait jamais cet ordre-là. Cela ne l'empêcherait nullement de le tourner et retourner dans sa tête comme c'est souvent le cas pour une vengeance inassouvie.

Tu te crois si fort ?

Sa froideur, tout en durcissant son regard, lui avait conféré une beauté inhabituelle.

Oui, Edlira..., répondit-il pour soi-même. Pourtant, il n'y croyait pas. Il serait peut-être fort, mais comme quiconque descend aux enfers, là où tout est différent, où les formes, les sons, les mots mêmes sont transfigurés. Pareil à un démon, il parcourrait ces espaces pied à pied.

La même terreur aveugle, inexplicable, d'origine indéterminée, le fit à nouveau frissonner. Sans doute émanait-elle de la zone interdite.

3

Quand elle fut dans la rue, la lumière du jour lui caressa le regard. Le ciel, comme ragaillardi d'avoir été allégé de toute sa neige, s'étirait euphoriquement, strié de bandes bleues, et en paraissait encore plus immense et insolent.

Edlira sentit des flocons se poser sur ses cheveux. Elle leva la tête, mais le bout de trottoir qu'elle longeait était dépourvu d'arbres et de toitures d'où aurait pu se détacher la neige. Peut-être, songeat-elle, quelque oiseau l'a-t-elle fait voltiger en battant des ailes.

Il était déjà tard. Pourtant, en passant devant le théâtre municipal, elle ralentit le pas à hauteur du panneau d'affichage. Encore aucune trace de *la Mouette*. *La Fille des montagnes* occupait toujours les quatre soirées de la semaine. La veille, chez les Vorpsi, on avait évoqué après le dîner le spectacle à venir. La majorité avait été d'avis qu'il serait interdit. Les hôtes, eux, gardaient bon espoir. Et même, quand, raccompagnant leurs amis, ils avaient constaté que la neige s'était mise à tomber, la maîtresse de maison avait déclaré à Edlira : « Cette neige est bon signe. Je crois aux bienfaits de tout ce qui vient du ciel. »

Quelqu'un d'autre, à côté d'elle, consultait les affiches. Apparemment affecté d'une mauvaise vue, l'homme y collait presque le front. Elle fut tentée de le renseigner : *La Fille des montagnes* reste au programme toute la semaine – mais, sur l'instant, elle se souvint de l'avoir aperçu une quinzaine de jours auparavant dans leurs bureaux. C'était un prêtre catholique qui venait purger sa période de relégation et demandait qu'on fît réparer le toit de la maison où il avait été assigné.

Sûrement qu'on le surveille encore, se dit-elle, et elle s'éloigna.

Parvenue devant le bâtiment des services municipaux, elle pressa encore le pas.

– Bonjour, suis-je en retard ? lança-t-elle au
concierge.

La tête de ce dernier s'encadra dans le petit rectangle vitré.

– En retard, camarade Edlira ? Bien sûr que oui...
Mais je suppose que vous avez passé une nuit
agréable...

Elle gravit l'escalier quatre à quatre pour cacher sa
grimace de mépris. Dans le bâtiment flottait une
odeur d'anthracite.

– Bonjour ! s'écria-t-elle d'une voix joyeuse en
refermant la porte derrière elle.

Accoudé à la fenêtre, Skender, son camarade de
bureau, bavardait avec Nicolas, un collègue du
bureau voisin.

– Je suis un peu en retard, s'excusa-t-elle.

– On ne saurait t'en vouloir, Edlira, lui répondit-
il. Tu n'es mariée que depuis trois semaines. Je dirais
même qu'à ta manière, tu bats un vrai record... de...
je ne sais comment dire... de ponctualité !

– Alors, toi aussi, tu tiens à me mettre en boîte ?

Elle déplaça son siège, puis ouvrit bruyamment
son tiroir.

– Excuse-moi, reprit Edlira en sortant ses dossiers, je n'en ai pas après toi en particulier, mais, franchement, ça commence à me courir sur le paletot !
Chaque fois que je passe dans un couloir, les gens me
lancent des regards lourds de sous-entendus, comme
si c'était bizarre d'être une jeune mariée. Tout à
l'heure, même le concierge est allé jusqu'à se moquer
de moi.

— Bah, ne te formalise pas, Edlira ! reprit Skender. Les journées ne sont pas si gaies, dans notre administration ; pour lui, à son poste, elles sont doublement ennuyeuses. Quand tu passes devant sa petite lucarne, il a l'impression de voir la suite du film porno du dimanche soir à la TV italienne.

Edlira fit effort pour sourire.

— Je comprends. Bien sûr, on peut plaisanter sur beaucoup de choses, mais, à la longue, ça devient fastidieux. Au point qu'on a presque envie de se lever, à la première réunion, et de lancer : Je viens de me marier, je couche chaque nuit avec mon mari, autrement dit je fais chaque soir l'amour avec lui. Et je l'ai donc fait hier aussi. Vous êtes fixés, maintenant ?

Ils la considérèrent avec gentillesse.

— Eh bien, nous venons d'apprendre un secret ! s'esclaffa Skender. Et nous voici fixés.

Elle se sentit rougir.

— Je m'en vais », dit le collègue d'à côté. Parvenu sur le seuil, il s'y arrêta un moment et, à son habitude, la regarda en fronçant les sourcils, comme chaque fois qu'elle se fâchait. « Ne te mets pas dans cet état, ma petite.

Skender se tenait toujours à la fenêtre.

— Excusez-moi, dit la jeune femme. Je regrette de t'avoir froissé, Nicolas. Vous savez bien l'estime dans laquelle je vous tiens tous les deux. Mais j'ai perdu mon sang-froid.

— Ce n'est rien, Edlira. Nous ne prenons jamais ce que tu nous dis en mauvaise part. En fait, nous étions nous-mêmes en train de parler de choses pas très gaies.

Elle plongea ses yeux dans les siens.

— Tu as fait faire ta radio ? Qu'est-ce que ça donne ?

Il fit « oui » de la tête, puis ajouta :

— Pas trop mal.

— Alors tu me pardonnes ? Je me sens vraiment nerveuse, aujourd'hui. Peut-être pas tant à cause des agaceries des gens. Mais, hier, au cours d'une soirée, j'ai appris certaines choses qui se sont produites dans cette ville.

— Quoi donc ? demanda-t-il. Il peut arriver tant de choses dans une ville...

— Je sais bien. Je ne suis pas assez naïve pour m'inquiéter de faux bruits. Mais, à la façon dont on en parlait, j'ai deviné qu'il s'agissait de quelque chose de mauvais, et même de très mauvais.

— Qu'est-ce qui était mauvais ? des gens, des agissements ou bien encore des directives ?

— Je ne saurais trop dire. Mais qu'il était question de quelque chose de moche, ça ne faisait pas un pli.

— À de très rares exceptions près, tout ce qui arrive chez nous est dans ce goût-là.

Edlira hocha la tête et répéta :

— Je ne saurais trop dire...

Elle s'efforça de concentrer son attention sur le dossier ouvert devant elle, mais sans y parvenir. Elle observait à la dérobée le profil de Skender. À contre-jour, ses cheveux paraissaient plus clairsemés. Elle portait vraiment beaucoup d'estime à ses deux collègues de bureau et enviait même l'amitié sincère qui les unissait tous deux depuis le lycée. Ils avaient aussi été ensemble à l'Université, puis à la même direction centrale de ce ministère, jusqu'au jour où, à l'occasion du mouvement de rotation des cadres, on les avait mutés encore ensemble à B.

– Shpend doit rentrer aujourd'hui, dit Skender. Le car de Tirana arrive vers midi.

– Ah bon.

– Peut-être nous apportera-t-il des nouvelles ? Tu es au courant des derniers changements ?

– On en a un peu parlé, hier soir… La sonnerie du téléphone l'interrompit. – On m'appelle chez le directeur, dit-elle en se levant.

Quand la porte se fut refermée, Skender sortit du tiroir de son bureau sa radio et la déroula devant la fenêtre. Sur son visage s'était peint une sorte de rictus.

Shpend Guraziu arriva en effet vers la mi-journée. De loin, on devinait qu'il était d'humeur sombre. Il est sûrement passé devant les affiches de spectacles, se dit Skender.

Comme s'il avait deviné sa pensée, l'autre, avant même d'ôter son écharpe, sortit une clé de sa poche.

– Merci, dit-il en la lui tendant. Je ne crois pas qu'elle me sera utile.

– Tu peux quand même la garder, si tu veux.

– Non ! fit l'autre presque dans un cri. Je suis passé devant les affiches.

– Je sais.

Shpend s'était pris la tête entre les mains.

– Rien…, dit-il comme en se parlant à lui-même. Le désert…

– Pourtant…

– Jamais ! l'interrompit Shpend. Jamais elle ne viendra avec moi si on ne donne pas la pièce… Tu comprends, Skender, il ne s'agit pas seulement de notre liaison. Enfin, si on peut appeler liaison quelques baisers échangés dans un escalier... Non, il ne s'agit pas seulement de cela... Pour Suzana, l'interdiction de la pièce est un peu comme la fin du monde.

— Pourtant, à ce que je crois savoir, il subsiste encore quelque espoir.

Shpend Guraziu secoua la tête en signe de dénégation.

— À en juger d'après le climat qui règne à Tirana, il n'en reste aucun.

— Vraiment ? Tu ne m'en as encore rien dit.

— Excuse-moi, mais je n'ai vraiment envie de parler de rien. Je te raconterai plus tard.

Il finit par déposer sur le bureau la clé qu'il avait gardée jusqu'alors dans sa paume.

— Comme j'avais rêvé de ce rendez-vous dans ton appartement ! dit-il d'une voix radoucie. Seigneur, jamais je n'avais désiré aussi ardemment quelque chose ! Tout pour moi avait pris un goût différent, un peu comme à l'époque où nous étions étudiants. Tu me trouves sûrement ridicule, tu penses que je suis un indécrottable sentimental, d'une espèce en voie d'extinction...

— Voyons, Shpend, comment peux-tu dire une chose pareille ?

— Je ne me reconnais plus moi-même. Je m'en veux, je me moque de moi. N'empêche, je n'y peux rien.

— Je te comprends.

— Je ne crois pas. Personne ne peut comprendre ce... je ne sais comment l'appeler... ce rêve, peut-être... ou bien cette folie.

Et il regarda son ami droit dans les yeux comme pour lire dans ses pensées avant de lui raconter pour la énième fois son histoire.

Skender savait déjà tout depuis cette fin d'après-midi où Shpend Guraziu, qui s'était rendu au théâtre pour une vérification du réseau électrique, s'était trouvé assister à une répétition de la pièce. Il y avait eu leur premier échange de regards, la déconcentration soudaine de la comédienne, les premières paroles prononcées alors qu'ils prenaient ensemble un café lors de la pause. Puis ses mots à elle : « Vous m'accompagnez ? » et le chapeau qu'elle portait encore quand ils sortirent. Un chapeau du siècle passé sous lequel son cou, encadré des molles ondulations de ses cheveux, paraissait encore plus gracile. Elle s'était montrée gentille, quoiqu'un peu lointaine, jusque dans l'obscur escalier de l'immeuble où, au début timidement, comme s'il eût craint de la rompre, il avait pris sa tête entre ses mains, là où retombaient justement ses boucles blondes, pour l'embrasser. Loin de lui résister, elle l'avait laissé faire et lui avait rendu son baiser, même avec une certaine ardeur, en l'enlaçant. Je n'arrivais pas à y croire, tu comprends, Skender ? À tel point que j'ai été sur le point de lui dire : Tu te rends bien compte que je suis l'ingénieur électricien Shpend Guraziu, employé aux services municipaux ? Oui, c'est ce que j'ai failli lui dire, mais j'ai eu trop peur de la tirer de son état somnambulique. On va se revoir ? lui ai-je demandé, et elle, tout aussi distraitement, m'a répondu : Oui, bien sûr. Elle m'indiqua même l'heure qui l'arrangeait le mieux : l'après-midi, entre quatre et six, avant les répétitions. Nous nous sommes à nouveau embrassés et je n'arrivais toujours pas à croire à mon bonheur. C'était comme si j'avais eu un arc-en-ciel entre les bras.

Mon pressentiment ne m'avait pas trompé... Comme un arc-en-ciel, quelques jours plus tard, elle s'était évaporée juste quand il était entré en possession de la clé de l'appartement où ils devaient se retrouver entre quatre et six. Un ordre subit du ministère de la Culture avait suspendu la représentation. Accablée, les yeux gonflés par les pleurs, elle lui avait décoché un regard quasi hostile et il s'était senti comme quelqu'un qui ose rechercher son plaisir jusque dans le deuil qui l'entoure...

Je me le suis tenu pour dit et ne lui ai plus donné signe de vie ; je ne lui ai même pas téléphoné. Simplement, chaque jour, je passe devant les affiches. Mais, là aussi, c'est toujours la même désolation.

Il lui avait déjà raconté tout cela et pourtant, après chaque confession, il se sentait comme soulagé. Il finit par ôter son écharpe et resta un moment la tête entre les mains, prostré.

— Excuse-moi de t'ennuyer avec mes histoires. Et toi, comment te portes-tu ? Tu as récupéré tes radios ? Que disent-elles ?

— Couci-couça, répondit Skender. Peut-être devrai-je en faire faire une autre.

— Et Edlira, où est-elle ?

— On vient de l'appeler à la direction. Il paraît qu'on prépare déjà le prochain plan.

— Tu m'as demandé des nouvelles de Tirana ? Eh bien, plutôt sinistre, comme toujours. Le bruit court qu'on a fait venir de Chine des micros miniaturisés pour mettre tout le monde sur écoutes. On appelle ça maintenant les *frelons*.

– Vrai ? Il ne manquait plus que ça ! Mais, au fond, rien de bien nouveau.

– Je ne suis pas de ton avis, répliqua Shpend. La crainte des anciens micros nous était devenue familière. Il fallait des heures pour les installer et, entre-temps, la moitié de l'établissement était au courant. Là, il s'agit de tout autre chose. Du dernier cri de la technique.

– J'ai l'impression qu'Edlira a appris quelque chose à ce sujet, mais n'a pas osé en parler... Aujourd'hui, c'était une pelote de nerfs. Ce qui me surprend, c'est qu'on permette la propagation de cette sorte de rumeur.

Shpend Guraziu le considéra d'un air absent. Il paraissait avoir du mal à mener une conversation suivie.

– Cette rumeur ? Moi aussi, j'en ai été étonné. Mais peut-être l'a-t-on sciemment laissé filtrer çà et là. Pour accroître jusqu'à la peur d'élever la voix.

– Tu as raison. Au fond, ce qu'on cherche par ce genre de mesure, c'est avant tout à empêcher les gens de parler.

Shpend Guraziu marmonna quelques mots entre ses dents.

– Cette maudite peur... À quel degré entendent-ils encore la porter ?

– Jusqu'à ce qu'ils nous aient tous annihilés.

Il ouvrit son tiroir et en sortit sa radio. Décontenancé, Shpend le regarda faire tandis que, l'ayant déroulée, il l'examinait de nouveau à contre-jour.

– Skender..., lui dit-il d'une voix éteinte. Excuse-moi de t'avoir si longtemps importuné avec mes bêtises... Mais tu ne m'as toujours pas dit si le résultat était rassurant.

– Hé-hé, fit l'autre sans tourner la tête. Il scrutait le sombre cliché comme si Shpend n'avait pas été là. Puis, sans cesser de le fixer, il reprit : – Qui a dit que le résultat n'était pas satisfaisant ?

– Inutile de rien ajouter. On voit bien que ça te travaille.

– Pas du tout, répliqua Skender. Absolument pas, Shpend. Je la regarde comme ça de temps en temps pour une raison qui pourra te sembler étrange. Peut-être même incompréhensible... C'est ma manière à moi de combattre la peur.

Sur le visage de Shpend s'était figé un sourire, de ceux que dessine souvent l'inintelligibilité des choses.

– Je ne te comprends pas, dit-il.

Skender lui fit signe d'approcher.

– Viens et regarde, tu comprendras peut-être... Tu vois mon crâne ? Les dents, les orbites, tout cela baignant dans l'ombre de la mort... Ça pourra te paraître dingue, mais cette vision me réconforte bien plus que les émissions de Radio-Vatican ou de la BBC en langue albanaise !

Shpend hocha la tête.

– Qu'est-ce que tu vas chercher ! s'exclama-t-il.

Skender brandit le sombre négatif avec presque de la colère.

– Eh bien, c'est grâce à ce cliché que notre secrétaire du Parti, les micros-espions ou *frelons*, comme tu les appelles, le huitième ou neuvième Congrès, la Sûreté elle-même me font tous l'effet de simples épouvantails. Bien entendu, pour le temps que durera leur pouvoir. Après, il faudra tout recommencer à zéro.

– Tu es bizarre.

À cet instant, Edlira revint et, après avoir salué Shpend, fouilla dans les tiroirs de son bureau. Au bout de quelques instants, elle parut avoir trouvé ce qu'elle cherchait et ressortit précipitamment.

– Tu es vraiment bizarre, répéta Shpend.

Skender le regarda comme s'il s'apprêtait à lui confier quelque secret. Parle, lui dit muettement Shpend. Mais Skender hésitait. Puis il abaissa son regard sur la radio qu'il avait laissée sur le dessus de la table et, comme s'il en avait reçu la permission de l'image de son propre crâne, il se mit à parler.

Les propos qu'il lui tint étaient en effet tout ce qu'il y a de bizarre. Shpend dut faire effort pour le suivre. Skender lui rappela une conversation qu'ils avaient eue naguère, sur les différentes sortes de peurs : celle de l'État, mais aussi l'autre, la peur immémoriale, primaire, celle des fantômes, de l'enfer, de la mort. Ils étaient convenus que la plus odieuse était celle de l'État. Shpend avait même déclaré : Nous avons la nostalgie de la peur ancienne, de la bonne peur, celle de l'enfance, qui fait craindre sorciers et miroirs. Pour sa part, Skender avait ajouté que le retour de cette peur d'antan aurait sans doute été bénéfique en ce que toutes deux, la primitive et la nouvelle, l'étatique, n'auraient pas manqué de s'affronter comme les deux épouses d'un bigame, en se neutralisant l'une l'autre. C'était là, semblait-il, la raison pour laquelle l'État avait à l'œil chaque créneau par où pouvait réapparaître la peur ancienne. Tu ne les entends pas, à chaque réunion, vitupérer le mysticisme, le décadentisme, etc. ?

Skender revint sur tout cela, mais Shpend n'arrivait toujours pas à comprendre où il voulait en venir. L'élocution de son ami se heurtait comme à un obstacle, puis cette espèce de barrage dévia aussi son regard. C'était plus que Shpend n'en pouvait supporter. L'un et l'autre s'observaient à la dérobée et Shpend eut l'impression que l'embarras de Skender était tel qu'il en avait des sueurs froides.

— Shpend, lâcha Skender en lorgnant à nouveau l'image de son crâne sur la table, je voulais te... Tu sais combien je t'estime, à plus forte raison maintenant que tu es amoureux, et donc, si je puis dire, sacré... Tu viens de parler des siècles passés... de la nostalgie des peurs enfantines... Il y a un endroit où nous pourrions peut-être les retrouver et nous... nous nourrir, si je puis dire... nous guérir à leur contact.

Ses propos devenaient de moins en moins intelligibles et Shpend, tout en se gardant de vouloir l'interrompre, ne put s'empêcher de lui lancer :

— Je ne comprends vraiment rien à ce que tu me chantes !

Une nouvelle fois, Skender le regarda longuement, douloureusement dans les yeux. La sueur que Shpend s'était attendu à voir ruisseler de son front lui voilait le regard.

— Comme promis, je vais te confier un secret. Nous sommes un petit groupe d'amis qui nous réunissons deux ou trois fois l'an pour des séances de spiritisme...

La stupeur de Shpend fut encore plus grande que l'un et l'autre ne s'y attendaient.

— Des séances de spiritisme ? C'est comme un luxe depuis longtemps oublié... Comment se fait-il qu'on en trouverait justement ici ?

Skender hocha la tête d'un air où la satisfaction le disputait à la tristesse. Oui, mon frère, disaient ses yeux, c'est possible ; c'est tout ce qu'il y a de possible.

– Des séances de spiritisme en pleine dictature du prolétariat ? » Shpend s'exprimait à voix basse, comme s'il se parlait à lui-même. « C'est plus qu'incroyable. Cela passe l'imagination ! Et je pourrais y participer ?

– Je pense que les autres t'accepteront, répondit Skender. La prochaine séance est dans peu de temps. Peut-être même aura-t-elle lieu dès la fin de cette semaine.

– Il y a un médium, tout ce qu'il faut pour qu'elle se déroule selon les règles ?

– Un médium et le reste, confirma Skender.

Shpend en aurait baisé la terre à ses pieds.

Skender contemplait d'un air blasé les déchirures du ciel. Deux ans auparavant, par une journée semblable, il avait éprouvé le même émoi lorsque son ami Nicolas, en compagnie duquel il s'était rendu à la succursale bancaire de la ville pour un problème relatif à son entreprise, lui avait murmuré : Tu vois, cet homme en costume sombre, là-bas, derrière le guichet de gauche ? C'est un médium.

Il n'avait pas cherché à savoir en quelles circonstances Nicolas avait appris ce secret. Mais l'envie de connaître l'homme l'avait envahi aussitôt, pressante, comme un coup de foudre.

Nicolas lui-même ne le connaissait pas intimement. Leurs relations se bornaient à bonjour-bonsoir. Aussi, pendant des journées entières, s'évertuèrent-ils à imaginer quelque manière de l'aborder. La réparation d'un chauffe-bain dans l'appartement du médium, et surtout diverses interventions destinées à permettre à sa fille de s'inscrire à l'Université, avaient fini par les rapprocher, jusqu'à cette soirée inoubliable de l'anniversaire de Nicolas où Skender avait murmuré : Monsieur Benjamin... L'autre l'avait toisé d'un air étonné qui eût pu passer pour de la hauteur : Vous m'avez appelé *Monsieur* Benjamin, ou ai-je mal entendu ? Skender avait porté la main à son front : Vous croyez qu'il m'a été facile de prononcer ce mot depuis si longtemps enterré, tombé en désuétude ?... Je ne vous comprends pas, avait répondu l'autre avec froideur... Je ne suis pas un provocateur, avait presque failli hurler Skender. Si vous saviez la haute opinion que nous avons de vous... Le visage de l'homme s'était encore assombri : Qui êtes-vous et pourquoi avez-vous une si haute opinion de moi ? Je ne suis qu'un modeste employé de banque...

Ils se trouvaient dans un coin de l'appartement. Autour d'eux s'élevait le brouhaha habituel à toute soirée d'anniversaire, ce qui facilitait leur conversation. Vous êtes un homme absolument supérieur, avait repris Skender. Je vous ai appelé *Monsieur*, mais, si vous me le permettiez, j'aimerais m'adresser à vous en vous donnant un titre encore bien plus élevé : *Monseigneur*... Ah, maintenant, je comprends, l'interrompit l'autre. Je crois deviner que vous êtes au courant de... Je ne vous veux pas de mal, avait repris Skender. Je sacrifierais mon propre frère pour vous protéger...

Jusqu'à minuit, ils avaient poursuivi à l'écart des autres leur conversation qu'une oreille non prévenue eût prise pour un chapelet d'inepties. Skender lui déclara qu'étant médium, donc en relation avec les esprits, il était par là-même, dans cette désolation, l'envoyé d'un autre monde, celui d'en-haut. Il pouvait venir en aide à ceux qui ne connaissaient pas la grande peur de l'au-delà. Ceux-ci pouvaient aller à lui comme vers leur sauveur. Je vous en prie, ne nous repoussez pas, lui répétait-il. Aidez-nous à nous libérer de l'angoisse d'ici-bas. Reliez-nous aussi aux cieux que nous avons perdus. Monseigneur, ne nous abandonnez pas !

L'autre lui avait rappelé combien tout cela était dangereux, non seulement pour lui, mais aussi bien pour eux. Un médium avait la faculté de percer à jour des énigmes que l'État tenait jalousement cachées. Il ajouta que s'il avait usé du mot *énigme* plutôt que de celui de *crime*, c'était que, tout médium qu'il fût, il n'était pas indifférent à la menace de l'État, même si, tout comme eux, il cherchait à l'enrayer. Il pouvait ainsi, sans le vouloir, être amené à découvrir des abominations que nul ne devait entendre... Nous acceptons d'avance le sacrifice qui peut nous être demandé, avait répondu Skender en levant la main — en direction du ciel, lui sembla-t-il.

Après un autre verre de cognac, le médium, d'une voix mesurée, bien différente de son ton précédent, lui avait révélé que la recherche de la vérité sur le sort d'une personne qu'il avait beaucoup aimée en cette vie — il s'agissait d'une femme à présent disparue — avait été à l'origine de la révélation de son pouvoir. Il était parvenu à entrer en contact avec son esprit pour apprendre des choses qu'il ne raconterait lui-même qu'à sa tombe...

— Naturellement, ajouta Skender comme en rêve, tu comprendras qu'il nous faut obtenir la permission de tous, en premier lieu la sienne, celle du médium.

— Oui, je comprends, fit Shpend en revenant lui aussi sur terre.

Entra Edlira, une pile de dossiers dans les mains. Une légère rougeur colorait ses joues.

— On t'a encore embêtée ? s'enquit Skender.

Elle eut un haussement d'épaules comme pour dire : On n'y peut rien.

4

La mine renfrognée, Arian Vogli écoutait ses collaborateurs passer au rapport. Onze nouveaux micros avaient été installés à l'hôtel de tourisme, à la « maison d'hôte » ainsi que dans les cafés où se réunissaient les artistes. Les anciens avaient tous été remplacés.

— Cela, je le sais déjà, fit le chef en coupant Naum, son adjoint. Ainsi, vous vous êtes donné un mal de chien à la « maison d'hôte » où personne ne met plus les pieds depuis trois mois ? De même qu'à l'hôtel de tourisme où tous les employés font partie des nôtres et où le sous-directeur vient interrompre leurs parlotes au bar pour les avertir : La chambre 312 vient d'être libérée, vous pouvez monter réparer la douche ! Et vous voilà sur les genoux, je parie ! Sans parler de la peine que vous vous êtes donnée au café des artistes entre deux et six heures du matin, quand vous pouviez n'en faire qu'à votre tête ! Oui, vraiment, on peut dire que vous en avez bavé !

— Je ne dis pas que ç'ait été particulièrement difficile, plaida son second. Mais ce n'était tout de même pas une promenade de santé. Au reste, n'avions-nous pas décidé d'un commun accord que nous commencerions par les installations les plus aisées afin que nos hommes puissent en quelque sorte se familiariser avec cette tâche ? Sans compter qu'à la « maison d'hôte », les choses n'ont pas été si simples. Vous n'ignorez pas qu'une délégation canadienne y a passé deux nuits.

— Et alors ?

— La qualité du son : impeccable. Quant à la « récolte », si je puis dire, elle est plutôt maigrelette.

— Rien que des louanges à l'adresse de l'Albanie ?

L'autre acquiesça de la tête.

— Vous comprenez, ce sont des amis marxistes-léninistes...

— Il ne nous manquait plus que ça, de glaner des louanges !

Il ébaucha une grimace de contrariété comme s'il avait entendu évoquer la pire des absurdités, par exemple de chantonner à un enterrement ou de pleurer à une noce.

— Autre chose à ajouter ? demanda-t-il.

Quoique les sachant en l'occurrence nullement fautifs, il ne se départit pas de son expression de mécontentement. La « maison d'hôte » était vraiment à périr d'ennui : des mois durant, elle ne fournissait que silences et banalités. Mais venait soudain un jour, qui en valait plus de mille, où elle vous pondait de l'or. L'année précédente, à la veille de sa disgrâce définitive, l'un des deux vice-premiers ministres y avait dormi deux nuits et participé aux déjeuners et dîners de circonstance.

L'un de ses auxiliaires lui avait entre-temps rendu compte de la pose de *frelons* dans quatre appartements. Les choses s'étaient compliquées dans le dernier, lorsque les installateurs avaient failli être pris sur le fait, la maîtresse de maison ayant soudain regagné son domicile durant les heures de bureau. Mais, conformément aux instructions reçues, ils avaient

feint d'être de banals cambrioleurs et étaient parvenus à s'esbigner. Au panneau d'affichage du théâtre
on avait également, pour la première fois, fixé un
micro. La « récolte » s'y était révélée encore plus fructueuse qu'on aurait pu s'y attendre. Comme ils
l'avaient déjà indiqué, apparemment, devant les
affiches, les gens éprouvaient un besoin particulier de
s'épancher.

Arian Vogli écoutait, mais plutôt d'une oreille distraite. Une directive reçue la veille lui laissait
entendre que la Direction générale ne se contenterait
pas d'un pareil fretin. On exigeait de mettre les bouchées doubles.

— Nous rencontrons aussi une difficulté imprévue,
exposa son adjoint, Naum. Nos espions de chair et
d'os manifestent des signes de mécontentement. Ils
se sentent offensés, en quelque sorte rabaissés. Je
pense même que la rapide divulgation du secret des
frelons à travers la ville s'explique avant tout par la
colère de nos hommes. Ils ont été les premiers à
déverser leur fiel.

— Ils sont tout d'une pièce, plaida l'officier qui les
avait à charge. J'en ai convoqué un certain nombre
pour leur expliquer qu'ils n'avaient aucune raison
d'être jaloux de ces appareils, que leurs oreilles continueraient d'être appréciées comme elles l'avaient
toujours été, etc., etc., mais vous savez combien il est
difficile de leur faire entendre raison...

— De fait, c'est un problème qui a surgi un peu
partout, dit Arian Vogli, et je pense que le Centre sera
amené à y trouver lui-même une solution. Mais reve-
nons plutôt aux questions qui dépendent de nous.
Là-haut, on nous reproche notre lenteur. Vous ne

m'avez encore rien dit des *princes*. Le Centre insiste pour avoir des informations à leur sujet.

Et d'interroger du regard son adjoint.

— Rien jusqu'à présent, répondit celui-ci. Nous n'avons même pas réussi à en fourrer un dans les effets du frère Nik Prela par qui nous avions décidé de commencer.

— Voilà qui est contrariant, fit le chef. À cette cadence, il nous faudra six mois, voire plus, pour mettre en place ne serait-ce que la moitié d'entre eux. Alors que le Centre exige qu'ils soient tous installés avant la fin de la saison froide. Vous savez bien que l'hiver est la période de leur plus gros rendement.

Comme lors de la réunion antérieure, ils en vinrent à se replonger dans la discussion sur les *princes*. Ils réexaminèrent en détail toutes les modalités de leur pose, sans pour autant parvenir à une conclusion. Les *princes* étaient capricieux. Ce n'était pas pour rien qu'on les avait surnommés ainsi. J'aurais moins de mal à installer cent *frelons* qu'un seul *prince*, avait déclaré précédemment l'officier préposé à cette tâche... Tout doux, tout doux ! l'avaient interrompu les autres. Ne crache pas comme ça sur nos mouches ; il leur arrive de donner du miel !

Mais, par la suite, lorsqu'ils avaient réétudié ensemble la question, ils en étaient maintes fois convenus devant lui : Tu as raison, c'est vraiment une satanée affaire !

Si délicate que fût, au nez et à la barbe des occupants d'un logement, la pose de micros ordinaires par des techniciens déguisés en ramoneurs ou en plombiers, comparée à celle des *princes*, c'était un jeu d'enfants. Ils rabâchaient sans relâche leur théorème numéro un : pour bien remplir leur rôle, autrement dit ne pas lâcher leurs victimes d'une semelle, les *princes* devaient être placés sur leur propre personne. Et comme, à quelques rares exceptions près, on ne pouvait les introduire dans le corps même du sujet (les nazis, disait-on, avaient néanmoins réussi à en fourrer dans des molaires !), les possibilités se ramenaient à une seule : les fixer dans les vêtements de la cible, surtout les rembourrages d'épaules et les doublures au niveau de la poitrine. Mais découdre, introduire l'objet, puis recoudre demandait un certain temps. Sans compter que, plus profonde et, partant, plus soignée était l'opération, plus difficile devenait la récupération du *prince* une quinzaine de jours plus tard. Il paraissait donc nécessaire que les techniciens ou bien suivissent des cours de couture, ou bien se fissent accompagner de tailleurs de toute confiance. À défaut, ils risquaient de mettre le manteau ou la pelisse dans un état tel que ces vêtements paraîtraient avoir été déchiquetés par des chiens.

Ce qui exigeait qu'une autre condition fût à son tour absolument remplie : que le corps même du sujet fût absent.

Au début, ces difficultés ne leur avaient pas paru insurmontables. Mais, ayant examiné un à un tous les cas de figure, il leur apparut qu'il n'en allait pas du tout ainsi.

La première méthode, consistant à placer le *prince* durant le sommeil de la victime, était quasiment inapplicable. Les logements étaient en général exigus, et le manteau ou la fourrure posés ou rangés à deux pas du dormeur. Les dîners ou soirées d'anniversaires, où les manteaux étaient entassés les uns sur les autres, fournissaient certes des occasions, mais rares. Quant à vouloir *princifier* le vêtement visé pendant qu'il était accroché à un porte-manteau et que son propriétaire était sorti, cela revenait à donner un coup d'épée dans l'eau. En effet, si la victime était sortie sans l'endosser, cela voulait dire que le temps s'était réchauffé ; il fallait alors attendre qu'il se refroidisse, ou, pis encore, l'hiver suivant, ce qui revenait à aller recueillir le *prince* quand il n'en resterait plus que la coque, avec une pile depuis longtemps déchargée, et alors que ne s'y trouveraient enregistrés, au mieux, que quelques grignotements de vers ou ronflements nocturnes.

Ils avaient fini par convenir que la seule méthode praticable consistait à mettre à profit les moments où ces vêtements étaient ôtés *provisoirement*. Ils avaient étudié une à une toutes les éventualités : examens médicaux dans les hôpitaux ou dispensaires, administrations où pouvait être convoqué le sujet pour telle ou telle prétendue affaire, repas au restaurant, réunions officielles, théâtres, concerts et jusqu'aux bains publics.

Au début, ils avaient eu l'impression que ces multiples possibilités pourraient concerner sinon la totalité, tout au moins la moitié des victimes. Ils avaient ainsi commencé à dresser des listes de malades chroniques atteints du diabète, d'insuffisance pulmonaire ou astreints à une dialyse pour leurs troubles rénaux. Or c'est précisément là qu'ils avaient éprouvé leur première déception. À leur vif étonnement, il leur était apparu que la plupart des cibles visées n'étaient atteintes d'aucune affection. Cet espoir ayant, semble-t-il, été aussi caressé dans d'autres localités, une instruction avait dû recommander expressément de ne point recourir à des solutions de facilité comme celle consistant à ne sélectionner que des sujets malades.

Les déceptions engendrées par d'autres méthodes devaient se révéler encore plus amères. Ç'avait paru l'enfance de l'art de faire venir la victime dans un bureau, mais, à de rares exceptions près, les locaux administratifs n'étaient pas chauffés, si bien qu'on ne pouvait s'attendre que quelqu'un s'y débarrassât d'un vêtement douillet.

– Nous avons déjà parlé de tout ceci la dernière fois, laissa tomber Arian d'une voix lasse. Tout comme nous avons également défini les derniers terrains d'action qui nous restent : restaurants, théâtre, salle de concerts. Pour tous ces lieux, l'obstacle principal réside toujours dans la basse température qui y sévit. Dans les restaurants, personne ne laisse plus guère son manteau au vestiaire ; c'est encore moins fréquent au théâtre où les éternuements empêchent d'entendre la moitié du texte. Alors, que faire ?

Ils s'exprimèrent de nouveau l'un après l'autre, mais plus ils s'efforçaient d'émettre quelque suggestion nouvelle, plus ils ressassaient leurs propos des réunions précédentes.

– Bon, que nous reste-t-il à faire ? reprit Arian. Nous croiser les bras ? » Il demeura un moment le front appuyé dans une main. Ses yeux étaient rougis par l'insomnie. « Vous savez mieux que moi que nous ne pouvons demeurer les bras croisés. Après mûre réflexion, j'ai fini par conclure que la seule possibilité concrète qui nous reste est le théâtre. Je n'ignore pas ce que vous allez me répondre à propos du froid qui règne dans la salle. Mais patience, ne vous pressez point trop. Avant de revenir sur cette question de température, je m'en vais vous rappeler d'autres éléments. Le théâtre est plus approprié que n'importe quel autre espace à la pose des *princes*. D'abord parce que la durée du spectacle est connue d'avance, si bien que ceux qui seront préposés à cette tâche pourront en toute quiétude découdre puis recoudre manteaux et fourrures ; j'oserai dire qu'ils auront même le temps de réparer quelque défaut laissé par le tailleur ! Ensuite, et c'est un point très important, nos cibles sont en général des amateurs de théâtre. Vous savez aussi bien que moi comment elles piaffent quand la saison théâtrale tarde à s'ouvrir, comme elles se ruent aux premières pour déceler dans le spectacle quelque signe d'adoucissement ou de durcissement dans la ligne politique du régime. Enfin parce que, même si les préposés aux vestiaires ne sont pas tous des nôtres, il nous est aisé de les recruter.

Le chef se tut un instant et les observa tour à tour avec ce petit sourire qui leur plaisait bien chez lui et qui recélait une pointe d'interrogation ou de surprise.

— Et maintenant, vous me rétorquerez : Nous allons encore chercher, comme on dit par chez nous, des épis sur la glace ? et la température de la salle, les éternuements, l'absence de chauffage et ce qui s'en-suit ? Mais ce n'est pas pour rien que je vous ai dit de ne pas vous hâter. J'ai aussi réfléchi à ce problème. Je pense que nous pouvons y remédier.

Il se tut à nouveau comme pour leur laisser le temps de s'entre-regarder avec étonnement. Seul son adjoint, Naum, gardait un air renfrogné.

— Tu as une remarque à faire ? lui demanda le chef.

— Ouais, répondit l'autre. Je suis d'accord avec tout ce que vous venez de dire. J'admets aussi que la question du chauffage peut être réglée, d'autant plus que les radiateurs et les installations sont en bon état. Mais vous n'êtes pas sans savoir que, ces derniers temps, le théâtre de la ville a connu quelques problèmes...

— Je suis au courant, riposta Arian Vogli. Tout comme je n'ignore pas que la grogne qui y règne vient pour une large part des comédiens eux-mêmes, par suite de la suspension de leur prochain spectacle.

L'adjoint ouvrit les bras comme pour dire : Et alors ?

— Eh bien, je ne trouve pas du tout ça dramatique », déclara le chef. Il tapota du doigt sur la table, puis tendit la main vers le téléphone : « Allô, la direction du théâtre ?...

À nouveau, les autres s'entre-regardèrent. Il arrivait que le chef sentît se réveiller en lui son goût de la farce. Cette fois, s'agissant de théâtre, la charge était relativement justifiée.

— ... Vous avez, j'imagine, de gros soucis. J'ai entendu dire que votre salle est une vraie glacière. Comment ? Des problèmes plus graves que le froid ? Et que peut-il y avoir de plus triste qu'un théâtre où on est frigorifié ? Vraiment ? On a suspendu votre spectacle ? Dire que j'étais sur le point de vous demander quelle pièce vous alliez monter cette saison. Mais quand cela ? Ah, il y a une semaine... De quelle façon ? Par le ministère de la Culture ? Je suis sincèrement désolé. Hier soir encore, ma femme m'a dit : Il y a si longtemps que nous ne sommes allés au théâtre... Mais, bien souvent, on ne pense à une chose que lorsqu'elle vient à manquer. Enfin, ce n'est peut-être pas irrévocable. Vous avez dit suspension, n'est-ce pas ? Ne perdons quand même pas espoir...

Il reposa le combiné ; tous s'attendaient à ce qu'il éclatât de rire. Mais il resta pensif.

– Peut-on essayer de faire autoriser la pièce ? s'enquit son adjoint.

– C'est justement ce à quoi j'étais en train de réfléchir, répondit le chef. L'instruction reçue hier me confirme toute l'importance que l'on attache à notre travail ; la pose des *princes*, surtout, paraît en avoir beaucoup plus que nous ne le pensons. Si bien que j'ai quelques raisons d'espérer...

Il resouleva le combiné :

– ... Allô ? Oui, c'est encore moi. Je voudrais savoir quel est l'auteur de cette pièce dont la représentation a été suspendue. Du classique ? Ah, je la croyais contemporaine. Ouais... C'est aussi mon avis : en général, ce sont les modernes qui sont source d'ennuis. Oui, oui...

On pouvait deviner qu'à l'autre bout du fil, son interlocuteur s'était mis à parler sans arrêt. Arian Vogli se bornait à répéter « Oui, je vois » ou « Je vous comprends fort bien ». Par moments, il fermait les yeux d'un air excédé.

– Sur ce point, reprit-il enfin, je suis tout à fait de votre avis, camarade directeur. Nous ? Vous savez bien que nous ne nous mêlons pas de ce genre d'affaires. Le seul aspect qui nous concernerait éventuellement serait le mécontentement, qui est à éviter. Justement, justement... Une regrettable contrariété... Qui assombrit l'existence... J'en suis tout à fait d'accord... Au bout du compte, nous œuvrons tous à la même cause...

Son visage ne s'éclaira que lorsqu'il eut raccroché.

– La pièce en question est *la Mouette* de Tchekhov, expliqua-t-il d'une voix contenue. Un drame d'amour, si mes souvenirs de faculté ne me trompent pas. Rien à voir avec notre époque, à moins que l'empêchement ne soit dû à la nationalité russe de l'auteur. Mais, que je sache, les classiques russes continuent d'être publiés... » Il inspira profondément. « Je pense me rendre moi-même à Tirana. Il convient de discuter de cette affaire avec le ministre, je veux dire : notre ministre à nous, pas celui de la Culture. Quatre ou cinq représentations nous suffiraient pour mener à bien notre besogne. Ensuite, on n'aura qu'à l'interdire à nouveau. Il n'y a pas de mauvais moment pour interdire une pièce !

Il les scruta tour à tour pour sonder leurs pensées. Mais leurs traits lui parurent inexpressifs.

Quatre ou cinq représentations, et nos pigeons seront tous pris au piège, se reprit-il à songer.

– Qu'en dites-vous ? finit-il par demander.

Ils répondirent de manière timorée, comme toujours lorsqu'il était question d'art ou de culture.

– Je crois qu'on arrivera à régler cette affaire, poursuivit Arian Vogli. Après tout, il ne s'agit que d'une histoire d'amour. D'une mouette, autrement dit d'une femme atteinte en plein cœur... Il se leva et se mit à arpenter la pièce comme il avait coutume de le faire chaque fois qu'il s'échauffait sur un sujet ou un autre. – Il faut à tout prix que cette pièce soit jouée, vous comprenez ? Comme le dit excellemment Hamlet : *Le théâtre est un piège où la ville entière vient se faire prendre comme une pie...*

Comme chaque fois qu'il rehaussait son discours de quelque citation, il nota chez les uns du respect, chez les autres de l'envie.

Quand il mit fin à la réunion, il se faisait tard. Tous sortirent, sauf son second qui avait coutume de rester bon dernier.

— Écoute, lui dit le chef en refermant ses tiroirs. Dans une semaine, quinze jours au plus, doit arriver une délégation française pour une visite de quarante-huit heures. Arrange-toi pour faire placer un *prince* dans le manteau de leur accompagnateur. C'est une occasion unique, à ne pas manquer !

— Et les Français ?

— Eux sont pris en charge par le Centre. Nous, c'est leur accompagnateur qui est de notre ressort. Cherche à connaître au plus vite son identité, tu aviseras ensuite.

— À vos ordres, chef.

— Ah, autre chose : dès que l'occasion s'en présentera, n'oublie pas de placer un *frelon* dans le logement de l'ingénieur Bardh Gjikondi... Sous le lit conjugal... Il paraît que sa femme, quand elle est excitée, profère des choses ahurissantes.

— À vos ordres.

— Allez, bonne nuit. Dis à mon chauffeur de ne pas m'attendre. Je rentrerai à pied.

— Il fait mauvais..., objecta l'adjoint.

L'autre fit mine de ne pas avoir entendu.

5

Comme le plus souvent, sur la place de la République, le vent cisaillait la figure. À travers l'écran mouvant de la neige poudreuse, les rares lampadaires paraissaient osciller tristement.

Bien qu'il fût conscient que le frisson qu'il éprouvait n'était pas dû au froid, Shpend Guraziu releva le col de son pardessus.

Il aperçut sur le trottoir d'en face un homme en manteau noir. Lui aussi déambulait seul sous la neige, son col relevé. C'est ainsi que chacun de nous va vers son destin, songea-t-il. Un bruit feutré de roues lui fit tourner la tête. Une jeep *Gaz* aux phares en code roulait au pas. Dans l'éclat rougeâtre des feux arrière, les fins flocons paraissaient saisis de fièvre.

Shpend Guraziu eut l'impression que la *Gaz* suivait l'homme qui marchait sur le trottoir d'en face. Depuis quand s'était-on mis à filer les gens aussi ouvertement ?

Curieusement, il ne ressentit pas l'inquiétude qu'il aurait dû normalement éprouver. On eût dit que la séance de spiritisme à laquelle il se rendait étendait déjà sur lui sa protection.

Au carrefour suivant, le véhicule se rapprocha davantage de l'inconnu. Pendant quelques instants, il roula même à sa hauteur. Seigneur Tout-Puissant ! s'exclama Shpend. N'allait-il pas assister de ses propres yeux à une arrestation ? Cela ne lui était encore jamais arrivé.

Il ralentit l'allure pour mieux observer ce qui allait se passer. Il eut l'impression que l'homme en manteau noir avait fini par s'apercevoir de la présence de la voiture. Mais, contrairement à ce à quoi Shpend s'attendait, il ne se mit pas à courir ni n'ébaucha rien de ce genre.

Tiens-tiens, se dit-il en voyant l'inconnu, loin de prendre peur, faire même un signe à l'adresse du véhicule. Apparemment, les gens à bord de ce dernier, et lui avec eux, filaient quelqu'un d'autre.

Il fit volte-face, puis regarda à droite et à gauche. La rue, comme auparavant, était déserte. À moins que ce ne soit moi qu'on file ? pensa-t-il, mais sans la moindre crainte. L'idée qu'il avait rendez-vous avec un esprit le rasséréna de nouveau. De toute façon, vous n'arriverez jamais à le suivre, lui ! se dit-il.

Il se remit à presser le pas sans trop savoir lui-même pourquoi. La *Gaz* se détacha brusquement de l'autre homme et s'éloigna à vive allure.

Shpend suivit des yeux les feux de position qui, à travers le rideau de neige poudreuse, dessinaient sur l'asphalte comme des rigoles de sang.

Lorsque le véhicule eut disparu, il reporta son attention sur l'inconnu. Celui-ci n'était qu'à quelques pas devant lui, sur le trottoir d'en face. L'espace d'un instant, quand l'éclat d'un lampadaire éclaira de biais son visage, il crut reconnaître le chef de la Sûreté de la ville. Ainsi vont les choses, épilogua-t-il. Au terme d'une journée de labeur, les camarades, fatigués, rentrent à la maison... Dans le murmure étouffé de la neige, comme tous les braves gens de chez nous...

À chacun son boulot, se dit-il. Lui, Shpend Guraziu, ingénieur-architecte, brillamment diplômé de l'Université de Tirana, possédant deux langues étrangères, ayant représenté à deux reprises la ville de B. au Congrès national du progrès technique, membre de la rédaction de la revue *Techniques du bâtiment*, se rendait à la réunion la moins imaginable qui fût dans tout le camp socialiste : une séance de spiritisme.

Le dos de l'homme en manteau noir ne cessait de se rapetisser. Peut-être allait-il ainsi sortir petit à petit de son existence ? Lui, avec ses dossiers confidentiels, ses filatures, son propre petit tas de secrets de rien du tout : ce qu'on savait, ce qu'on ignorait, ce qu'on soupçonnait de lui.

Shpend se rendait à un type de réunion tout ce qu'il y avait de plus interdite. Le chef des services spéciaux de la ville avait beau déambuler dans la même rue, ce n'était pas lui qui avait provoqué chez Shpend le frisson qui venait de le parcourir.

Une sorte d'euphorie le transporta soudain comme une houle. Quoi qu'il en fût, lui aussi possédait son mystère. Un mystère qui concernait une sphère supérieure, donc à eux inaccessible. Leur pouvoir s'arrêtait ici bas. C'était une vision qu'il avait déjà eue dans sa prime jeunesse, quand il s'était vu en rêve en train de voler alors que les forces du Mal qui le poursuivaient restaient à terre. Eux aussi, hagards, demeureraient au bord de l'infini.

Il sentait sa poitrine se gonfler de reconnaissance envers Skender et Nicolas. Ils avaient été les premiers à l'approcher lorsque, un an auparavant, un jour de mars, il avait débarqué dans cette morne petite ville de province, son baluchon à la main, hébété comme tous les nouveaux arrivants de la capitale, pour vivre « dans la gadoue », subodorant que, contrairement aux déclarations, la rotation des cadres était moins fondée sur le ridicule principe de l'immersion au sein du peuple que sur un autre motif secret et sournois dont il ne saurait jamais rien. Quand on avait appris qu'il était seul au monde, on s'était montré plus accueillant. Les invitations à dîner, les parties de cartes jusqu'à minuit, les plaisanteries et les sous-entendus avaient égayé ses soirées. Puis, comme si cela ne suffisait pas, s'y étaient subitement ajoutés les mots de Skender : « Tu es amoureux, donc sacré », et enfin, pour couronner le tout, l'incroyable invitation à se rendre à cette séance...

Je vais à une séance de spiritisme, se répétait-il, car il avait l'impression que la vraie signification de l'acte qu'il était en train d'accomplir n'avait pas encore bien atteint son cerveau. Dans cette vie aussi aride qu'un champ d'orties, remplie de réunions assommantes, de discours, d'applaudissements, de paroles vides de sens – « Allons les mains pleines au VIIᵉ Congrès, au 4ᵉ Plénum, à tel anniversaire, vers l'avenir... » –, il avait, lui, rendez-vous avec un esprit.

Ils ont depuis longtemps perdu le Ciel et ne le savent pas, pensa-t-il. Ils s'habituaient chaque jour davantage à ce désert, jusqu'à se persuader que la vie n'était que cela, qu'elle ne contenait rien d'autre. À lui, en revanche, le destin avait accordé le salut : l'accès au Ciel. L'idée de recouvrer cette sphère perdue l'enivrait de plus en plus.

Il gravit en hâte l'escalier faiblement éclairé par une ampoule unique et atteignit le troisième étage. Il marqua un temps d'arrêt devant la porte du logement, se passa la main dans les cheveux, secoua la cendre de sa cigarette, puis, ayant inspiré profondément, appuya sur le bouton de sonnette.

Ils étaient tous là : Nicolas, les occupants de l'appartement, une autre femme au visage blême marqué par ces rides qui sont la rançon d'une oisiveté dorée, un homme qu'il ne connaissait pas. Shpend dit bonsoir et hocha la tête sans trop savoir s'il devait saluer chacun à tour de rôle tout en se présentant. Par bonheur, Skender lui fit signe en lui indiquant un siège à côté de lui. Quand il se fut assis, son voisin ferma à demi les yeux comme pour dire : Tout va bien.

La pièce était on ne peut plus banale, semblable aux milliers de salles de séjour des appartements d'État. Un divan, produit des menuiseries *Misto Mame*, inchangé depuis des lustres, des sièges rembourrés fabriqués par la même firme, une bibliothèque vitrée au cœur de laquelle trônaient les quatre premiers tomes des œuvres complètes du Guide, des rideaux de tulle blanc aux fenêtres. Aucun signe de ce qui l'avait conduit là.

— Vous boirez bien quelque chose ? demanda la femme qui lui avait ouvert.

La conversation, apparemment interrompue par son arrivée, avait repris, espacée, à voix feutrées, comme pour une visite de condoléances. Il eut néanmoins l'impression d'entendre un lointain signal en captant le mot *madame* que l'inconnu avait adressé à l'une des femmes présentes.

— On attend le médium, lui chuchota Skender. Généralement, il arrive le dernier.

Shpend n'osait poser de questions. Il n'avait qu'un souci : remercier tout le monde et s'excuser. Le doute l'effleura que le médium pourrait ne pas venir, mais de manière vague, comme tout ce qui lui traversait l'esprit.

Quand la sonnette retentit, à la manière dont les cous se tendirent, Shpend devina que les autres avaient éprouvé jusque-là la même appréhension.

Le médium ébaucha un salut. Puis, sans regarder personne en particulier, il dit : Quel vent frisquet !

Pendant un moment, la conversation deux par deux, qui tendait constamment à s'éloigner du centre de la pièce pour se réfugier sur ses bords, se poursuivit. Shpend avait perdu toute notion du temps. Il lui semblait parfois que tous avaient oublié pourquoi ils s'étaient réunis là ou, pis, qu'ils avaient changé d'avis et ne tiendraient pas la séance.

Lorsque la maîtresse de maison eut tiré l'un après l'autre les rideaux (les vitres dégoulinantes n'auraient pourtant pas permis aux observateurs les plus perspicaces, même armés de jumelles, de discerner leurs visages), quand donc les rideaux furent tirés et surtout que deux chandeliers de cuivre garnis de bougies furent déposés sur la table, Shpend, en même temps que l'angoisse qui ne le quittait plus, éprouva de nouveau cette griserie qui lui était devenue familière. Avec des chandeliers et des bougies..., songea-t-il. Le manteau noir du chef de la Sûreté se trempait sans doute encore sous la neige fondue. Il a obstrué toutes les issues possibles à la frontière, se dit-il, il écoute les conversations, épie les combinés téléphoniques, mais il ne peut rien contre cela !

Le médium fit un signe en direction des lampes.

– Oui, tout de suite, dit le maître de maison. Cela va de soi.

Il gratta quelques allumettes et finit, de ses mains tremblantes, par allumer les bougies.

– Maintenant, pour des raisons faciles à comprendre, nous allons ôter les plombs, dit-il d'une voix sourde en regardant Shpend, le seul apparemment à être là en néophyte.

À voix basse, Skender lui expliqua qu'ils prenaient ainsi toutes leurs précautions afin de pouvoir, en cas de brusque descente de police, justifier les bougies allumées.

L'obscurité tomba lugubrement, quasiment comme un coup, jusqu'à ce qu'au cœur des ténèbres une fraction de la lumière perdue ne réapparût, encore que très faiblement. Mais c'était une lumière différente, timide, d'une tout autre nature. Elle n'avait absolument rien de commun avec l'éclairage précédent, avec l'éclat qu'engendraient conjointement les centrales hydro-électriques du nord, « Marx » et « Engels », la centrale thermique de Fier, la centrale « Lénine » de la capitale, et des dizaines d'autres, sans oublier, avec elles, les cérémonies d'inauguration où les membres du gouvernement coupaient les rubans, les fleurs, la voix émue de l'envoyé spécial de la télévision...

Les petites flammes des bougies tremblotaient, comme apeurées. Nous n'avons pas voulu offenser votre propre lumière, monsieur le juge, plaida en lui-même Shpend Guraziu. Avec cet éclairage d'antan, nous avons simplement cherché à apaiser nos âmes, c'est tout. Rien de plus...

Autour de lui, le chuchotement se refit entendre et il perçut les mots « Madame Greblleshi », « Monsieur Rokaj ». On parlait, semblait-il, de celui ou de celle dont l'esprit allait être invoqué, mais Shpend, impressionné, ne parvenait pas à se concentrer. Il ne saisit que les mots « manuscrits détruits », qui avaient peut-être quelque rapport avec le défunt. Il comprit également que c'était la seconde fois que celui-ci était appelé, la première n'ayant pas suffi à obtenir de lui les renseignements requis.

– Vous êtes prêts ? demanda le médium. Il avait une voix chaude, mâle, à laquelle son épaisse chevelure n'ajoutait ni ne retranchait rien. – Et maintenant, concentrez votre pensée sur celui que nous appelons. Surtout, quoi qu'il arrive, ne m'interrompez pas !

Il abaissa son regard sur les flammes des bougies et sa respiration s'alourdit. Les autres parurent l'imiter. Shpend se sentit l'envie de pleurer, mais ce n'était pas cela. En réentendant la voix du médium, il frissonna. Elle ne ressemblait plus du tout à celle de tout à l'heure. On aurait dit qu'on l'avait attaquée, rabotée en quelque sorte, mais cette transformation inspirait plutôt l'effroi... Arian, es-tu là ? Parle aux êtres qui te sont chers. Ils te demandent pardon de te déranger par une nuit pareille. Ils souhaiteraient avoir un signe de toi... J'ai déjà donné des signes. Rapprochez-vous ; bon, maintenant, j'y vois clair... Que t'est-il arrivé, le treize mai ?... Ne me questionnez pas ! Ne m'interrogez surtout pas sur cette nuit-là... Il est toujours ou trop tôt ou trop tard... C'est autre chose. C'est différent... Et les manuscrits ?... Oh non ! C'est un mot qui n'a plus de sens. Il ne reste que des vestiges... D'une seule main. Plus rien... Je sens que tu es pressé. Tu ne pourrais pas rester avec nous encore un instant ?...

– Il s'en est allé.

Shpend Guraziu frémit. La voix du médium avait à nouveau changé.

– Comment ça ? fit une des femmes présentes.

Le médium la fixa du regard.

– Je l'ignore. Vous n'avez pas entendu ?

– Nous avons entendu vos questions sur la nuit du treize mai, puis sa réponse. Mais elle était inintelligible.

– Je ne puis rien vous dire de plus, répéta le médium. Je ne me souviens de rien.

L'air épuisé, il les embrassa tous d'un regard réprobateur qui paraissait dire : Combien de fois me faudra-t-il vous expliquer que la voix que vous avez entendue n'était pas la mienne, mais celle de l'esprit qui vous a parlé à travers moi ?

Shpend, lui, le savait. C'était même la première chose qu'il avait retenue sur le spiritisme.

La maîtresse de maison alla à la cuisine préparer du café.

Heureusement que personne ne s'avise de remettre les plombs ! songea Shpend. Le retour de la lumière émanant des centrales eût été insupportable.

La maîtresse de maison apporta les tasses. Le visage du médium était toujours aussi pâle. Sa main tenant la soucoupe tremblait légèrement.

La conversation reprit à voix basse, comme devant, à la lueur des bougies. Shpend entendit répéter le mot « manuscrits », accompagné le plus souvent d'un long soupir.

Ils sortirent l'un après l'autre, tout comme ils étaient apparemment entrés. Dehors, la neige fondue avait cessé de tomber. Il soufflait une bise glacée et Shpend releva de nouveau le col de son pardessus.

Parvenu devant le théâtre, il ralentit le pas. Le panneau d'affichage était nu. Comme il subsistait quelques bandes et lambeaux d'affiches déchirées, il s'approcha pour y déchiffrer ne fût-ce qu'un nom d'acteur ou un horaire. En fait, comme à son habitude, il cherchait le nom de Suzana. Mais, dans l'enchevêtrement de signes causé par les collages superposés, il était vain de chercher à déchiffrer quoi que ce fût.

Soudain, il fut pris d'un accès de nostalgie, mais différent des précédents. S'y était ajouté et s'en était en même temps retranché quelque chose. Le rendez-vous avec l'esprit, se dit-il. Peut-être dorénavant tout dans sa vie allait-il être changé à cause de lui ?

La pièce où il logeait était froide. Il alluma le radiateur électrique qu'il avait lui-même monté, puis resta un moment planté devant le lambeau de journal collé au mur, au-dessus de son lit. C'était la photo de Suzana, souriante, avec, au-dessous, imprimé en gros caractères : SUZANA KRAJA DANS LE RÔLE PRINCIPAL. INTERVIEW DE LA COMÉDIENNE.

La vague de nostalgie, avec cette part d'inconnu qu'elle recélait, le submergea de nouveau. C'était un brouillard dissolvant qui cherchait à effacer quelque chose, lui-même peut-être, ou bien Suzana, à moins que ce ne fût et l'un et l'autre.

Pour la centième, la millième fois, il s'imagina pénétrant dans la chambre glacée. Leur étreinte silencieuse, puis les mots qu'il s'efforcerait de ne pas lui dire : Pourquoi as-tu l'air d'une somnambule ? Ses gestes pour se déshabiller, la blancheur de son corps, ses cheveux sur l'oreiller, tout cela ne faisant pour ainsi dire qu'un dans son esprit. Dans son demi-sommeil, leur second rapport, qui aurait pourtant eu bien peu de chances de se produire, vu la brièveté de l'intervalle, le captivait davantage que le premier qui, en revanche, lui avait échappé.

Ce n'était pas seulement à lui qu'il avait échappé. Dès le début, il y avait toujours eu entre eux deux comme une sorte de déperdition. Ce n'est pas toi..., lui avait-elle dit sitôt après leur premier baiser dans le sombre escalier de l'immeuble. Et, comme il lui avait demandé ce qu'elle avait voulu dire par là, elle avait répondu : Difficile à t'expliquer... Il l'avait embrassée une seconde fois, puis, d'une voix douce, lui avait réclamé à nouveau cette explication. Elle s'était montrée évasive : Tu m'as trouvée dans un moment de faiblesse... Une querelle avec ton mari ?... Oh non, au contraire !

Péniblement, il était parvenu à tirer les choses au clair. C'était la pièce de Tchekhov qui lui avait fait perdre la tête. Ils avaient eu tant de mal à décrocher l'autorisation. Voilà pourquoi elle paraissait planer. Et il en avait profité. Elle pouvait bien monter au septième ciel, et même se faire tuer... Comme la mouette, avait-il pensé après coup.

Voilà donc pourquoi tu es dans cet état, absente, à tel point que j'ai envie de t'empoigner par les épaules, de te secouer et de te crier : Réveille-toi ! afin que tu saches au moins dans les bras de qui tu es !

Elle avait ri. Quand elle se mettait à rire, l'arôme de ses cheveux se sentait davantage. Toi aussi, lui avait-elle répondu, tu m'as l'air... Quoi ? Parle donc, je t'en prie... Eh bien, voilà : ce prénom de Shpend, ou *oiseau*, je croyais qu'on ne le portait plus. Je pensais qu'il n'existait que dans les romans des années 30. Mais je dois maintenant m'en aller, il est tard. Téléphone-moi au théâtre... Attends encore un instant, encore un baiser !... Il se fait tard, mon âme... Sois sage...

S'il n'y avait eu, intercalés, les mots « mon âme », comme sortis d'une vieille romance amoureuse, de celles qui se terminent d'ordinaire par une rupture ou une fluxion de poitrine, puis par deux cyprès poussant sur la tombe de chacun, tout cela lui aurait fait l'effet d'une foucade de théâtreuse.

Au téléphone, les deux ou trois fois où il était parvenu à la joindre, elle avait montré cette même distraction qui lui paraissait insupportable. Jusqu'au jour où, au lieu de son rire, il avait entendu des pleurs, lourds, désespérés. C'était comme une grosse vague qui n'en finit pas de déferler. De vase et de détresse noires. Il avait eu beau tâcher de la consoler, elle lui répétait : Non, non, tout est fini...

Jamais il ne se serait imaginé que lui, ingénieur-architecte, fût à ce point sensible, peut-être même plus que les gens de théâtre, à l'interdiction d'une pièce.

Il se fait tard, mon âme... Les carreaux de la fenêtre étaient glacés. Il essaya de sonder le ciel. Il se reporta en esprit vers Suzana, puis vers la main du médium qui tremblotait en tenant sa tasse de café. L'espace d'un instant, il eut l'impression que la flamme des bougies et l'inconstance féminine étaient de même espèce. Peut-être aussi existait-il quelque lien entre elles et l'esprit qui s'était dissous dans le ciel de suie ?

Contre le Ciel au moins tu ne peux rien... Il avait adressé ces mots-là à l'homme en manteau noir. Oui, tu peux faire de la Terre tout ce que tu veux, tu peux la rendre socialiste, et même communiste ; le Ciel, lui, échappe à ton emprise !

6

Le vendredi matin, à peine sa voiture eut-elle franchi la grille et eut-il mis pied à terre, Arian Vogli devina que la première « récolte » avait été livrée. Il n'aurait su dire exactement où il avait commencé à le pressentir : au poste de garde, dans l'escalier où il avait croisé deux ou trois de ses subordonnés, ou à en juger par le silence singulier qui régnait dans les couloirs. Le bâtiment entier paraissait grouiller de visiteurs invisibles.

Assis derrière sa table, il attendit son adjoint avec un sourire distant, différent de son expression habituelle.

– Camarade-chef, lui dit ce dernier à voix basse. Aujourd'hui, avant l'aube...

– Je sais, l'interrompit Arian Vogli. Apportez-les moi.

Avec émotion, mais aussi avec un brin de commisération, il considéra ces petits objets à l'intérieur desquels logeaient les bandes magnétiques dont se trouvait désormais emmaillotté son destin. Plus d'une fois, il avait imaginé l'émoi de son prédécesseur, un homme d'origine paysanne, quand, douze ou quinze ans auparavant, on lui avait apporté le résultat des premières écoutes : des voix étranges, effrayantes, entourées de bandelettes, pareilles à des masques mortuaires.

Bien qu'instruit et désormais familiarisé avec ce genre de travail, il se sentait tout aussi troublé que son devancier. La nouvelle classe d'appareils d'écoute ressemblait aux vieilleries de naguère autant que les arquebuses du musée historique aux armes dernier modèle. Les oreilles de l'État, rajeunies comme par une intervention chirurgicale, avaient acquis une acuité auditive dix, vingt fois supérieure à celle des anciennes. Par surcroît, c'était lui qui avait essaimé tous ces fourbis.

Il passa en revue, bien alignés, ceux du hall du Bureau de logement, de la file d'attente devant les crèmeries, de la salle de répétition du théâtre, des appartements du quartier nº 3, de la brasserie du Centre, du café Flora, des guichets des caisses d'épargne où étaient versées les pensions de retraite. Et dire qu'une bonne partie des enregistrements n'avaient même pas encore été recueillis ! Car les *princes*, les troupes d'élite de ces régiments, n'étaient pas encore entrés en action. Arian Vogli sentit les ondes d'une excitation tour à tour bouillante et glacée lui envahir la poitrine.

Tandis qu'il prenait connaissance d'une brève écoute mise en place au petit bonheur juste pour tester la qualité des enregistrements, son adjoint, qui la lui avait apportée, se sentit coupable des longues plages de silence qui les entrecoupaient : des bruits de la ville, de lointains concerts d'avertisseurs, des claquements de portes, seulement quelques rares phrases dénuées de tout intérêt. Calme, souriant presque, Arian Vogli regardait son second s'impatienter dans sa quête d'un « bon morceau ». Ils avaient pourtant l'habitude et en aucun cas ne se laissaient décourager par ce matériau brut qui évoquait un tas de boue et de caillasse. Passé au crible, il leur fournirait le précieux minerai. Celui-ci, à son tour, serait tamisé à plusieurs reprises jusqu'à livrer une poignée d'émeraudes. À la différence de leurs prédécesseurs, ils savaient qu'ils auraient toutes ces étapes à franchir. Ce qui n'empêchait pas l'adjoint d'émettre des grognements de contrariété, jusqu'à ce que son chef lui eût fait signe d'interrompre l'audition :

— Suffit, Naum. Tu sais comme moi à quoi ressemble cette formalité. C'est un peu comme le poisson ou le gibier qu'on exhibe aux clients dans les restaurants de luxe avant de l'apprêter. Maintenant, allez, mettez-vous au travail pour traiter ces matériaux. J'espère que d'ici deux ou trois heures au plus, nous aurons quelque chose d'audible.

Une fois les autres sortis, Arian, au lieu de s'asseoir, se mit à aller et venir dans la pièce. Il ne parvenait pas à se concentrer. Les trois étages du bâtiment baignaient dans le climat particulier de ce matin-là. Le long des couloirs, non seulement les gens ne se parlaient qu'à voix basse, mais leurs regards mêmes paraissaient se dérober. Arian se dit que c'était sans doute le genre d'atmosphère qui régnait jadis, les jours de Carême, dans les églises où aucun d'eux n'avait jamais mis les pieds.

Au bout de deux heures, quand ses collaborateurs réapparurent, l'exultation et la gravité se mêlaient comme elles l'avaient rarement fait sur leurs visages. Au moment où l'on branchait le lecteur de cassettes, Arian Vogli chercha nerveusement son paquet de cigarettes. Les autres aussi en allumèrent une, comme si le marmonnement humain était censé devenir plus audible dans une atmosphère enfumée. Pendant une heure, ils restèrent ainsi silencieux, les yeux mi-clos, veillant à ne rien laisser échapper à leur ouïe. Il y avait là tout le sinistre brouhaha qu'ils ne connaissaient désormais que trop bien, mais en beaucoup plus distinct : des injures adressées crûment à l'État, des jérémiades contre les carences en tous domaines, à propos de l'interdiction de la religion ou des coupures de courant, mais aussi des insultes contre la Sûreté, des rouspétances et des grincements de dents, des sarcasmes, des mises en boîte.

Le visage du chef s'assombrissait à mesure. Tout y passait : querelles conjugales, maladies, airs de danse aux soirées d'anniversaire, soupirs languides, et puis ce Corbeau dont on attendait avec tant d'impatience qu'il fût identifié...

Pour la première fois, le chef ordonna d'un signe que l'on fît revenir la bande en arrière afin qu'il pût réauditionner un passage. Il écouta à deux reprises cette conversation où revenait le mot « corbeau », cependant que ses subordonnés le considéraient avec ce respect particulier qu'ils affichaient chaque fois qu'il était question de secrets dont, en sa qualité de chef, il était seul à connaître.

En fait, pour ce qui concernait le Corbeau, il n'en savait pas plus long qu'eux. Il avait seulement reçu une directive à ce propos : chaque fois qu'ils tomberaient sur un dialogue, une plaisanterie, voire simplement un proverbe faisant mention d'un « Corbeau aveugle », il leur faudrait se montrer extrêmement vigilants. Des secrets centraux, songea-t-il. Aucun Centre, du reste, n'était concevable sans de pareils secrets.

Un râle féminin lui fit retenir son souffle. Mais non, ce n'était pas elle... D'un air coupable, son adjoint s'apprêtait à se justifier d'avoir retenu ce passage, mais le visage du chef resta impassible. Il avait donné pour consigne de bien se tenir quand il était question de lits conjugaux, car naguère, sous les sièges des agents astreints à des guets prolongés, il arrivait souvent qu'on retrouvât des traces de masturbation.

L'appareil n'avait pas encore été posé dans l'appartement d'Edlira, mais Arian avait donné à entendre à son adjoint qu'il s'occuperait en personne de ce cas précis. Chaque fois qu'il y pensait, une bouffée de chaleur l'envahissait, comme traversée par un poignard. *Un soir viendra, ma colombe,* dit-il en se remémorant les paroles d'une chansonnette. *Je t'embrasserai puis m'en irai au bout du monde...*

— Voici la dernière bande, fit Naum.

Dès les premiers mots, le chef devina que cet enregistrement avait été laissé exprès pour la fin. Son front se plissa encore plus. Enfin une véritable prise ! C'était un déblatérage contre les membres du Bureau politique et la Doctrine. Le plus aigre de tous. Le plus dangereux.

Le regard du chef croisa celui de son second. L'expression réjouie que celui-ci arborait un instant plus tôt avait cédé la place à un air hagard, comme d'un qui prend soudain conscience de la gaffe qu'il a commise. Dans ses yeux, en même temps que la quête du pardon, se lisait comme le prélude à une protestation : Allons-nous accomplir un véritable travail d'espionnage, ou bien nous bornerons-nous à faire semblant ?

— Ça suffit pour le moment, décréta Arian en se levant.

On ne comprit pas au juste ce qui « suffisait » : si c'était la bande qui, même sans cette injonction, était terminée, le regard stupide de son adjoint, ou les deux à la fois.

L'autre se dirigeait vers la porte quand Arian, qui s'était approché de la fenêtre, lui lança sans se retourner :

– Écoute-moi : fais mettre tout ce matériel sous clé. Et que personne n'en entende rien.

– À vos ordres, chef.

Personne, se répéta Arian quand la porte fut refermée. Jamais et nulle part !

Il eut soudain l'impression que cette succession de termes prohibitifs, tout en l'isolant des autres, l'avait comme soudain pourvu d'écailles surnaturelles, parées de danger et de mystère.

Il se prit à écouter... Peu à peu, il réalisa dans toute sa nudité ce qu'il était en train de faire, et en mesura tout le poids. Cela lui envahit les poumons, le cerveau, faisant battre ses tempes d'une griserie inédite, pétillante, empreinte de triomphe et de détresse mêlés.

Il se remit à prêter l'oreille... Plus que d'une écoute, il s'agissait bien d'une descente dans les régions interdites de la vie. D'en bas, du chaos, la sombre rumeur humaine s'élevait jusqu'à lui.

J'écoute ! répéta-t-il, comme pour se pénétrer à fond du sens caché de ce mot. Les voix des déchus, celles qui ne devaient être entendues de personne, montaient jusqu'à lui du plus profond des abysses. De quel autre pouvoir, de quel autre don mystérieux les antiques démons auraient-ils pu se prévaloir ?

Il entendait l'inaudible. De vieilles malédictions, de plus en plus rarement proférées, lui parvenaient depuis sa petite enfance comme une sourde menace. Puisses-tu ne pas être...

Assez ! se dit-il et, pour contraindre son esprit à s'arracher à ces fantasmes, il se mit à ouvrir avec brusquerie les tiroirs de son bureau. Tombant sur des notes relatives à la prochaine réunion des épieurs en

colère de la ville, il eut l'impression que c'était justement ce qu'il cherchait.

Que la nouvelle de l'arrivée des *frelons* laisserait
atterrés les épieurs de chair et d'os, les « oreilles du
Parti », comme les avait nommés le Guide, disait-on,
au cours d'un conclave secret, c'était à prévoir. Mais
que leur dépit revêtirait les proportions d'un irrépa-
rable cataclysme, Arian en était profondément
surpris.

Il avait cru que leur mécontentement ne dépasse-
rait guère les limites de la grogne désormais coutu-
mière parmi les anciens lorsqu'ils se croyaient
rabaissés par suite de la montée de la nouvelle génération d'officiers instruits, à quoi s'ajoutaient leurs
doutes et commentaires critiques sur les innovations,
désormais notoires, qu'on avait aussi relevées en
d'autres domaines, comme pour les engrais
chimiques, les préservatifs, l'insémination artificielle
et toutes sortes de pratiques nouvelles à l'encontre
desquelles l'esprit humain devait continuer de montrer des préjugés hostiles.

Comme les éclairs avant l'orage, certains signes
avant-coureurs avaient laissé présager ce mécontent-
tement des épieurs de chair et d'os. Au début, le chef
de la Sûreté avait été étonné par l'ampleur du défer-
lement des matériaux récoltés. Les procès-verbaux
de conversations écoutées s'étaient démesurément
accrus. Malgré son petit sourire au coin des lèvres,
Arian n'en avait pas moins été intrigué par une
pareille abondance. Ou bien les épieurs avaient travaillé avec un zèle inaccoutumé au cours des deux
dernières semaines pour montrer ce dont, en vieux

loups de l'écoute directe, ils étaient encore capables, contrairement à l'opinion qui les considérait depuis belle lurette comme de vieilles bécanes hors d'usage, ou bien les gens eux-mêmes, pressentant quel changement sensible allait être introduit dans leurs conditions d'existence par ces appareils qui venaient juguler la simple rumeur humaine, se hâtaient de profiter du peu de temps qui leur restait pour murmurer, parler, médire, vitupérer, autrement dit vider une dernière fois leur sac avant le silence qui allait leur être imposé.

Sans se départir de son petit sourire moqueur, Arian continuait de feuilleter le dossier qu'il avait sous les yeux. À l'évidence, les épieurs s'efforçaient d'attiser la hargne et la rogne des gens contre les *frelons*. On devinait que leur ultime espoir était de voir cette hostilité déboucher sur l'annulation de la pose de ces engins maléfiques, comme on les qualifiait un peu partout. Un certain nombre d'épieurs n'avaient pas hésité à exploiter la rumeur publique pour se défendre, eux et leur corporation. La plupart l'avaient fait avec mesure, mais, dans certains cas, comme celui de Met Rapalla qui invoquait en particulier la touchante tendresse, quasi amoureuse, que leur vouait Liliana K., conservatrice au Musée historique de la ville, les arguments employés étaient à l'évidence pure invention de l'intéressé.

Les malheureux, on les a pressés comme des citrons, et, à présent, on les jette. Les autres allaient au concert, au théâtre, à des soirées dansantes, ils écoutaient de la musique, des paroles chantant l'amour : Je t'aime, Mon âme, Je suis à toi, etc., alors qu'eux, par leurs oreilles, étaient contraints de ne recueillir que fiel et poison. Mais ce n'était pas tant cela qui les blessait. Bon, les autres n'avaient qu'à se donner du bon temps, s'amuser, s'ennoblir aux accents de la grande musique ; eux, les épieurs, s'étaient sacrifiés sans réserve pour le bien de la Cause. Car non seulement leurs oreilles mais même leur cerveau avaient commencé d'être intoxiqués par toute cette abjection, comme ceux qui baignent dans la nicotine ou la drogue, et cela, au nom de cette même Cause. N'avaient-ils pas droit eux aussi à un brin de reconnaissance ? Méritaient-ils d'être ainsi dédaignés au nom de cette quincaillerie inerte ?

Les marques d'hostilité envers les *frelons* étaient présentes dans presque tous les rapports. Non contents de les qualifier d'« instruments perfides », d'« inventions diaboliques », les épieurs s'étaient livrés çà et là à des considérations philosophiques dont on aurait difficilement pensé qu'elles pussent être formulées dans cette ville. L'un des rapports indiquait que cette forme inédite de guet allait conférer au monde une dimension nouvelle. Mais, étant maléfique, lui serait-elle salutaire ? Mettre au jour cette dimension revenait à écarter le voile qui recouvrait les égouts de l'humanité. Celle-ci allait risquer d'en perdre la raison.

D'après un autre rapport, on racontait que si les avions avaient pour précurseur le tapis volant, la télévision, le miroir magique des contes permettant de voir chaque recoin du globe, et ainsi de suite, ces répugnants *frelons*, eux, ne pouvaient avoir été préfigurés que par les voix des fantômes et des esprits, l'occultisme, la magie noire, le spiritisme, tous ces vestiges poussiéreux du vieux monde.

Tiens-tiens, se dit Arian Vogli tout en soulignant au crayon rouge les expressions « pressés comme des citrons » et « quincaillerie inerte ». Au bout d'un instant, il traça en marge de la première un gros point d'interrogation, tandis qu'à côté de la seconde, il inscrivait : « L'homme prime tout. »

N'empêche : il se dit qu'il lui faudrait se présenter mieux préparé à la prochaine réunion des épieurs.

La réunion eut lieu le samedi suivant, tard dans la soirée. Les épieurs entraient à la queue leu leu par la porte de la cour, le col de leur manteau relevé ; certains avaient chaussé des lunettes noires pour ne pas être reconnus. Ce scrupule était superflu, la condition de retraité étant commune à la plupart, même si la convocation n'en faisait pas mention afin de leur épargner toute blessure d'amour-propre. Quarante-huit heures auparavant, son adjoint, en examinant les listes, avait précisé au chef que, par bonheur, la fine fleur des épieurs, ceux-là mêmes qui s'étaient élevés le plus bruyamment contre les *frelons*, étaient des vétérans, si bien que leur rassemblement dans une salle, à première vue un peu risqué, ne devait susciter aucune inquiétude. C'était vraiment la crème de la profession, plus méritants les uns que les autres, auteurs de révélations sensationnelles qui avaient tourné à la légende. L'un des plus éminents, Sulo Gabrani, avait perdu l'ouïe en espionnant des aviateurs là où ceux-ci s'étaient justement sentis le plus en sûreté : à proximité d'un moteur en marche. Près de lui se trouvait Lulal Bella qui avait consenti à se couler dans une fosse, à côté d'un suspect enterré vivant, pour lui arracher un ultime secret. Puis venaient les capteurs de calomnies à soixante, quatre-vingt et même cent-dix pas, ceux qui déchiffraient les

Spiritus

zézaiements des bègues, les nasillements des nasillards, les propos échangés près d'une fontaine, les mots proférés avec une brosse à dents dans la bouche, ou dans un sanglot, ou la tête fourrée entre les cuisses d'une femme, ceux des apoplectiques récidivistes qui ne renonçaient pas à ronchonner contre l'État, etc.

Avec un certain retard, comme le voulait du reste le renom qu'il s'était acquis, était arrivé et avait pris place en bout de table Tur Ramabaya, l'orgueil des épieurs non seulement de la ville de B., mais de l'Albanie entière, pour ne pas dire de tout l'Est, un homme dont le plus haut titre de gloire consistait à s'être aveuglé volontairement dans l'espoir que son ouïe en serait aiguisée d'autant.

En dépit de ses efforts pour la maîtriser, Arian se rendit compte dès qu'il eut ouvert la bouche que l'émotion qui l'avait envahi comme il s'approchait de l'estrade s'était communiquée à sa voix. En même temps, ce qui se produisit alors dans la salle, ce hochement des têtes exprimant l'inquiétude, comme un bond consécutif à une soudaine déflagration ou à la montée brutale du volume d'une radio, le perturba encore plus. Il devina que, pour leurs oreilles habituées à n'épier que des murmures, le son de sa voix était bien trop fort.

Il baissa le ton, le baissa de nouveau, le baissa davantage encore, jusqu'à ce qu'il eût l'impression qu'une certaine harmonie s'était établie entre la salle et lui. Entamant son discours, il entra aussitôt dans le vif du sujet : la direction du Parti, y compris son Chef, était au courant de leur mécontentement concernant les *frelons*. Vous avez pris ça pour une offense à votre endroit, poursuivit-il, comme une marque de mépris, un doute jeté sur vos capacités auditives. Eh bien, je suis chargé par notre ministre – qui, en l'occurrence, n'a fait que me transmettre une recommandation venant de plus haut et dont vous devinez l'origine –, de vous déclarer que vous êtes, aujourd'hui plus que jamais, indispensables au Parti.

Il s'étendit pendant un bon moment sur la brillante façon dont ils avaient défendu le Parti aux jours les plus difficiles.

Tout en parlant, il remarqua que la plupart de ses auditeurs ne le regardaient pas en face. Leur position, la tête plutôt penchée, le regard tourné vers l'extérieur, lui parut tout aussi bizarre. Ce doit être l'attitude qu'ils adoptent quand ils tendent l'oreille, se dit-il en s'efforçant de ne pas perdre le fil de sa pensée.

Après avoir évoqué au passage la tradition albanaise, continuation de l'illyrienne, sur la pratique du guet (un film consacré à Caligula, où l'on voyait les guetteurs se poster dans le creux des statues, lui avait suggéré ce rapprochement), il revint sur le jugement selon lequel il n'y avait aucune comparaison possible entre leur fidèles oreilles et les *frelons* dépourvus de vie. Il parla de ces derniers avec dédain, quasiment avec hostilité, lui-même surpris d'en venir à déclarer qu'ils ne seraient utilisés qu'à titre provisoire, avant d'être jetés comme des citrons pressés.

Pour la première fois, les visages de l'auditoire, jusque-là renfrognés, s'éclairèrent. Encouragé, il continua en expliquant que ces appareils sans âme seraient placés là où le Parti n'avait jamais permis que se postassent les épieurs : dans des fosses à ordures, des feuillées, des lieux innommables. Ce n'était donc pas pour les humilier, mais au contraire pour sauvegarder leur dignité que le Parti les avait fait venir de l'autre bout du monde. Les applaudissements auxquels il s'attendait à la fin de cette phrase n'éclatèrent qu'un peu plus tard, lorsqu'il s'écria : « Ces bouts de ferraille n'arrivent pas à la cheville de vos oreilles ! »

Il respira, soulagé, et alors seulement il s'aperçut que son front était baigné de sueur. Il conclut son discours un peu à la va-vite, en s'efforçant de compenser la vacuité de ses phrases par l'enflure de sa voix : Vous êtes l'orgueil du Parti, son irremplaçable trésor ! Les ennemis, où qu'ils se trouvent, même au fond d'une fosse, continuent de marmonner. Mais vous, vous captez leurs paroles, y compris d'en bas, du fond du trou, pour nous les rapporter. Vous êtes les piliers de l'État !

— Brillant discours, dit son adjoint qui l'attendait à la sortie. Une véritable symphonie !... J'ai une autre bonne nouvelle. On nous a téléphoné du cabinet du ministre. Je crois que l'affaire du théâtre est sur le point de s'arranger.

— Vrai ? fit Arian dont les traits s'illuminèrent.

Quand il reprit place à son bureau, son visage arborait encore un sourire. Accoudé à sa table, il cala sa tête entre ses paumes et ferma les yeux. Ces derniers temps, il éprouvait de plus en plus souvent le besoin de faire une petite pause. Il revit en esprit les affiches du théâtre qu'on placardait l'une après l'autre dans la rue principale. Sa rêverie ne dura que trois ou quatre minutes, mais ce fut assez pour lui faire lire le mot *corbeau* en lieu et place de *mouette* sur les panneaux. Il secoua la tête mais, quoique bien éveillé, il gardait en lui un peu de l'effroi qu'avait semé en lui cette vision. Le Vieux Corbeau..., répéta-t-il à part soi. Son ignorance du motif pour lequel il fallait absolument débusquer toutes les expressions qui, de près ou de loin, avaient trait à ce volatile, le replongea dans l'angoisse.

7

Shpend se hâtait de traverser la place de la République quand il crut distinguer un attroupement inhabituel devant les affiches. Avant de s'approcher, il resta un moment à cligner des yeux comme celui qui souhaite voir se prolonger encore quelque peu un mirage. De plus près, il discerna les affiches bleues, familières, avec une tache blanche en leur centre. Il murmura le mot *mouette* avec appréhension et en frémissant, comme s'il avait prononcé quelque prière, jusqu'à ce qu'apparût effectivement au beau milieu du rectangle, vibrante comme une vision, lumineuse comme un message divin, LA MOUETTE.

À longues enjambées, un peu comme un homme ivre, il s'approcha des panneaux. C'était bel et bien ce qu'il avait lu, avec le mot *première* en-dessous, et les noms du metteur en scène, des comédiens, puis, plus bas, les jours et l'heure des représentations : samedi, dimanche, mercredi, jeudi, 19 heures 30.

Il tourna la tête d'un côté puis de l'autre et remarqua que tous les regards se cherchaient les uns les autres. Il avait envie de faire partager sa joie, de s'exclamer par exemple : Quelle merveille, hein ? – mais fut en même temps sur le point de s'écrier : Dispersez-vous, ne manifestez pas ouvertement votre satisfaction !

Il s'éloigna d'un pas rapide, convaincu qu'un débordement d'allégresse devant les affiches risquait d'être fâcheusement interprété.

Pourvu seulement, Seigneur, qu'on ne l'interdise pas à nouveau ! songea-t-il. Il était impatient d'arriver à son bureau pour annoncer la nouvelle, mais ses jambes le conduisirent à la Poste, seul endroit où l'on pouvait trouver une cabine téléphonique. Les doigts tremblants, il composa le numéro du théâtre. Pouvait-il parler à Suzana Kraja ? Elle était en répétition ? Évidemment... Attendez, fit-on à l'autre bout du fil. Vous êtes un de ses proches ? Je crois qu'elle est en train de prendre un café à la buvette. Je vais l'appeler...

Il entendit sa voix dans le combiné. Elle lui parut distraite. Elle était essoufflée, comme si elle venait de courir.

— C'est moi, Shpend, dit-il, l'ingénieur Shpend Guraziu, je viens de voir les affiches et j'ai tenu à vous féliciter. Vous vous souvenez de moi ? J'espère que vous ne m'avez pas tout à fait oublié.

— Ah, c'est vous... », répondit la voix féminine. Un demi-rire vint se mêler périlleusement à son essoufflement. « Bien sûr que je ne vous ai pas oublié ! Mais il y a si longtemps que nous ne nous sommes vus...

— Depuis le jour de l'interdiction de la pièce, dit-il, sentant comme un étau lui comprimer la poitrine. Mais, à l'époque, vous m'aviez promis que si elle venait à être autorisée...

— Vraiment ? Je vous ai dit ça ? Vous devez avoir raison, oui, c'est probablement ce que je vous ai dit...

Shpend fut lui-même étonné par son affabulation.

– Je souhaiterais tellement vous revoir, Suzana. Depuis ce soir où nous nous sommes connus, je ne cesse de penser à vous.

Puis, de nouveau, son rire et son souffle fondus en un seul son qui lui parut céleste.

L'idée que le rôle de la Mouette allait conférer à la jeune femme une sorte de supériorité sur lui l'irritait quelque peu, encore que de manière bénigne.

– J'espère bien que nous allons pouvoir nous revoir, comme vous me l'aviez promis, un de ces après-midi, entre quatre et six, avant les répétitions.

Le sang figé, il attendit sa réponse.

– J'aimerais bien venir, dit la jeune femme à l'autre bout du fil. Mais vous savez qu'à la veille de la générale, les horaires sont modifiés à tout bout de champ.

– Alors je vous attendrai chaque jour entre quatre et six, chez moi, dans l'appartement que je vous ai alors indiqué, rue Vrana Konti. Vous m'entendez, Suzana ? Je suis prêt à vous attendre tous les jours.

– Vraiment ?

Sa voix s'était faite plus douce, comme si cette dernière phrase l'avait touchée.

« Mon âme », fit-elle encore dans un murmure à peine audible, comme en monologuant.

Shpend fut tenté de se répandre en mots d'amour, mais, à leur place, d'une voix étouffée, avec même une certaine hâte, comme s'il avait craint que son interlocutrice ne vînt à se raviser, il répéta le numéro de l'immeuble et celui de l'escalier conduisant à l'appartement.

En chemin, marchant d'un air égaré, les mots « mon âme », qu'elle avait prononcés, et une bouffée de tendresse telle qu'il n'en avait encore jamais éprouvé de semblable, le plongèrent dans un état voisin de l'égarement. Ces mots lui avaient certainement été adressés ; pourtant, ils restaient à distance, comme s'ils ne le concernaient pas tout à fait.

Ouvrant la porte de son bureau, il devina, à la mine des gens qui s'y trouvaient, que la nouvelle s'était désormais répandue.

Non seulement ils étaient au courant de l'autorisation accordée, mais ils s'affairaient déjà pour se procurer des places. Edlira déclara que toute la ville était en effervescence. Une de ses amies, maquilleuse au théâtre, lui avait confié qu'il y régnait un état d'exaltation indescriptible.

– Les gens voient dans cette autorisation un signe favorable, dit Skender quand Edlira fut sortie porter la liste de ceux qui désiraient des billets. Surtout après cette terrible rumeur concernant les *frelons*.

Shpend esquissa un signe de tête approbateur tout en gardant son air égaré.

– Skender, je viens de parler au téléphone à Suzana, autrement dit à la Mouette !

– Je m'en serais douté, dit l'autre en fourrant la main dans une de ses poches. Il en sortit un trousseau de clés qu'il fit tinter d'un geste moqueur. – Tiens, elles sont à toi quand tu voudras.

Il s'attendait apparemment à ce que Shpend sourît, mais les traits de ce dernier affichèrent un air coupable.

– Le fait est qu'elle n'a fixé ni jour ni heure où elle viendrait. Elle ne peut savoir quand elle sera libre, à cause des répétitions, des horaires flottants, tu vois ce que je veux dire.

— Ça ne fait rien, répondit Skender. Tu peux disposer de mon appartement tous les après-midi. À ce moment-là, comme tu sais, je vais jouer au billard.

Shpend sentit que, dans son élan de reconnaissance, il en avait trop dit.

— Curieux..., songea-t-il à voix haute. Tout en elle est insaisissable, fugitif, tu comprends ? Même le mot tendre qu'elle m'a soufflé me fait maintenant je ne sais trop quel effet. Comme s'il avait été adressé à elle-même tout autant qu'à moi, si ce n'est même à tout le monde. Notre rendez-vous est du même genre : dans les brumes...

— Moi, je trouve ça plutôt beau, l'interrompit Skender. Un moment brumeux, sans date ni heure. Un moment atemporel ! Il y a même là quelque chose de céleste...

L'instant précis de la mort est aussi de même nature, sans date ni heure, songea Shpend. Mais le souvenir des cheveux de Suzana flottant sur ses oreilles, de son cou étiré le long duquel courait une veine bleuâtre, translucide, le plongea quelques secondes dans une sorte d'ivresse.

Edlira poussa la porte avec fougue.

— J'ai commandé les billets, lança-t-elle d'un air guilleret. Shpend, on te demande d'urgence au bureau du personnel.

— Moi, et pourquoi donc ? fit-il tout en refermant son poing comme s'il avait voulu dissimuler les clefs.

— Je l'ignore. On m'a seulement dit que c'était très urgent.

Shpend se mordit la lèvre inférieure et sortit.

— C'est magnifique ! s'exclama Edlira en prenant place à son bureau. Sais-tu que je n'ose encore y croire ? J'ai comme une peur secrète que quelqu'un ne vienne nous dire : Vous vous êtes réjouis trop tôt, le spectacle est à nouveau annulé...

– Oh non ! fit Skender.

– Je ne sais pourquoi j'avais pris cette représentation si à cœur ; peut-être parce qu'elle coïncidait avec mon mariage ? C'était, si je puis dire, ma première sortie mondaine dans cette ville. Nous l'attendions tous avec impatience. Et voilà qu'à la place vint cette désolante annonce...

– Je te comprends, Edlira, dit Skender. Mais, à présent, tout cela est du passé.

– Justement, telle est aussi mon impression : je vois là comme un dépassement, une transgression de l'impossible. Je ne saurais trop comment dire : quelque chose qui ressemble à une résurrection...

– Au fond, oui, c'est plus ou moins ça, acquiesça Skender.

Il avait le regard braqué sur la porte comme s'il avait pressenti qu'elle était sur le point de s'ouvrir. De fait, Shpend y apparut :

– Alors ? firent d'une même voix Skender et Edlira.

Il arborait un de ces larges sourires que le visage encercle avec peine.

– Une délégation de sénateurs français débarque ici après-demain, dit-il en refermant la porte derrière lui. Et imaginez un peu : c'est moi qui suis chargé de les accompagner !

– Tiens, fit Skender. Une interdiction levée. Une mission française... Deux bonnes nouvelles dans la même matinée !

– Pourquoi pas ? s'exclama Edlira avec un regard légèrement réprobateur pour son intonation qu'elle avait jugée ironique. Il n'y a rien de risible à cela.

– Je ne ris pas, Edlira, murmura Skender. Je serais vraiment stupide ou malveillant de le faire. Au contraire, je me réjouis autant que toi, sinon plus.

Pendant un instant, leurs regards s'ancrèrent l'un dans l'autre jusqu'à ce qu'elle baissât le sien.

– Au fond, la vie n'a besoin que de quelques bricoles pour retrouver du goût, observa Skender quand Edlira fut ressortie. En fait, c'est la première fois que je crois vraiment à un adoucissement.

– C'est ce à quoi je pensais il y a un instant, fit Shpend. Il y a des années qu'une délégation occidentale n'a pas mis les pieds ici. Le sentiment d'isolement est presque à hurler. On a l'impression que le monde entier nous a oubliés.

Debout devant la fenêtre, Skender regardait dans la rue. D'en haut, les passants paraissaient tout aplatis.

– Nous avons même un troisième sujet de satisfaction..., reprit-il avec un sourire malicieux.

Shpend porta machinalement la main au trousseau de clefs, lança à son ami un regard reconnaissant, puis consulta sa montre :

– Il faut que je coure au Comité exécutif pour recevoir je ne sais quelles instructions, fit-il – et il sortit précipitamment.

À son retour, quelques instants plus tard, il rayonnait de la tête aux pieds.

– Savez-vous ce que je tiens là ? dit-il en brandissant un feuillet.

– Une autorisation d'achat de vêtements au magasin spécial ? fit Skender en lorgnant le papier avec curiosité. L'ancien règlement en vertu duquel les accompagnateurs mal fagottés peuvent retirer gratuitement des fringues dans les magasins d'État est donc toujours en vigueur ?

— À cette seule différence près que, maintenant, on les paie de sa poche !

Skender lut le texte à voix haute : Le camarade Shpend Guraziu est autorisé à retirer du magasin trois chemises blanches, une paire de chaussures, un complet, un manteau ou une veste fourrée.

— Ça fait beaucoup, dit Shpend. Ça va me coûter l'équivalent de trois mois de salaire.

— Même si tu n'en as pas besoin, ce serait dommage de laisser perdre une occasion pareille.

Shpend jeta un coup d'œil sur la feuille de papier :

— De toute façon, je prendrai le pardessus ou la canadienne, s'ils sont de bonne qualité. Les miens sont usés. De même pour les chaussures. Quant au costume, je n'en ai nullement besoin. Si tu veux, tu pourras le récupérer.

— Merci, dit Skender.

— Et toi ? fit Shpend à l'adresse d'Edlira.

Elle rougit.

— Je te demande pardon, je pensais bien sûr à ton mari...

— Non, je ne veux rien, murmura-t-elle en rougissant encore davantage.

— Je t'en prie, ne te formalise pas... Je ne sais pas pourquoi, mais j'ai soudain envie de vous laisser un souvenir à tous deux.

— Peut-être une des chemises ? suggéra Skender. Les prendras-tu toutes les trois ?

— Je ne pense pas. Deux me suffiront.

— Il y a huit jours, tu cherchais une chemise blanche afin d'en faire cadeau à ton mari pour son anniversaire, reprit Skender à l'adresse d'Edlira.

Elle ne savait trop de quel côté tourner la tête.

– De fait, on n'en trouve nulle part, répondit-elle en se couvrant les joues, qu'elle avait en feu.

– Eh bien, c'est décidé ! s'écria Shpend. Je suis heureux de pouvoir vous rendre ce petit service.

Il fit le chemin jusqu'au magasin en sifflotant. Ses tempes battaient à un rythme accéléré. Cela lui arrivait quand il se sentait euphorique. Ces vêtements neufs tombaient à pic, surtout le manteau ou la canadienne entre lesquels il allait choisir, s'ils étaient à son goût. Il imagina la chemise blanche avec des marques de rouge à lèvres sur le col. Sitôt après la bouche, c'était là, dans le cou, que vous embrassaient d'ordinaire les femmes amoureuses... Il devait absolument téléphoner à Suzana pour lui dire qu'il avait été chargé d'accompagner les Français. Il y gagnerait sûrement en importance à ses yeux. Elle serait surprise d'apprendre qu'il était tout de même un peu plus qu'un simple ingénieur des services municipaux. Sans compter qu'elle se réjouirait certainement de s'entendre promettre qu'il amènerait les étrangers au spectacle.

La grille extérieure du magasin refroidit quelque peu son enthousiasme. Les barreaux métalliques peints en kaki, surmontés d'une étoile en fer-blanc à cinq branches peinte en rouge, ressemblaient à ceux des casernes ou des bureaux du personnel. On aurait juré que derrière ces grilles on trouverait n'importe quoi, sauf de beaux vêtements.

Le magasinier l'accueillit d'un air quasi hostile. Il vérifia attentivement son autorisation, approcha le feuillet de ses yeux, l'en éloigna, et, durant ces longs instants, donna à Shpend l'impression de refouler un grognement. Shpend fut tenté de lui demander si quelque chose n'était pas en règle ; mais il se dit que c'était peut-être ainsi, avec une jalousie instinctive, que l'autre recevait ceux qui venaient prélever des vêtements là où se fournissaient d'ordinaire les secrétaires du Comité du Parti et le chef de la Sûreté.

— Les voici, finit-il par dire en écartant un rideau de plastique derrière lequel des vêtements, surtout costumes et manteaux, étaient suspendus l'un derrière l'autre. Quant aux chemises, je n'en ai plus de blanches. Regarde les autres teintes, si tu en trouves une à ton goût.

— Il n'y a pas non plus de vestes fourrées ? Cette autorisation me donne le choix entre un manteau et une canadienne.

L'autre haussa les épaules.

— S'il n'y en a pas, rétorqua-t-il, ce n'est pas moi qui vais me métamorphoser en canadienne !

Shpend sentit le sang lui monter à la tête.

— Écoute, si tu refuses d'obtempérer à ce qu'il y a d'écrit là-dessus, menaça-t-il — et, ne sachant trop comment désigner le papier, il le lui agita sous le nez —, si donc tu es *contre,* dis-le franchement. Je n'ai pas l'intention de te supplier. Je dois accompagner une délégation française et je ne vais pas le faire en chemise rose, tu piges ?

À son vif étonnement, au lieu d'un regain d'hostilité, Shpend nota un changement subit dans le regard de l'autre. À la froide méchanceté s'était substituée une lueur morbide.

— Attends, ne te fâche pas, lui dit-il. Je ne savais pas que tu étais le préposé aux étrangers.

Shpend fut sur le point d'exploser : Alors, faillit-il lui dire, tu t'imagines que je suis venu ici comme ça, simplement parce que l'envie m'en a pris ? Ou encore : Tu me prends pour un de ces lèche-cul qui s'offrent à réparer la salle de bains de leur chef et tendent ensuite la main ?

— Ne te fâche pas, redit le magasinier. Excuse-moi de t'avoir parlé sur ce ton, mais c'est ta faute, tu n'avais qu'à me dire d'entrée de jeu qui tu étais. » Il approcha la tête de celle de son interlocuteur et baissa la voix : « Si tu savais, mon petit vieux, combien de gens viennent ici, mais enfin... Toi, je te félicite, tu es de ceux qui méritent doublement ces fringues. Ne te fâche pas. Ton frangin va te dégotter tout ce que tu veux : une belle chemise, des chaussures et une veste fourrée tout ce qu'il y a de mieux.

Il lui fit signe de le suivre à l'intérieur du magasin.

L'idiot ! pensa Shpend. Il me prend sûrement pour un agent de la Sûreté, comme doivent l'être la plupart des accompagnateurs. La façon dont il lui parlait était tout à fait du style : On est entre nous, n'est-ce pas, on se comprend...

— Tiens, voici les chemises blanches, ainsi que les complets et les chaussures. Quant aux canadiennes, elles nous sont arrivées de l'étranger il y a tout juste une semaine. Voilà, mon petit vieux, choisis ce que tu trouveras de plus beau pour montrer à ces ballots de Français qu'il n'y a pas qu'eux qui savent s'habiller !

L'éclat larmoyant de ses yeux était devenu insupportable.

Pendant que Shpend essayait chaussures et vêtements, le magasinier continuait de déblatérer contre les Français. Il s'affairait pour lui venir en aide et, à un moment donné, Shpend eut même l'impression que l'autre lui tripotait l'épaule.

Shpend nota les prix ; le magasinier l'assura que, dès qu'il aurait effectué le règlement à la comptabilité du Comité exécutif, il pourrait venir retirer les effets.

Tout en s'éloignant, Shpend ne pouvait chasser de son esprit le regard concupiscent de l'autre. S'il n'avait gardé en mémoire sa froideur du début, il aurait pris cet air pour une invite d'homosexuel. Il s'évertua à la gommer de son souvenir, sans y parvenir tout à fait. Cette excitation, visible mais contenue, un peu comme l'eau vient à la bouche à la simple vue d'un mets d'aspect succulent, tenait assurément à autre chose.

Quand il regagna son bureau, Skender était encore là. Shpend lui indiqua le prix du costume, puis raconta comment le magasinier l'avait apparemment pris pour un type de la Sûreté.

Skender eut un regard songeur. On devinait qu'il souhaitait dire quelque chose, mais préférait attendre qu'ils fussent dehors.

Il en était effectivement ainsi. Sa voix se fit plus grave, comme à chaque fois qu'il abordait un sujet délicat. Il n'était pas du tout étonné que le magasinier l'eût pris pour un agent de la Sûreté. Durant tout le temps qu'il escorterait les étrangers, les gens le considéreraient avec un sentiment particulier où se mêleraient soupçon, peur, admiration, haine, envie, espoir. Certains seraient terrifiés, d'autres éprouveraient comme un frémissement mystique analogue à celui qu'eux-mêmes ressentaient au cours de leurs séances de spiritisme. C'était compréhensible : il appartiendrait à une frange de l'humanité qui était, pour les simples mortels, tout aussi étrangère et dangereuse que les esprits.

Shpend l'écoutait d'un air sombre. Le regard du magasinier et la neige fondue tombant le soir de la séance de spiritisme se confondaient douloureusement dans sa tête. Mais l'idée qu'on allait attendre quelque chose de lui finit par l'emporter peu à peu sur le reste.

Comme s'il avait lu dans ses pensées, Skender lui déclara ouvertement :

— Il est rarissime qu'une délégation de parlementaires occidentaux descende dans ce trou perdu. Cela ne se reproduira sans doute pas avant trois, voire treize ans, peut-être même jamais. Ce serait pour ainsi dire un crime que de...

— Quoi ? le coupa Shpend d'une voix étouffée. Que faut-il faire ? Tu es mon ami, mon frère, dis-moi franchement ce que je devrais faire.

— Cela relève de ta conscience, Shpend. Moi-même, je ne vois pas très clairement ce qui est réalisable. Un message, peut-être, ou tout au moins un chuchotement qui leur laisse entendre que ce pays attend quelque chose de l'autre monde...

Ils firent un bout de chemin sans ajouter un mot.

— Je ne veux pas te pousser à l'aventure, dit Skender. Et même, je te le répète, je juge cela risqué, voire téméraire. Réfléchis-y posément et fais très attention : jamais dans un lieu clos, à l'hôtel ou en voiture. Et, bien sûr, seulement si tu es persuadé que ton message peut passer...

— Bien sûr, fit Shpend en s'efforçant de refouler un soupir.

8

Devant l'entrée du théâtre, l'animation dépassait de beaucoup celle qui accompagnait d'ordinaire les nouveaux spectacles. Tous deux attifés en truands, Arian Vogli et son adjoint fumaient à un coin de la place, les yeux rivés sur la foule. En dehors de ceux qui s'offraient en criant à racheter un billet et d'autres qui attendaient des amis pour entrer avec eux, beaucoup, semblait-il, s'étaient arrêtés là pour assister de l'extérieur à l'événement le plus marquant de la saison.

— Tenez, voici l'oculiste, murmura l'adjoint à Arian. La femme en manteau noir. Voilà aussi le frère Nik Prela. Ma foi, le gibier se rassemble...

— Tu es certain que nos garçons vont les reconnaître ?

— Ne vous en faites pas. J'ai choisi les meilleurs physionomistes.

Le chef de la Sûreté se rappela une nouvelle fois le dicton au Corbeau aveugle qui était à l'origine de la surveillance à exercer sur la doctoresse ; une fois de plus, son incapacité à expliquer pourquoi le piqua comme la pointe d'un poignard.

Un type jeune, à la mise aussi débraillée que la leur, s'approcha en se dandinant sur ses longues jambes.

— Camarades, vous n'auriez pas un billet de trop ?

— Non, répondit Arian tandis que son adjoint éclatait de rire.

— Hé, Simon, lui murmura celui-ci, tu as vraiment l'air d'un marlou !

— C'est donc toi, Simon ? interrogea le chef. Parfait, parfait, je n'ai vraiment rien à redire !

Le jeune type sourit avant de reprendre son expression patibulaire.

— C'est Djemal qui m'envoie vous dire que le cureton a fini par déposer sa cape au vestiaire.

— Ah, enfin ! s'exclama Naum. Je pensais que même pour dormir, il ne se débarrassait jamais de cette guenille.

— Nous l'y avons obligé à son entrée dans la salle, expliqua Simon. La consigne est formelle, lui avons-nous expliqué, aucun manteau ni imper. Le théâtre est aussi un lieu d'initiation au savoir-vivre. Voilà !

Arian s'esclaffa.

— Très bien, dit-il. Félicite Djemal de ma part.

L'autre s'éloigna en écartant encore plus ses longues guiboles.

— Nos garçons aussi ont l'air tout excités, observa le chef. Apparemment, ce jeu les amuse.

— Je pense que nous nous amusons tous plus ou moins, lâcha le second.

Arian était sur le point d'émettre une réflexion quand il aperçut Edlira dans la foule. Elle tenait son mari par le bras d'une manière singulière, comme si elle cherchait à s'y pendre. Arian se souvint qu'elle s'était accrochée pareillement au sien, durant cette lointaine nuit d'été, sitôt après s'être donnée à lui.

Comme elle gravissait les marches, l'éclairage au néon fit paraître son visage encore plus pâle. Arian se sentit écorché de douleur. Il n'entendit rien des quelques mots que venait de lui murmurer son adjoint. Ses yeux ne quittèrent pas le col de sa fourrure marron tandis qu'Edlira disparaissait derrière la porte. Alors seulement il se retourna vers Naum :

– J'espère que tu n'as pas oublié l'ingénieur Gjikondi.

– C'est justement de lui que je souhaitais vous parler. Son appartement est l'un des premiers qui vont être équipés ce soir. » Il consulta sa montre. « Les garçons qui sont à l'œuvre dans ces logements ont reçu pour consigne formelle de se mettre au travail à 19 heures 30 précises, au moment de la fermeture des portes.

– Je viens de voir le couple entrer. Jolie, n'est-ce pas ?

– Oui, et même resplendissante, c'est le moins qu'on puisse dire, acquiesça l'adjoint.

Arian eut du mal à refouler un soupir.

– Comme le temps passe vite, lâcha-t-il. Je l'ai connue encore toute jeune fille, étudiante en économie. Je me rappelle un été...

Du coin de l'œil, il remarqua que l'autre l'écoutait d'une oreille distraite. Sa casquette crasseuse de malfrat rendait ses confidences encore plus déplacées. Il se reprocha son attitude et éprouva une envie aveugle d'empoigner son second par la manche et de se défouler sur lui : Écoute-moi, bonhomme ! Au milieu de toute cette saleté, nous aussi nous avons besoin d'un peu de répit, d'un brin de nostalgie... Mais Naum, toujours à l'affût, pareil à un fauve dont le souffle s'accélère à l'approche d'une proie, ne dissimulait pas que ces épanchements ne lui faisaient ni chaud ni froid.

– Les Français ! marmonna-t-il comme pour lui-même.

Arian ferma les yeux comme s'il s'était senti à bout de forces. Quand il les rouvrit, le petit groupe d'étrangers fendait la foule sous les regards des curieux.

— Et voici leur accompagnateur, reprit l'adjoint avec un sourire narquois. L'ingénieur Guraziu... Hum, il s'est choisi une bien jolie nouvelle canadienne...

— J'espère que nos garçons feront attention à ne pas la lui abîmer, souffla Arian d'un ton las.

L'autre répondit par un petit ricanement.

— Nos garçons n'ont plus à intervenir, chef... Il a déjà ce qu'il faut sur lui.

— Comment ça ?

— Hé oui, il le porte déjà sur lui, répéta Naum en s'esclaffant. Vous oubliez que nous avons un des nôtres au magasin. Il a donc pris toutes dispositions pour que le travail soit fait avant que notre pigeonneau vienne retirer ses effets. C'est ce qu'on appelle du travail soigné, ne trouvez-vous pas ?

— Tu m'étonneras toujours ! s'exclama Arian. Autrement dit, le premier *prince* a été collé à l'ingénieur. C'est donc lui qui aura essuyé les plâtres... Eh bien, puisse ce *prince* lui porter chance !

Tous deux continuèrent de rire un petit moment, mais Arian agrippa soudain son adjoint par le coude.

— Dis-moi, tu l'as bien rayé de la liste ? Cette veste fourrée est si tentante que nos garçons risquent d'y fourrer un second appareil...

— En fait, on a accordé une telle importance à la surveillance des Français que j'ai moi-même, je ne le cache pas, pensé que deux *princes* ne seraient pas de trop !

— Tu es décidément d'humeur à plaisanter, ce soir !

Sitôt après l'arrivée des Français retentit la seconde sonnerie précédant le lever du rideau. À l'entrée se produisit une ultime bousculade. Après quoi, les portes se refermèrent et les badauds qui étaient demeurés sur la petite place commencèrent à se disperser sans hâte.

Quant à eux, ils allèrent se poster sous les marronniers, le long de la galerie des Arts, afin de ne point attirer l'attention. Ils ne pouvaient s'empêcher de tourner la tête vers le bâtiment du théâtre. Dans le silence retombé, il paraissait encore plus morne.

Arian sentit comme un vide se creuser dans son cœur. L'angoisse qu'il éprouvait de plus en plus souvent, ces derniers temps, semblait vouloir le terrasser. Il tourna le dos au théâtre et alluma une nouvelle cigarette. Son anxiété venait sûrement de là. Les couturiers sont à l'œuvre, songea-t-il en frissonnant. Avec entre leurs mains les listes et les *princes*, ceux-ci nantis d'une pile, comme d'une âme. Prêts pour leur première existence de deux cents ou de mille heures. Jusqu'à ce que celle-ci s'épuisât et fût suivie d'une deuxième, puis d'une troisième vie. Avec un même corps qui se transformait en permanence, se remplissant puis se déchargeant périodiquement de paroles et de soupirs. Une véritable métempsycose !

Combien de têtes humaines allaient-ils dévorer ?

Il imagina dans la salle comble les spectateurs émus attentifs au destin de la Mouette. Mais c'est vous-mêmes qui êtes à prendre en pitié ! s'écria-t-il en son for intérieur. Ils étaient venus dans leurs plus beaux atours, avec leurs manteaux, leurs fourrures parfumées. Sans se douter qu'à la sortie, ils seraient pourvus d'un petit appendice...

À la pensée de leur légèreté, une étrange irritation s'emparait de lui par instants. Ils étaient accourus en rangs serrés pour s'apitoyer sur une femme blessée, ignorant le sort qui les avait eux-mêmes déjà frappés !

Le bâtiment du théâtre, avec une ou deux fenêtres faiblement éclairées dans les galeries de l'étage supérieur, avait un air sinistre. Un bithéâtre, songea-t-il. Oui, voilà ce que c'était : un monstre bicéphale à deux scènes, l'une devant, et l'autre, la principale, par derrière, aux vestiaires.

Là, les ciseaux des tailleurs faisaient maintenant couler le sang.

La voix de son adjoint l'arracha à ses réflexions : il aurait ardemment souhaité voir, ne fût-ce qu'une minute, ce qui se passait à l'intérieur. Il lui était facile d'y accéder par l'issue de secours ; un homme à eux s'y tenait.

— Va, lui dit-il. Je t'attends ici.

Il se mit à observer à distance les rares passants qui, comme tous les promeneurs du soir, s'approchaient plus que de raison des affiches pour y lire avec des yeux ronds ce qu'elles annonçaient.

Naum ne tarda pas à revenir.

— Magnifique ! dit-il en se frottant les mains. Déjà onze poses. Plus de la moitié. Le reste sera fait après l'entracte.

— Splendide, en effet, acquiesça le chef. Trois ou quatre représentations comme celle-ci et l'affaire sera bouclée... Puis, on imagine la suite...

Il pensa au raffut que provoquerait l'interdiction de la pièce. Les réunions harassantes, jusque tard dans la nuit. Les blâmes infligés au metteur en scène et au directeur du Conseil artistique. Les accusations de libéralisme, les recherches dans les « biographies », les rappels de leurs peccadilles du temps où ils étaient étudiants, voire plus en amont dans le temps, lorsqu'ils fréquentaient le lycée.

Malgré leur lassitude, les gens, à ce moment-là, trouveraient encore la force de se demander : mais pourquoi ? pourquoi donc ? Du moment qu'on avait finalement l'intention de l'interdire, pourquoi l'a-t-on autorisée ? Mais, au bout du compte, cette issue n'était peut-être pas si surprenante. L'indécision avait duré des semaines. Les gens de la Sûreté eux-mêmes, les plus sévères en tous domaines, s'étaient montrés tolérants. Alors, pourquoi ? Que s'était-il donc passé ?

Arian eut l'impression de sourire depuis un bon moment déjà. Pendant des jours et des nuits, des semaines, voire des années entières, ces questions ne cesseraient de les tourmenter. Ils échafauderaient toutes sortes d'hypothèses absurdes, sans jamais accéder à la vérité.

Des applaudissements étouffés en provenance de l'intérieur l'arrachèrent à ses réflexions : les lumières, que l'on avait baissées, se rallumèrent. Quand les premiers spectateurs débouchèrent, tous deux firent innocemment mine de s'approcher. Devant l'entrée se reforma une petite foule, comme avant le début de la représentation. Nombre de spectateurs s'étaient massés là, attendant leurs connaissances pour échanger des impressions ou prêtant l'oreille aux commentaires émis autour d'eux. On entendait fuser les éloges : « Magnifique ! », « Parfait ! ». Tu as pleuré ? interrogea quelqu'un. Peut-être bien, répondit l'autre. Franchement, j'ai rarement été aussi ému...

Du coin de l'œil, Arian observait le faciès de son second. Toute son expression reflétait à nouveau la tension du fauve. Il grommelait seul, grognait presque chaque fois qu'il discernait dans la foule une de ses victimes.

Sortirent tour à tour Nik Prela, la femme oculiste, les Français avec leur accompagnateur, puis un officier d'artillerie, Edlira pendue au bras de son mari plus lourdement encore qu'à l'entrée, un inspecteur des finances...

Les lumières de la façade s'éteignirent et la foule, qui avait paru ne devoir jamais s'éloigner, se dispersa.

Arian se sentit brusquement terrassé de fatigue. Son second, peut-être encore plus éprouvé que lui, allumait cigarette sur cigarette. Ils contemplèrent en silence les dos des derniers partants.

Ils s'en vont bras dessus, bras dessous, ils s'enlacent, échangent des mots doux, songea Arian. Ils ne savent pas qu'ils ne sont plus ce qu'ils étaient il y a deux heures... Cette petite excroissance, pas plus grosse qu'un bouton, va transformer leur vie... Elle va les suivre pas à pas, plus vorace qu'une tumeur, jusqu'au jour où elle les dévorera.

— Fini pour ce soir, dit-il à son adjoint. Je pense que tu vas aller retrouver les gars un petit moment ? Moi, je rentre. Je meurs de sommeil. Bonne nuit !

— Bonne nuit, chef, répondit Naum.

9

L'autocar interurbain Tirana-B. arriva comme à l'ordinaire vers dix heures et demie du matin. Une fois descendu, Skender fit quelques pas pour se dégourdir les jambes, consulta sa montre, et, après s'être demandé s'il se rendrait directement au bureau ou s'il passerait d'abord chez lui y déposer son sac, il prit le second parti. Quand le car était en retard, il ne pouvait se permettre ce détour, mais, cette fois, outre qu'il avait le temps, il se sentait mû par la curiosité.

Sitôt entré, il devina que ce à quoi il avait pensé à plusieurs reprises au cours du voyage s'était bel et bien produit. Dieu soit loué ! se dit-il cependant que ses narines continuaient de capter les vestiges d'un parfum féminin mêlés à l'odeur de fumée des cigarettes. Son regard se porta vers le lit qui paraissait avoir été retapé à la hâte, puis sur le cendrier rempli de mégots, certains avec leur filtre taché de rouge à lèvres, et, cette fois convaincu, il répéta : Dieu soit loué !

Non seulement il avait souhaité de tout cœur que son ami vît enfin son rêve se réaliser, mais, son appartement y ayant pris une certaine part, il avait l'impression d'être concerné à sa façon par cette histoire.

Il pénétra dans la salle de bains comme pour chercher d'autres indices corroborant son impression, caressa la poignée de la douche, remise dans une position bancale comme chaque fois que l'avait saisie une main étrangère. Pourvu qu'il y ait eu de l'eau chaude, songea-t-il.

Malgré soi, avec un léger sentiment de faute, il se représenta la jeune femme lavant son corps des traces de l'amour. Jamais il ne s'y fût laissé aller s'il ne s'était agi d'une comédienne, à plus forte raison incarnant la Mouette. Sûr et certain..., se répéta-t-il en se penchant sur l'oreiller. Le parfum de la femme s'y percevait mieux que nulle part ailleurs. Depuis des jours, celle-ci enfiévrait l'imagination de toute une ville et lui-même, si loyal qu'il fût dans ses rapports avec Shpend Guraziu, ne pouvait s'empêcher de scruter les vestiges de son bonheur.

Mais qu'est-ce que je fabrique ? se récria-t-il tout à coup en se surprenant la joue collée à l'oreiller. Ce parfum l'avait enivré. Il avait pressé le coussin de plus en plus fort contre son visage comme s'il eût souhaité que cette griserie s'éternisât.

À chacun de ses retours, le samedi, à Tirana, il ressentait une sorte d'angoisse. Il avait le sentiment que quelque chose de mauvais pouvait s'être produit en son absence. Alors qu'ici, au contraire, l'attendait un calme plat.

Il pria de tout cœur que cette quiétude durât. Non, ce n'était pas un effet de son imagination : cet oreiller imprégné d'un arôme de femme évoquait plus délicatement que n'importe quoi d'autre le répit, la paix. La pièce était toujours à l'affiche. La Mouette était de nouveau dans la ville. Pour le moment au moins, tout allait bien. Il poussa un profond soupir et renouvela sa prière.

S'étant rendu aux bureaux des services municipaux, il y remarqua une animation inaccoutumée. Dans le grand couloir de part et d'autre duquel ouvraient les portes des bureaux, il faillit se heurter à Edlira. Elle portait un plateau avec des verres de cognac et, avant même qu'il lui eût demandé à qui ceux-ci étaient destinés, elle lui dit :

— La délégation française.

— Vraiment ? En visite ici ?

— Elle doit arriver d'un instant à l'autre. À la direction, ils sont tous sur des charbons ardents, dit-elle.

C'est la seconde fois que je change les verres et la bouteille.

— C'est compréhensible, observa Skender. C'est la première fois qu'ils reçoivent une délégation occidentale.

— Normal. Avec les Chinois et les Cubains, c'était plus facile : quelques sourires, une poignée de fleurs, de belles formules sur l'amitié éternelle entre les peuples, et l'affaire était jouée !

Skender allait et venait dans son bureau.

— Oui, c'est bien normal, répéta-t-il. Vois-tu, moi non plus je n'ai pas la tête à ce que je fais. C'est qu'on sent ici un autre climat. Hier soir, à Tirana, un ami à qui je parlais de la représentation de la pièce de Tchekhov au théâtre restauré pour l'occasion, bref, de toute l'atmosphère qui règne ici, s'est mis à hocher la tête : On dirait que vous vivez là-bas dans un monde à part, m'a-t-il dit.

Edlira le regarda fixement.

— Et à Tirana, qu'en est-il ?

Skender haussa les épaules.

— Comment te dire ? Des réunions partout. On s'attend à une vague de purges dans deux des principaux ministères, la Défense et l'Économie.

— Vraiment ?

— Enfin, pour ce qui nous concerne, nous n'avons pas à nous en faire. On sait bien qu'à la capitale, tout passe la mesure : les joies comme les ennuis. Cette vague passera comme les autres.

Skender finit par s'installer à sa table de travail.

Au bout d'un instant, Edlira se leva :

— Je vais voir ce qui se passe.

À son retour, elle arborait un air perplexe.

— La délégation tarde, constata-t-elle.

Skender regarda l'heure.

Assis à leur bureau, ils restèrent un long moment sans parler. Un moineau s'étant posé par deux fois sur le rebord de la fenêtre, Edlira releva la tête.

— Ils sont en retard, répéta-t-elle.

Skender consulta de nouveau sa montre. On entendit dans le couloir un rapide claquement de talons. Edlira se dressa.

— Je crois qu'ils arrivent, fit Skender.

La porte s'ouvrit brusquement. Sur le seuil apparut l'adjointe au directeur du personnel, une flamme dévorante dans les yeux.

— Vous êtes au courant ? dit-elle sans détacher sa main de la poignée. La pièce a été interdite !

— Quoi ! s'écria Edlira, incapable de proférer un son de plus.

— On arrache partout les affiches, précisa l'autre en refermant la porte derrière elle.

— Oh non ! lâcha Edlira, et elle se prit la tête à deux mains.

Ne contrôlant plus ses doigts, Skender déchira son paquet en voulant en extraire une cigarette.

— Cette garce prend plaisir à annoncer les mauvaises nouvelles, grommela-t-il entre ses dents.

Le téléphone sonnait depuis un moment. Skender souleva le combiné et raccrocha sans mot dire.

Edlira sanglotait en silence.

Il se rappelait vaguement un cauchemar qu'il avait fait juste avant l'aube. De gros tuyaux d'où jaillissaient des eaux usées... Il avait chassé ce mauvais rêve en l'imputant à ses tracas quotidiens.

— Je me sentais si heureuse que j'avais commencé à en être effrayée, confia Edlira entre deux sanglots.

Skender ne savait comment l'apaiser.

– Shpend est au courant ? demanda-t-il à voix basse comme s'il s'adressait cette question à lui-même plutôt qu'à elle.

Le téléphone s'était remis à sonner, mais ni l'un ni l'autre ne songeait à décrocher.

– Au fait, que se passe-t-il avec cette délégation ? s'écria-t-elle comme si elle venait de se resouvenir de quelque chose d'extraordinaire.

Il haussa les épaules. L'idée que ce retard pouvait avoir quelque rapport avec l'interdiction de la pièce vrombissait autour de son cerveau, agaçant moustique, en même temps que l'antique et terrible proverbe : Un malheur ne vient jamais seul.

– Ce téléphone nous rendra fous ! s'exclama Edlira en se levant pour empoigner le récepteur. – Allô ? fit-elle avec presque de la colère. Non, Shpend Guraziu n'est pas ici. Il est en mission. Quoi ? Vous voulez son adresse ? celle de sa famille ? Pour quoi faire ? Elle lança un regard à Skender en posant la paume sur le micro du combiné. – Une andouille demande l'adresse de la famille de Shpend...

Skender lui fit signe de lui passer l'appareil.

À l'autre bout du fil, on répéta la même question.

– Shpend Guraziu n'a plus de famille, répondit Skender. Mais qu'est-ce que vous lui voulez ?

Avant même que Skender n'eût crié « Non ! », Edlira, les yeux rivés sur lui, était demeurée pétrifiée.

– Oh non ! s'écria pour la seconde fois Skender. Un accident de voiture ? Aujourd'hui, vers midi ? Sans vie ?

– Quelle horreur ! gémit Edlira.

Skender avait lâché le téléphone et s'était couvert le visage de ses mains.

Edlira pleurait en silence.

Quelqu'un poussa la porte de l'extérieur comme s'il avait voulu l'enfoncer.

— On vous a dit... ? Shpend... Mais les mots se bloquèrent dans sa gorge. — Ah, vous savez déjà...

Comme s'il était revenu à lui, Skender s'élança dans le couloir.

Edlira, elle, geignait doucement : Quelle horrible journée !

Quelqu'un d'autre ouvrit la porte tout aussi brutalement, puis la referma sans mot dire.

Le téléphone retentit de nouveau.

Skender revint au bout d'un moment.

— C'est arrivé il y a une heure, dit-il comme s'il parlait seul. Il a été broyé par un bulldozer...

Elle, les joues noircies par les traînées de rimmel, ne parvenait pas à se concentrer pour écouter les détails.

Vers midi, Shpend avait quitté un instant la délégation pour aller téléphoner. En revenant vers la voiture, il n'avait pas remarqué un bulldozer qui manœuvrait tout près de lui. Il s'était jeté dans ses crocs comme quelqu'un qui souhaite en finir, et avait été déchiqueté.

Impossible ! clamait Edlira en son for intérieur.

Elle-même n'aurait su dire ce qui était impossible : cette mort ou les circonstances qui l'avaient entourée.

Elle attendit que Skender exprimât le même avis, mais il avait le regard braqué sur les vitres comme si la vérité avait dû s'inscrire sur leur surface polie, abusivement transparente.

Il avait déjà l'impression de presque connaître cette vérité. De même que l'implacable proverbe selon lequel un malheur ne vient jamais seul avait déjà donné un signal, il sentait que tout était lié à l'interdiction de cette maudite pièce. Shpend Guraziu avait quitté un instant la délégation pour téléphoner à son amie. La comédienne, qui venait d'apprendre la triste nouvelle de l'annulation des représentations, lui en avait fait part en sanglotant. Ou bien pis encore : elle lui avait répondu qu'elle n'avait nulle envie d'entendre sa voix. À moins que... Dieu savait ce qu'elle pouvait lui avoir dit ! Lui-même, après avoir raccroché, complètement hagard, marchant distraitement entre les tranchées de la rue en cours de réfection, s'était jeté aveuglément sur les crocs du bulldozer.

Edlira continuait de sangloter, le visage pressé entre ses deux mains. À un moment donné, elle parut se ressaisir et fut tentée de rappeler à Skender ce jour où Shpend, comme s'il avait eu l'intuition qu'il allait les quitter, avait exprimé le vœu de leur laisser en souvenir ses vêtements.

Ses mots, noyés dans les pleurs, n'exprimèrent qu'une faible part de ce qu'elle avait voulu dire, mais cela suffit pour que Skender retournât à la fenêtre cacher ses propres larmes.

Dans la bise qui paraissait s'être encore refroidie durant l'après-midi, on arrachait partout les affiches de *la Mouette*. Alors seulement il apparut que le nombre d'affiches placardées pour ce spectacle avait dépassé celui de toutes les autres pièces de la saison prises ensemble. Des lambeaux de papier échappés aux arracheurs étaient charriés par le vent avant de tomber dans les rigoles bordant les trottoirs.

Une *Gaz* de la Sûreté sillonnait à vive allure la rue principale. À l'intérieur, Arian Vogli passait en revue l'arrachage. Ni attroupements ni curieux nulle part.

À tous les étages du bâtiment des services municipaux régnait une agitation insolite. L'enterrement de Shpend Guraziu devait avoir lieu l'après-midi. Le corps avait été si horriblement mutilé qu'il n'avait pas été possible de le dévêtir. On l'avait tant bien que mal fourré dans son cercueil dont on s'était hâté de clouer le couvercle en se disant qu'il y avait des cas, comme celui de ce malheureux, où mieux valait être seul au monde pour que ni une mère ni une sœur ne demandent à vous voir une dernière fois.

Les gens qui devaient accompagner la dépouille au cimetière montèrent dans le car vers quatre heures.

La *Gaz* de la Sûreté les croisa au sortir de la place de la République. Arian se souvint alors qu'un type avait été mis en charpie ce matin-là par un bulldozer.

– Passe au théâtre, lança-t-il au chauffeur.

Devant le bâtiment régnait la même désolation qu'à la mi-journée. Seul un curieux, la main en visière pour mieux voir à l'intérieur, penchait la tête de droite et de gauche devant le vitrage.

Au cimetière, au bord de la fosse fraîchement creusée, les gens s'étaient disposés en demi-cercle pour mieux entendre l'allocution de circonstance dont on ne savait encore qui la prononcerait.

Arian Vogli poussa le portail de la cour et entra. Son bureau sentait encore la fumée de cigarettes et il ouvrit la fenêtre à deux battants.

Le vent frisquet lui cingla le visage. Les baies des bâtiments d'en face paraissaient loucher.

Sur sa table était posé le rapport sur les événements de la journée. L'accidenté était un ingénieur des services municipaux. Il lut son nom presque à voix haute : Shpend Guraziu. Il l'avait déjà entendu quelque part. Shpend Guraziu, se répéta-t-il ; sur l'instant, il se souvint qu'Edlira travaillait au même endroit et son esprit se porta d'emblée vers elle.

Tremblante de froid, Edlira contemplait la bière recouverte d'une pièce de soie rouge, rangée le long de la fosse. Elle avait beau tâcher de chasser cette vision, elle ne pouvait s'empêcher de se représenter le cadavre de Shpend dans son cercueil. Tous l'avaient félicité pour sa canadienne neuve en lui souhaitant, selon la coutume, de la porter longtemps en pleine santé. Et il l'avait sur lui, lacérée et ensanglantée par les crocs de l'engin.

Dans son bureau, Arian Vogli demanda à son adjoint s'ils avaient fini par traiter l'enregistrement des époux Gjikondi. Au bout d'un instant, Naum revint avec la bande magnétique : Le résultat, comme vous l'aviez prévu, est fort intéressant, lui dit-il sans plus de précisions. Vraiment ? fit Arian en feignant l'indifférence... C'est un enregistrement de la nuit qui a suivi la première représentation... Ah, c'est donc ça ? Tu peux disposer. J'aimerais l'écouter seul.

Au bord de la tombe, après le bref discours du chef du personnel, Skender eut l'impression que tous attendaient de lui, en sa qualité d'ami le plus proche du défunt, qu'il dise quelques mots. Il parvint à se dominer et prononça un laïus succinct, tout en cherchant fébrilement des yeux, parmi les membres du cortège funèbre, l'actrice de *la Mouette*.

Arian Vogli écoutait, les yeux mi-clos, la bande enregistrée. Tu es resplendissante, ce soir, disait son mari à Edlira. Vraiment ? répondait-elle. Peut-être est-ce un effet du spectacle. J'ai vraiment été emballée... On entendait des allées et venues dans la pièce. La voix du mari : Tu as envie, ce soir ? Elle : Oui, beaucoup, plus que jamais... Lui : Alors, viens... Un dernier bruissement. Peut-être se débarrassait-elle de ses dessous... Puis les murmures accompagnant les baisers, et le premier râle de la femme.

Le cercueil avait déjà été descendu au fond de la fosse. Selon l'usage, et à l'instar des autres, Edlira se pencha sur le tas de terre pour en cueillir une poignée et la lancer dans la tombe. Elle s'écarta ensuite pour laisser place à d'autres, et, sans réfléchir qu'elle avait les mains souillées de terre, elle se frotta les joues. Elle tremblait de la tête aux pieds comme si elle avait été nue dans le froid glacial.

Sans rouvrir les yeux, la douleur gravée sur son visage, Arian Vogli écoutait la voix de la femme entrecoupée par le rythme de plus en plus saccadé de sa respiration... C'était vraiment superbe... le théâtre chauffé pour la première fois... les gens bien habillés... au bout de tant de temps... oh oui, comme ça... merveilleux... encore un peu... mon Dieu... ah...

Les ongles enfoncés dans ses paumes, il perçut un dernier râle, puis l'orgasme. Probablement à cause des grincements du lit ou du claquement d'un briquet, les mots qui suivirent ne lui parvinrent qu'étouffés.

On disposait maintenant les couronnes contre le monticule de terre fraîche. Tous s'efforçaient de déchiffrer du coin de l'œil les mots inscrits sur le ruban de celle envoyée par la délégation française : *Paix à son âme.*

Passe-moi une cigarette, fit la voix de la femme, redevenue distincte. Je suis si heureuse, aujourd'hui. Lui : Je me rappelle l'après-midi où tu as joui avec

moi pour la première fois ; c'était comme ce soir...
Elle : Non, ce soir, c'était encore mieux. Lui : Je ne
t'ai jamais demandé de détails sur le premier homme
que tu as connu. Elle : Oh, je ne tiens pas à me le rappeler, surtout pas ce soir. Lui : Pourquoi donc ? Elle :
Je ne saurais dire... Crois-moi, ce n'est pas pour de
mauvaises raisons, ou pour te faire croire que tu as
été le seul, etc. Mais, vraiment, je n'ai pas envie d'en
parler. Lui : Tu étais en première année de Faculté, si
je ne m'abuse ? Elle : Oui... Et il était secrétaire du
Comité de la jeunesse pour la ville. Une sorte de
vedette aux yeux des filles. Lui : Tu étais vierge ?
Elle : Naturellement... Mais, je t'en supplie, ne me
pose plus de questions. J'ai l'impression que tout cela
s'est déroulé sur une autre planète.

Au long des allées du cimetière, les gens se diri-
geaient vers la sortie tout en déchiffrant au passage
les épitaphes. Soudain, Edlira sentit ses genoux se
dérober sous elle. L'angoisse qui lui avait jusqu'alors
rongé le creux de l'estomac se répandait maintenant
partout en elle. Elle chercha des yeux Skender, pen-
sant que si elle ne prenait pas appui sur le bras de
quelqu'un, elle allait s'écrouler.

Ainsi donc, Edlira, tu veux chasser jusqu'à mon
souvenir de ton esprit, songea Arian. Il fit revenir la
bande en arrière, en réécouta des fragments, puis
resta un instant la tête penchée en avant, comme au-
dessus d'un gouffre. Il se sentait gagné par une
sourde colère qui, plus que contre la jeune femme,
était dirigée contre le monde entier. Dans son amertume, il éprouvait malgré tout une certaine satisfaction à s'être vengé. Il avait fait don d'un rêve à cette
ville, puis le lui avait repris. Il lui avait apporté la joie
et la faisait maintenant se morfondre. À présent, il ne

doutait plus qu'avec son redoutable régiment de nabots, ses *frelons*, il était bien plus puissant qu'il ne l'avait pensé. Il allait pénétrer avec eux là où nul n'était capable de s'immiscer. Dans toutes les anfractuosités, et jusque dans son sexe à elle ! Oui, il enquêterait sur ce qui se mijotait dans cette moite obscurité où s'était aveuglément déversée autrefois sa propre semence...

Dehors, la nuit tombait. Au fond de la fosse tout juste recouverte, le corps sans vie de Shpend Guraziu reposait à l'instar de tous les cadavres : dans le silence et les ténèbres.

10

Tout comme les autres matins de ces derniers temps, Arian eut l'impression que l'éclairage de son bureau était insuffisant. Il se détourna du dossier qu'il était en train de consulter, se frotta les yeux, puis les garda un long moment clos. Avant de reprendre sa lecture, il alluma la seconde lampe posée sur sa table de travail ainsi que les appliques murales qu'il n'utilisait qu'en cas de réunions, mais son bureau lui parut encore trop faiblement éclairé.

Il doit y avoir une chute de tension, se dit-il.

Dehors aussi il faisait sombre. La pluie bruissait sans relâche depuis minuit, mais il n'ignorait pas que son anxiété, et même son mal aux yeux, n'avaient rien à voir avec la faiblesse de l'éclairage.

Depuis déjà quelque temps, il s'efforçait de suivre le conseil d'un ami qui lui avait recommandé de ne point commencer sa journée par l'audition des *frelons*. Mais ce n'était pas commode. Il avait beau faire, son esprit ne pouvait s'en détacher. Il ne parvenait plus à se concentrer. Tant d'horreurs, lui semblait-il, avaient été proférées, qu'il n'avait pu capter à temps ! Son adjoint le lui avait juré ses grands dieux : s'il venait à déceler quelque chose de brûlant, comme par exemple l'affaire du franciscain, il l'en préviendrait aussitôt.

Le prêtre avait été fusillé deux jours auparavant, au petit jour, sur la rive caillouteuse du fleuve. Ç'avait été la première mort provoquée par les *princes*. Le coup avait été foudroyant. Un coup princier, c'est pas de la blague ! avait commenté Naum.

Le jour où on lui avait apporté le *prince* tout juste détaché de la robe du franciscain, il s'était rétracté comme s'il avait subodoré quelque chose de suspect. Naum en personne avait surveillé l'audition. Aussitôt après, le visage défait, il avait surgi sur le seuil du bureau d'Arian. Venez écouter, lui avait-il dit à voix basse, comme effrayé ; quelque chose de terrible... Quoi donc ? avait demandé Arian, étonné de ne point voir se peindre sur le visage de son second la joie habituelle en pareilles circonstances, puisque plus inquiétants étaient les propos, plus fructueuse était jugée la prise. Une véritable abomination ! avait répondu l'adjoint. Contre *lui* ? s'était enquis Arian en levant le doigt en l'air comme il faisait chaque fois qu'il évoquait le Guide. Son second avait fait non de la tête. C'était autre chose, d'encore plus affreux.

Il s'agissait en effet d'une chose on ne peut plus extravagante : d'un baptême !

Un baptême..., se répétait Arian Vogli comme ils dévalaient ensemble l'escalier pour gagner l'étage inférieur où avaient lieu les auditions les plus urgentes.

L'un comme l'autre, mais aussi les techniciens qui avaient rechargé le magnétophone, s'exprimaient à voix basse comme dans un sanctuaire.

La voix enregistrée du prêtre était sonore, auréolée d'un lointain écho, comme si le dôme de l'église où il avait dit jadis la messe avait fini par en amplifier le volume : Je te baptise au nom du Père, du Fils et du Saint-Esprit...

La formule du baptême..., se dit Arian Vogli. En l'espace d'un éclair vint se réaligner dans sa mémoire la litanie de ses maîtres au collège, puis de ses professeurs à la Faculté, répétée dans des émissions culturelles à la radio ou à l'occasion de toutes sortes de concours télévisés : La première phrase rédigée en albanais est une formule de baptême figurant dans une circulaire rédigée en latin par l'évêque de Durrës, Pal Engjell, au XVe siècle...

La première phrase écrite en albanais, observa Vogli après une nouvelle audition de l'enregistrement. Le tout début..., ajouta-t-il en cherchant le regard des autres. Mais ceux-ci avaient les yeux rivés sur le magnétophone et lorsque Naum, le premier, tourna les siens vers lui, il eut l'impression qu'ils lui disaient : Et après ?

Rien, répondit mentalement le chef tout en articulant :

— Prévenez immédiatement le Centre.

Les instructions d'en haut étaient formelles : la découverte de cas d'observance clandestine de rituels religieux devait être signalée avec la même célérité que celle d'un complot.

Soixante-douze heures plus tard, lorsque, sitôt après l'ordre d'arrestation, le Centre avait réclamé la condamnation à mort de celui qui avait administré le baptême, Arian Vogli avait réalisé que son regard, puis ses mots lâchés comme distraitement : *la première phrase rédigée en albanais*, n'avaient fait qu'exprimer une légère réticence – la première et dernière de toute sa carrière – face à un ordre.

Il n'avait pas tenu rigueur aux autres de ne pas avoir saisi au vol son exclamation étouffée. Il était le seul d'entre eux à avoir fait des études de langue et d'histoire albanaises, et, par cette réticence, il s'était acquitté en somme d'une ultime dette envers sa jeunesse estudiantine.

Par la suite, chaque fois qu'il s'était efforcé de s'arracher à la morosité en se disant que peu importait que la phrase qui avait provoqué la mort fût la première ou la millionnième à avoir été écrite en albanais, quelque chose l'en avait empêché. Il ne pouvait pas ne pas se dire que, malgré tout, il s'agissait de la pierre fondatrice. Qu'elle au moins ne fût pas tachée de sang ! L'idée qu'on avait commis l'erreur de franchir là certaine limite lui inspirait de sombres pressentiments.

Sur la rive caillouteuse, il faisait encore presque nuit quand le franciscain avait été fusillé. Le chef ne quittait pas des yeux la vieille soutane dont un ourlet avait porté quinze jours durant le fatal appareil. Le prêtre, avec ses jambes décharnées, avançait d'un pas léger sur les galets. Arrête-toi ! lui cria-t-on. Il obéit. Le dernier mot qu'il prononça, les yeux levés vers le ciel, fut « Pitié ! », une pitié qu'il n'implorait pas pour soi-même, comme on le fait en général, mais pour tous.

Au retour, Naum était remonté avec Arian dans leur véhicule tout-terrain et lui avait demandé comment il leur faudrait qualifier la dernière parole de la victime dans le rapport qu'ils enverraient en haut lieu : comme un signe de repentir ou comme une exhortation hostile ? Retransmets-la telle quelle, avait répondu le chef : « Pitié ». Dès qu'on veut se lancer dans l'exégèse, on ne récolte que des emmerdements.

Le jour se levait quand ils étaient arrivés à la section de l'Intérieur. Son second avait préparé un café fort. Arian avait demandé à examiner les *princes* qu'après récupération sur les vêtements des gens visés l'on préparait en vue d'une nouvelle mission.

– Où est celui du prêtre ? avait interrogé le chef.

Naum le lui avait montré. Il scintillait, glacé comme ses congénères, dans son petit écrin de velours rouge. Il avait été le premier à semer la mort et il attendait maintenant d'être à nouveau alimenté en impulsions magnétiques.

Plusieurs jours durant, Arian Vogli ne n'était plus occupé d'écoutes. Puis, la passion pour ces appareils l'avait repris de plus belle. Sitôt arrivé dans son bureau, avec le café du matin, on lui en apportait un. Au début, il les écoutait assis sur son siège, puis il se levait, déambulait à travers la pièce, grognait, s'emportait : Incorrigibles bavasseurs ! grinçait-il entre ses dents ; et vous vous plaignez ensuite d'être frappés !

Lui-même n'aurait su dire s'il souhaitait que ce marmonnement contre l'État s'atténuât ou devînt plus distinct. Sur ce point, même les vœux du Centre n'étaient d'ailleurs pas très clairs. Parfois, on avait l'impression qu'il désirait le voir cesser, mais, quelques jours plus tard, une note avisait qu'on l'estimait trop discret.

Lui-même avait pensé qu'il s'en lasserait ; or, force était de constater qu'il en était de plus en plus obsédé. À un ami qui lui avait conseillé de ne pas commencer sa journée par l'audition de *frelons*, il avait répondu qu'il ne pouvait s'en empêcher, qu'il s'y était accoutumé comme à une drogue. L'autre lui avait répliqué que c'était justement pour cette raison que cela devenait pour lui de plus en plus nocif.

Au prix d'un gros effort, il était enfin parvenu à retarder l'heure des auditions. Au moins jusqu'à la mi-journée ! s'était-il dit. Sinon, tous les autres dossiers vont se trouver réduits à la portion congrue.

Trêve de mauvaises excuses ! pensa-t-il quand il se surprit à trouver l'éclairage insuffisant. À l'évidence, il cherchait quelque prétexte pour laisser tomber sa lecture et se remettre à auditionner.

Pas de faux-fuyants ! s'exclama-t-il presque à haute voix, et, tout en se frottant les mains comme pour se réchauffer, il ouvrit le dossier du jour. Il y était question de faits qui s'étaient produits la veille et aux toutes premières heures de la matinée. Le cadavre d'un inconnu avait été découvert dans une meule de foin à la sortie de la ville. Le conseiller de l'ambassade de Grèce, qui avait couché à l'hôtel de tourisme, avait ouvert et éteint plusieurs fois de suite la lumière dans sa chambre, et ce, avec une rapidité suspecte. C'était ce qu'indiquait le rapport de l'agent chargé de la surveillance oculaire de l'hôtel depuis l'immeuble d'en face. Un incendie d'origine encore inexpliquée dans la salle de séchage de la tannerie ; une rixe entre poivrots, autour de minuit, au bar de la Liberté, au cours de laquelle on avait entendu quelqu'un lancer : Fous-nous la paix, sale mouchard ! ; le départ avant l'aube de l'actrice Suzana K. pour la capitale à bord d'un taxi commandé la veille ; enfin, le viol d'une lycéenne : tels étaient les événements saillants.

Rien d'extraordinaire, se dit Arian Vogli. Cette nuit, comme tout le reste de la semaine, avait été plutôt paisible. Au théâtre, les comparutions se poursuivaient sans relâche. Le directeur ainsi que le secrétaire du Parti avaient été révoqués, le metteur en scène de *la Mouette* envoyé pour une période de rééducation dans une coopérative agricole, mais ces mesures avaient été jugées insuffisantes. On avait demandé de préciser les motifs qui avaient conduit au choix de la pièce, puis les causes profondes de ce choix, après quoi l'on s'était interrogé sur les origines de ces causes profondes, question immanquablement suivie d'une autre qui surgissait au tout dernier moment, quand on s'y attendait le moins.

La tension avait surtout monté après le refus de Suzana K. de servir de doublure à l'interprète principale de *la Fille des montagnes,* rôle qu'on lui avait proposé pour lui donner en quelque sorte une chance de racheter la faute qu'elle avait commise en se laissant tenter par *la Mouette.* On avait d'abord pris ce rejet pour un caprice, une façon de jouer à la star occidentale, jusqu'à ce qu'un des comédiens, tout juste nommé secrétaire du Parti, se fût exclamé : Non, non, ne nous parlez pas de caprice, il s'agit d'opposition déclarée !

On s'en était alors pris directement à Suzana K., la submergeant d'accusations (oui, bien sûr, elle préfère les « mouettes » et les « demoiselles » à nos filles héroïques), alors qu'elle-même soutenait mordicus que son refus n'était inspiré par aucune volonté d'opposition, qu'il était dû à un chagrin personnel. Cela avait suffi pour faire dire à certains : On les connaît, tes chagrins !... Après quoi, on dénonça ouvertement sa moralité douteuse. À la surprise générale, entre ses sanglots, elle avait admis avoir eu une brève liaison avec un ingénieur qui n'était plus de ce monde, liaison qui avait pu être l'effet d'illusions hollywoodiennes, mais cet aveu avait produit une bonne impression sur le délégué du Comité du Parti, lequel n'avait pas manqué de le mentionner, au cours d'une de ses interventions, comme un bon exemple d'explication marxiste des sentiments humains les plus intimes.

Hé-hé, chère Suzana K., se dit Arian Vogli en récapitulant, cette fois sans hâte, les événements ayant trait au théâtre ; tu reconnais avoir fait l'amour avec cet ingénieur marqué par le destin, puis tu t'envoles en taxi pour Tirana sur le coup de quatre heures du matin... Il secoua la tête comme une personne qui en voit une autre en train de rouler vers l'abîme.

Dans le rapport relatif au théâtre, son adjoint avait souligné en rouge tous les passages où il était question de la section de l'Intérieur. Ceux qui avaient fait preuve de beaucoup de zèle pour monter *la Mouette* cherchaient en effet à justifier maintenant leur ardeur par les bonnes dispositions des organes de la dictature qui, tout en sachant le genre de pièce dont il s'agissait, loin de manifester la moindre réticence, avaient au contraire... Laissez donc les organes de la dictature ! tranchaient les autres. Au reste, sur les questions de principes, nous n'écoutons que le Parti.

Arian Vogli sourit. Enfant, dans la cour de sa maison, il se plaisait à observer des heures entières le va-et-vient des fourmis autour de leur nid. Elles allaient et venaient, portant un fétu de paille ou une miette, se hâtaient, retournaient, s'exténuaient sans se rendre compte qu'un œil les observait d'en haut. Puis, une fois rassasié de ce spectacle, il détruisait tout, déversant sur elles de l'eau ou des mottes de terre pour assister ensuite avec un sourire figé à leur panique.

Il consulta l'horloge de son bureau. Midi : l'heure des auditions approchait. Son adjoint allait arriver, portant l'appareil et les tasses de café, pour qu'ils écoutent ensemble les enregistrements.

Et il en fut effectivement ainsi.

Après la séance, ils allumèrent une seconde cigarette et Naum, comme pour se disculper, lança :

– Aujourd'hui aussi, rien que de bien ordinaire.

Le chef eut un hochement de tête comme pour répondre : que veux-tu qu'on y fasse ?

Trois semaines après l'interdiction de la pièce, la ville avait toujours l'air aux cents coups. Nous sommes tous des mouettes blessées, murmura à part soi Arian Vogli en se répétant les propos d'une infirmière.

– Jamais je n'aurais pensé qu'une représentation théâtrale tourneboulerait à ce point une ville entière, lâcha-t-il d'un air songeur.

– C'est incroyable ! répondit son second. Je crois que même une comète n'aurait pas provoqué un tel tintouin.

– Une comète ? sourit le chef. Fichtre ! Tout de même, qu'est-ce que tu vas chercher... Au fond, ça n'était qu'une mouette...

– Moi, maintenant, c'est autre chose qui me tarabuste, fit l'adjoint. Nous avions trouvé là une bonne solution au problème de la pose des *princes,* mais à présent, comment allons-nous faire ?

— Ne te ronge pas les sangs, Naum. Nous découvrirons bien un autre moyen. Un concert, peut-être, ou bien un spectacle de ballet...

L'autre ne dissimulait pas que ces moments de conversation détendue avec son chef étaient parmi les plus agréables de son existence.

— Savez-vous comment on a commencé à qualifier les *frelons* ? Les « oreilles de la mort »...

— Vraiment ? Au fond, ça n'est pas mal trouvé.

« Pas mal trouvé », se répéta-t-il. Qui sait pour la quantième fois se représenta à son esprit le cadavre du franciscain sur les galets avec une de ses jambes, sèche comme une trique, émergeant de sa robe.

— La langue fait la mort..., lâcha-t-il en allumant la cigarette qu'il tenait depuis un moment entre ses doigts. Ce dicton a-t-il cours par chez toi ?

— O... oui, répondit l'adjoint avec une ombre d'hésitation. Celui-là et bon nombre d'autres. Pourtant, c'est seulement maintenant, en m'occupant de ce genre d'affaires, que j'ai compris les liens étroits entre la langue et l'État.

— Un petit bout de chair tendre qui nous rend tous fous. C'est sûrement ce que tu t'es dit, hein, Naum ?

— Plus ou moins.

Un petit morceau de chair rose qui avait engendré et perpétuait toute cette horreur. À la Faculté, durant le cours inaugural sur l'origine des langues, c'est ainsi que son cerveau s'était représenté cet univers : comme quelque chose d'intermédiaire entre le grondement de l'océan et les pleurs universels.

— Ce n'est pas un hasard si l'une de nos plus lourdes malédictions porte sur la langue : « Puisse ta langue se dessécher ! », reprit-il d'un ton pensif.

Le front de Naum se plissa.

— Je ne le cache pas, cette malédiction m'échappe de plus en plus souvent durant les auditions, reconnut-il.

— Puisse ta langue se dessécher ! répéta Arian Vogli en clignant les yeux, comme il le faisait chaque fois qu'il cherchait à pénétrer la carapace de quelque formulation ancienne.

Il ne doutait pas que cette malédiction eût aussi été proférée contre lui.

— J'ai failli oublier quelque chose..., dit Naum. À propos du proverbe sur le Corbeau, j'ai l'impression d'avoir deviné de quoi il retourne.

— Vrai ?

L'autre inspira profondément.

— L'ennemi, à ce qu'il semble, répand le bruit que la vue de notre Guide s'est affaiblie.

— Tu es sûr ?

— Un de nos hommes m'en a apporté la confirmation.

— Tiens..., fit le chef en se dérobant au regard de son second.

— En entendant ça, j'ai sauté au plafond. Saleté de pays, me suis-je dit, peuple ingrat ! Comment peuvent-ils colporter de tels propos ? Il a raison, Lui, le grand, d'être à jamais fâché avec ce pays ! Il n'a plus qu'à foutre le feu à cette cambrousse ! Je me dis que je n'ai pas le droit de confondre ainsi nos ennemis avec le peuple pris dans son ensemble. Mais voilà que, rien que d'y penser, je perds la boule. Si la langue albanaise n'existe que pour sécréter un pareil poison, puisse-t-elle disparaître complètement !

Ne crains rien, lui répondit Arian à part soi, c'est bien à quoi nous nous employons...

Il versa un peu de café refroidi dans sa tasse et se mit à le siroter lentement.

La langue fait la mort..., songea-t-il en regardant la rage difficilement contenue qui s'était peinte sur le visage de son second. L'oreille aussi, ajouta-t-il au bout d'un instant en frissonnant de la tête aux pieds.

11

Trois ans plus tard, on se serait cru au même début d'hiver, avec les mêmes nuages, la même pluie qui se déversait du ciel.

Comme le temps passe vite, observaient les gens en prenant leur café du matin. C'était une formule que tout un chacun prononçait, y compris ceux qui pensaient le contraire, c'est-à-dire que le temps s'écoulait trop lentement.

En fait, nul n'avait un avis bien arrêté sur le point de savoir si le temps s'était écoulé plus vite ou plus nonchalamment depuis cet automne... ou plutôt cette fin d'automne où...

Cela faisait longtemps que personne ne mentionnait plus les *frelons*. Mais ils avaient été, à une certaine époque, si fortement et fébrilement présents dans les esprits qu'à présent, cette fièvre retombée, ils restaient tranquillement à l'écart, comme de simples ornements.

La plupart des gens se les représentaient comme quelque chose d'intermédiaire entre une mécanique inerte et une créature animée. Toujours minuscules comme des insectes, sans forme ni genre, au point que, d'emblée, quand on y faisait allusion, on employait tantôt le *ils*, tantôt le *elles*.

L'analogie avec les insectes avait été la première à se présenter à l'esprit de tous. En raison de leur léger vrombissement, de leurs trémulements, de leurs volètements autour de l'oreille, et bien sûr de leur piqûre finale, guêpes, taons, moustiques avaient été les premiers sobriquets à venir à l'esprit. Par la suite, pour des raisons peu compréhensibles (l'approche de l'hiver, peut-être, saison où les insectes disparaissent alors que ces appareils, eux, subsistaient), leur nature mécanique avait tendu à s'affirmer davantage. Leurs ailes tombèrent, leur vrombissement s'affaiblit et, même si l'on ne voyait pas en eux des appareils à proprement parler, ils devinrent un temps des *fredons*. Un des vocables les plus anciens de l'albanais, comme forgé à dessein pour désigner ce redoutable instrument, paraissait avoir attendu cette affectation depuis un millénaire.

Les gens s'étaient finalement résignés à l'idée que ces machins les accompagneraient jusqu'au dernier jour de leur vie. À cette vie précisément avait été ajouté quelque chose qui tantôt était perçu simplement, comme tout ce qui se rattachait à l'oppression et à la menace exercées par l'État, tantôt, dans les rares moments où l'esprit transgressait les limites qui lui étaient assignées, était ressenti comme une calamité cosmique.

La Création s'était vu ajouter un audiptère. Capable d'entendre ce qu'on disait, y compris la voix la plus ténue. Qui, à l'instar d'un messager céleste, portait votre voix tout là-haut, au sommet de l'État. Cet insecte-là, à la différence des autres qui avaient nécessité des millions d'années pour être façonnés, était apparu en l'espace de quelques jours. Les autres, tous antérieurs à l'espèce humaine, étaient nés hors du règne de cette dernière, tandis que celui-ci...

Qu'ils agitassent ou non ces pensées, les gens avaient établi avec les *fredons* un rapport particulier. D'aucuns se montraient dédaigneux : je n'ai aucune méchante histoire avec l'État, ni lui avec moi, si bien qu'avec ou sans ces bestioles, pour moi, rien de changé ! D'autres, au contraire, en étaient obsédés ; ils déambulaient chez eux en faisant « chut ! » chaque fois que quelqu'un abordait un sujet délicat, et ressassaient que « le silence est d'or » tout en soupirant. D'autres encore considéraient ces derniers avec mépris : non seulement ils faisaient le contraire, mais ils déchargeaient leur fureur sur les vêtements où ils subodoraient qu'avait été placés les perfides animalcules. Ils fourraient ces effets dans la machine à laver, la réglant à haute température, puis les repassaient rageusement tout en imaginant, sous le fer brûlant, les *fredons* écrabouillés ou se carapatant en sautillant comme des puces. Ils s'esclaffaient, tout contents d'assouvir ainsi leur haine, puis, brusquement, ils éprouvaient l'envie de pleurer.

Mais, dans le même temps, beaucoup s'étaient résignés. Non seulement ils s'étaient habitués aux *fredons* comme à des bestioles domestiquées, mais il leur arrivait parfois de manifester leur soumission aux « insectes d'État », comme les avait qualifiés un entomologiste, avec un trop-plein d'émotion. Ils les évoquaient d'une voix attendrie en les affublant même çà et là de diminutifs, ils les traitaient, allez savoir pourquoi, de « malheureux », exprimaient leur crainte qu'il ne leur fût arrivé quelque chose de fâcheux et étaient tout prêts à leur venir en aide comme les saints d'autrefois ramassaient les vers tombés de leurs plaies pour les y replacer et leur permettre ainsi de se nourrir. Ils ne dissimulaient pas que non seulement leur présence sur eux ne les dérangeait en rien, mais qu'ils s'entendaient même fort bien avec eux. L'État, le pauvret, le chétif Étatet albanais pouvait se rassurer : ils n'avaient rien contre lui.

Quand ils avaient ôté le manteau ou la pelisse où ils étaient certains qu'avait été placé un *fredon*, ils s'inquiétaient sincèrement pour le malheureux. Ils étaient presque tentés de courir jusqu'aux bureaux de la Sûreté pour expliquer que, s'ils s'étaient débarrassés de ce vêtement, c'était sans aucune arrière-pensée, ni pour compliquer la tâche des camarades, mais simplement parce que le temps s'était réchauffé... Et tout cela avec des petits noms exprimant l'attendrissement.

C'est ainsi, émaillées d'événements de toutes sortes, mais sans qu'on s'en aperçût, que s'étaient écoulées pour eux ces trois dernières années.

Edlira revint au bureau du chef du personnel avec une mine contrariée. Skender attendit que Nicolas, venu comme à son habitude commenter les nouvelles du matin, fût sorti, pour s'enquérir de ce qu'elle avait.

La jeune femme avait du mal à retenir ses sanglots.

– Je suis convoquée à la section de l'Intérieur.

L'autre se retourna comme si on l'avait frappé.

– Ah, fit-il en s'efforçant de garder son flegme. Et pourquoi ? est-ce qu'on t'a dit pour quels motifs ?

Ayant lui-même senti que cette question n'avait aucun sens, il fut tenté de la formuler différemment.

– Mais toi, lui répondit-elle, qu'en penses-tu, de quoi peut-il s'agir ?

Cette fois, c'est elle qui avait plus ou moins formulé ce qu'il aurait dû lui demander.

Skender haussa les épaules.

– Je ne sais trop. En général, on t'appelle pour ce qui a le moins de chances de t'être passé par la tête. Mais ne t'inquiète pas. Les convocations à la section de l'Intérieur sont aujourd'hui devenues pratique courante.

– Je ne sais si je dois en parler à mon mari.

– À mon avis, tu n'as aucune raison de te précipiter. Quand dois-tu te présenter, et à qui en particulier ?

– À treize heures. À quel bureau et à quel fonctionnaire, on ne me l'a pas précisé.

– L'heure, en tout cas, me paraît peu inquiétante, dit-il en se forçant à sourire.

En regardant à la dérobée le beau visage de la jeune femme, il eut l'impression d'y déceler, mêlée à l'angoisse, des traces de colère, de celles qui peuvent aussi se manifester parfois sous la forme d'un rire nerveux.

De fait, en même temps que de l'appréhension, Edlira ressentait une certaine exaspération qui, à son vif étonnement, la stimulait.

Il a enfin osé ! se disait-elle. Elle avait attendu tant d'années qu'Arian Vogli sortît ses griffes, imaginant aussi la façon dont elle le remettrait à sa place. Ne te fais pas de souci, lui avait dit son mari ; dans des cas comme le tien, « eux », tout puissants qu'ils paraissent, n'en sont pas moins des chiffes molles.

Or, un assez long temps s'était écoulé depuis lors et Arian s'était si bien tenu à l'écart de sa vie que, par instants, elle en avait éprouvé à son endroit une sorte de reconnaissance.

Mais voici que le loup s'était finalement jeté sur sa proie. Pour son malheur, peut-être, songea-t-elle afin de se donner courage.

Elle faisait défiler dans sa mémoire toutes sortes de sanctions infligées à divers fonctionnaires pour des affaires de cuissage. En ce domaine, à l'étonnement général, l'État albanais se montrait étrangement impartial. Aucune pitié, y compris pour les cadres ; et même, plus ils étaient haut placés, plus leur passé était glorieux, et plus durement on les sanctionnait. Je ne crois pas que tu oseras, se dit-elle pour la seconde fois, mais, brusquement, elle ressentit comme une morsure au creux de l'estomac. Et si c'était autre chose ?

Son courage l'abandonna aussitôt pour céder place à la panique.

Et si, de fait, il était question de tout autre chose ?

L'instant d'après, elle se dit : Tu es folle ! Elle s'était figurée que son ancien amant l'avait fait appeler pour la reconquérir, et, au lieu de considérer cela posément, voire avec amusement, elle avait donné libre cours à son imagination et pris la chose au tragique. Elle s'était sentie offensée, ulcérée, sans penser que cette exaspération pouvait être une aubaine, comparée à d'autres malheurs qui vous glaçaient d'effroi.

– De quoi peut-il bien s'agir ? demanda Skender pour la troisième fois.

Elle faisait semblant de l'écouter, mais son esprit était ailleurs. À présent, elle se serait sentie tranquille si on lui avait assuré que le chef de la Sûreté de la ville l'avait fait venir pour lui demander de coucher avec lui. Ce qu'elle ne pouvait supporter, c'était cette incertitude. Et même les mots durs qu'elle avait commencé à préparer mentalement : « Comment oses-tu penser que tu peux m'impressionner ou même m'effrayer en profitant du poste que tu occupes ? », avaient été remplacés dans son esprit par : « Écoute, Arian, tu sais aussi bien que moi que cette histoire entre nous a maintenant pris fin. »

Elle remarqua que Skender consultait sa montre tout aussi souvent qu'elle. Quelques minutes après midi, elle sortit un miroir de son sac, se remit du rouge aux lèvres, se poudra légèrement, puis se leva :

– Prends la chose sereinement, lui dit Skender en l'accompagnant jusqu'à la porte. Je ne sais pourquoi, mais je n'ai pas de mauvais pressentiments.

Leurs regards se portèrent sur la table toujours non occupée de Shpend Guraziu, et Edlira sentit son esprit traversé par une pensée inerte, détachée de tout : sans qu'on s'en fût rendu compte, trois ans s'étaient déjà écoulés depuis sa mort.

Skender effleura les cheveux d'Edlira du bout des lèvres, puis, une fois la porte refermée sur elle, il écouta quelques instants le claquement de ses talons qui s'éloignait.

Une fois sortie, elle contempla de nouveau son visage dans son petit miroir de poche et la question « Est-ce qu'il va me trouver en beauté ? » – question qu'en toute autre circonstance, elle eût jugée répugnante – lui parut maintenant naturelle.

En chemin, elle se sentit tout aussi troublée qu'elle l'avait été au bureau. Le soupçon qu'on allait peut-être la pressentir comme collaboratrice secrète se mêlait à son inquiétude pour son mari, et à ces sentiments venait s'ajouter sa perplexité sur la meilleure formule à adopter pour s'adresser au chef de la Sûreté : camarade Arian ou tout simplement Arian, comme autrefois ?

Le siège de la section de l'Intérieur se dressa brusquement devant elle. Elle observa non sans surprise qu'elle était très en avance. Ce n'est pas possible ! se dit-elle. Elle avait l'impression que ce bâtiment de briques l'avait comme aspirée, qu'elle n'avait pas marché, mais volé vers lui.

Elle s'engageait dans une rue latérale pour faire passer les quinze minutes qui lui restaient à patienter jusqu'à l'heure de sa convocation, quand elle aperçut à la grille l'actrice Suzana K. qui sortait.

Avant qu'une relative clarté ne se fût faite dans son cerveau, elle sentit le feu lui monter aux joues et au soupçon d'avoir été appelée pour la même raison que la comédienne de *la Mouette* se mêlèrent aussitôt le souvenir de Shpend Guraziu qu'elle évoquait pour la seconde fois ce matin-là, les bruits qui avaient couru sur sa brève liaison avec l'actrice peu avant sa mort, puis le cri intérieur qu'elle poussa subitement : quelle honte ! oui, quelle honte ! Probablement avaient-ils pensé que, comme elle, Edlira, avait travaillé dans le même bureau que lui, sans doute avait-elle eu aussi une liaison avec Shpend ?

Elle tourna de nouveau la tête pour se persuader que c'était bien Suzana K. et la suivit des yeux comme elle s'éloignait, la tête enveloppée dans un châle, les yeux cachés derrière des lunettes noires, comme on pouvait facilement se représenter une femme fautive.

Pourquoi ne lui fiche-t-on pas la paix, maintenant qu'il est mort ? se dit-elle en songeant à Shpend.

Son premier été passé à la plage de Durrës, plusieurs années auparavant, avec, survolant les vagues, plusieurs oiseaux criards qu'elle n'avait encore jamais vus, et les paroles de l'oncle Lazër : d'après une vieille croyance, les mouettes seraient les âmes des marins péris en mer, – ces souvenirs planaient dans son esprit sans donner naissance à aucune pensée.

Le temps avait du mal à s'écouler.

Dans son bureau, Arian Vogli consulta sa montre. Le visage de son adjoint, tendu vers le magnétophone, reflétait l'effort quasi douleureux engendré par l'incompréhension.

– Quel albanais emploient-ils là ? fit le chef pour la seconde fois. Je n'ai rien compris.

– Inutile de revenir en arrière, observa Naum. Nous aurons beau l'écouter cent fois, nous n'y pigerons toujours rien.

Le phénomène qu'il redoutait depuis longtemps non sans angoisse, la dégradation de la langue, progressait ces derniers temps avec célérité. Les premiers symptômes en étaient apparus il y avait bientôt trois ans, sitôt après la pose des micros chinois, mais ils étaient demeurés quasi imperceptibles. Puis, comme un mal qui se déchaîne brusquement après avoir longtemps couvé, l'agonie de la langue s'était précipitée.

Les premiers à s'en être rendu compte avaient été les épieurs en chair et en os. Ils s'en plaignaient de plus en plus fréquemment. Notre ouïe est parfaite, soulignaient-ils, et nous venons de subir le contrôle médical, pourtant il nous arrive de ne rien comprendre à ce que nous entendons.

Ce que captaient leurs oreilles ou bien n'avait aucun sens, ou bien pouvait en avoir de nombreux, souvent déroutants. Et les hommes chargés de décrypter les bandes magnétiques se plaignaient de même : l'enregistrement était excellent, les mots intelligibles, mais quelque chose clochait dans leur agencement ; ils formaient des expressions jusque-là inconnues, des façons de parler saugrenues, tant et si bien qu'on était tenté de prendre ces associations pour un charabia de fous.

Comment se pouvait-il qu'en trois ans on eût ainsi abâtardi une langue qu'on disait vieille de plus de trois millénaires, se demandait souvent Arian Vogli. À quoi n'avait-il pas pensé en ce jour déjà lointain où les caisses remplies de micros avaient fini par arriver à B... ! À tout, mais certainement pas à cela.

À présent, ce jour lui paraissait appartenir à un autre siècle, et les événements si extraordinaires des semaines suivantes tantôt lui semblaient eux aussi très éloignés, tantôt avaient l'air de dater de la veille.

Après la *frelonnade,* comme d'aucuns avaient appelé le bouleversement entraîné par les *frelons*, la ville, comme on pouvait s'y attendre, avait été comme frappée d'aphasie. Les conversations s'étaient étiolées, la langue alourdie, empâtée, comme parlée par des apoplectiques.

De temps à autre, il avait l'impression que la ville allait continuer à bredouiller de la sorte jusqu'à se muer en bègue incurable.

Mais, à son vif étonnement, au sortir de l'hiver, elle avait recouvré son parler, à de légères modifications près. Apparemment, ce qu'il avait pris pour une déformation n'avait été qu'une manœuvre d'autodéfense des habitants contre leur mise sur écoutes.

Jusqu'alors, chaque fois qu'il avait entendu évoquer la division de la langue albanaise en deux dialectes, du nord et du sud, il avait eu envie de sourire. La vraie séparation, cette faille qui tendait de plus en plus à se transformer en abîme, distinguait l'albanais d'en haut, dominant au sein de la vie quotidienne, de celui d'en bas, le souterrain. D'après les ennemis du régime, à l'opposé de la langue d'en haut qui languissait et s'étiolait sous l'effet du communisme, l'inférieure, elle, celle des catacombes, demeurait la seule langue humaine.

Or, voici que sous la pression des *frelons* la superbe de la langue d'en bas avait connu sa première éraflure. Pour la première fois au bout de tant d'années s'était fait jour une tendance au rapprochement entre les deux albanais. On avait l'impression que la langue d'en haut avait fini par découvrir les voies secrètes qui lui permettraient de s'infiltrer et de dégoutter peu à peu dans les sous-sols envahis de ténèbres. Entretemps, sa congénère d'en bas, qui pendant quarante ans avait raillé sa rivale, se montrait maintenant conciliante, adoptant les dehors de l'autre.

Et cet étrange état de chose avait eu pour cause ces diablotins surnommés *frelons*. Dévoré de curiosité, quasi ensorcelé, Arian Vogli n'en perdait pas une bouchée. Après le rapprochement de l'albanais du nord et de celui du sud, l'unification était ainsi en passe de s'opérer sur un plan où l'hostilité avait jusqu'alors paru devoir durer éternellement.

Mais l'euphorie avait été de courte durée. Comme se réveillant d'un cauchemar, l'albanais d'en bas avait de nouveau banni ruses et masques pour se défendre d'une façon insolite : en battant en retraite. Ainsi avait vu le jour un troisième albanais qui, de manière de plus en plus accentuée, avait pris dans le cerveau d'Arian Vogli les apparences d'une sorcière dont il aurait longtemps à subir les maléfices. Parfois, il avait l'impression d'avoir lui-même engendré ce monstre. C'était donc à lui qu'il revenait, dans un duel sans merci, de le vaincre ou d'être défait par lui.

— En effet, nous n'y pourrons rien, Naum, dit-il en consultant sa montre. Mais l'épouse de l'ingénieur Gjikondi doit être arrivée. Je m'en vais lui parler seul à seule.

— À vos ordres, fit son second en se levant.

Elle lui parut encore plus belle qu'il ne s'y était attendu. Il émanait d'elle une sorte de distance qu'on aurait pu prendre pour une sorte de vague à l'âme, rare ornement de jeune épousée aux premiers mois du mariage. C'est ainsi que lui-même aurait aussi qualifié son maintien s'il n'en avait su un peu plus long à son sujet.

— Asseyez-vous, Edlira, lui dit-il d'une voix posée. En venant ici, sans doute avez-vous pensé à des choses désagréables ; peut-être même vous êtes-vous fait une mauvaise image de moi...

Elle eut un sourire amer.

— Je ne le cache pas, répliqua-t-elle.

– Eh bien, je vous dis tout de suite que je ne me permettrais jamais d'abuser ainsi de mes fonctions. Non, jamais !

Elle se mordit la lèvre inférieure. Elle fut tentée de dire merci, mais le mot lui parut faible.

– Si je vous ai fait venir pour vous parler en tête à tête, c'est précisément pour vous dire de ne pas vous inquiéter.

– M'inquiéter, moi ? et pourquoi ?

Il réfléchit un instant.

– Écoutez-moi, Edlira. Sitôt sortie d'ici, vous allez être interrogée dans le bureau d'à côté par une femme, l'un de nos officiers, sur un certain sujet. Vous ne devez pas vous faire de souci : il s'agit d'une enquête de routine comme on en mène fréquemment dans notre métier.

Le front de la jeune femme s'était plissé.

– Je ne comprends pas, dit-elle d'une voix blanche. Pourquoi dois-je être interrogée ? Je puis le savoir ?

– Naturellement, répondit-il en extrayant un feuillet du dossier posé devant lui. Vous allez être questionnée sur un détail en apparence on ne peut plus trivial, concernant une personne décédée, en l'occurrence l'ingénieur... ah oui, l'ingénieur Shpend Guraziu.

Mon Dieu ! gémit Edlira à part soi, tout en se sentant rougir. Son soupçon de tout à l'heure, lorsqu'elle avait vu sortir Suzana K., était donc fondé.

– Et de quoi peut-il s'agir ? demanda-t-elle en s'efforçant de paraître sereine.

Il sourit d'un air détaché.

– Comme je vous l'ai indiqué, de quelque chose de très ordinaire, je dirais même d'insignifiant. Notre officier vous l'expliquera plus en détail, mais je puis vous dire d'ores et déjà l'essentiel : il s'agit d'une enquête générale *post mortem* concernant ce défunt. Or, une enquête générale, comme vous pouvez bien l'imaginer, englobe absolument tout. Par exemple, vous-même, mais naturellement d'autres aussi, allez être interrogés sur son habillement... Autrement dit... Il souleva de nouveau le feuillet qu'il tenait à la main comme pour y déchiffrer quelque passage, puis, du même ton détaché, il poursuivit : – ... sur les vêtements qu'il a retirés au magasin spécial sitôt après avoir été chargé d'accompagner une délégation française.

– Seigneur ! ne put s'empêcher de s'exclamer Edlira. Comment est-il possible que...

– Quoi donc ?

– Vous faites allusion à une chemise blanche que je lui avais achetée pour en faire cadeau à mon mari à l'occasion de son anniversaire ? Vraiment, c'est cette chemise qui fait problème ?

– Edlira, comme je vous l'ai indiqué, il s'agit d'un interrogatoire de routine.

– C'est une honte ! fit-elle en se retenant de crier. Vous estimez vraiment que l'achat d'une chemise à un collègue de bureau est un délit ? Vous y voyez un acte hostile à l'État ? Dites-le-moi, je vous en prie, Arian : est-ce vraiment ce que vous pensez ?

« Arian », se répéta-t-il, et, sur l'instant, il comprit que c'était tout ce qu'il avait espéré de cette rencontre.

– Attendez, Edlira, protesta-t-il. Il n'est nullement question de cette chemise. Écoutez-moi donc !

– Je n'ai rien à entendre. Acheter une chemise pour l'anniversaire de son mari et se voir convoquée trois ans plus tard dans les bureaux de la Sûreté pour en rendre compte !... Vous ne comprenez pas combien tout cela est horrible, accablant... Reprenez-la, cette chemise ! Puisse-t-elle n'avoir jamais été portée ni usée ! Je m'en vais vous la chercher tout de suite...

Elle se rendit compte qu'elle disait n'importe quoi et elle ne put s'empêcher de fondre en sanglots.

Par trois fois, Arian Vogli se leva, s'approcha d'elle, l'enlaça avec tendresse, puis, douloureusement, déposa un baiser sur ses joues mouillées, dans ses cheveux – mais cela, il ne le fit qu'en esprit, car son corps, plus lourd que le plomb, refusait d'obéir.

Cloué comme avec des rivets à son siège, il la regardait sangloter tout en murmurant à part soi : ma frigide, mon impuissante adorée...

Trois ans auparavant, quand il avait demandé à réentendre ses râles d'amour, sitôt après l'interdiction de la pièce de théâtre, il avait été surpris. Il s'était certes attendu à leur retombée, mais jamais il n'aurait imaginé que ce fût de manière aussi abrupte. Ç'avait été une véritable extinction. Oh non, Bardh, je ne peux pas..., disait-elle à son époux. Elle lui demandait pardon avec douceur, mais d'une voix mourante, lui disant « non » presque dans un sanglot.

Lui-même en avait exulté comme après une victoire. Son rêve de lycée de s'identifier au démon de Lermontov s'était enfin réalisé. À l'instar du démon du Caucase, il était descendu dans le noir jusque sous la couche de la femme désirée pour entendre ses soupirs. Mais il avait fait mieux : il avait stimulé son désir par le biais d'une représentation théâtrale, puis, conformément à son dessein, en arrêtant la même représentation, il l'avait éteint. Son sexe resterait de

glace jusqu'au printemps, voire plus longtemps
encore.

Quelques semaines plus tard, quand il avait
réclamé qu'on lui apportât un nouvel enregistrement,
il s'était entendu répondre : Rien de nouveau chez les
Gjikondi, les choses vont toujours aussi mal. L'instant d'après, son adjoint avait commenté : Comme
toujours après de pareils événements, on relève un
refroidissement général, surtout chez les femmes.

Edlira ne s'était réchauffée ni ce printemps-là ni le
suivant. On parlait ouvertement de sa « frigidité »
dans ses rapports avec son mari, et même de la nécessité où elle était de consulter un médecin. Mais le
goût de la victoire que savourait Arian n'était pas
moins glacé.

Il la laissa sangloter un long moment avant de tenter à nouveau de la calmer.

– Nous aussi, nous avons notre bureaucratie,
Edlira, reprit-il d'une voix qu'elle trouva différente
de celle de tout à l'heure. Et, bien sûr, aussi nos tracas, ajouta-t-il du même ton las. On nous demande
souvent des choses irréalisables...

Elle ne parvenait pas à saisir le sens de ses propos.

Ce qu'elle perçut néanmoins, quoique très vaguement, c'était une chose : plus que de la compréhen-
sion, il lui paraissait quêter un sentiment qui ressemblait à de la compassion.

Ayant compris qu'il mettait ainsi fin à l'entretien,
elle se leva, arrangea d'une main ses cheveux qu'elle
croyait, sans trop savoir pourquoi, ébouriffés, et s'en
fut.

Les yeux clos, il écouta le claquement de ses talons,
jusqu'au moment où il devina qu'elle avait trouvé la
bonne porte.

Ma petite estropiée, se répéta-t-il.

Il l'aimait apparemment comme avant, et même, changée, frigide, elle lui inspirait à présent un sentiment encore plus fort.

Les bandages blancs qui, dans son cerveau, allaient automatiquement de pair avec l'idée de blessure – les bandages des héros des films soviétiques – se collèrent soudain à lui, et il se prit à imaginer qu'elle lui rendait les caresses qu'il lui aurait dispensées peu auparavant...

On frappa à la porte d'une façon qui lui parut barbare.

Je suis occupé ! faillit-il hurler sans trop savoir qui le demandait. Mais son second insista pour le lui faire savoir : il s'agissait de Xhelo Vranishti, vétéran chouchouté de la lutte de Libération nationale et source permanente de tracas.

– Il dit qu'il veut vous voir, vous et personne d'autre, reprit Naum en haussant les épaules.

– Quel crétin ! grogna le chef.

Il grimaça à plusieurs reprises pour vérifier que son visage était encore capable de sourire, puis fit « oui » de la tête.

– Alors, quel bon vent t'amène, père Djelo ? Pour quelle affaire t'es-tu donné la peine de venir jusqu'ici ? dit-il en élevant la voix comme il faisait généralement avec les gérontes.

– J'ai eu bien de la difficulté à monter jusqu'à toi, grogna le vétéran. Je sais qu'il y en a beaucoup, notamment certains blancs-becs, qui n'aiment point trop le père Djelo. Sûr qu'ils disent que je les enquiquine et qu'ils souhaitent que je casse ma pipe au plus tôt. Mais ne vous en faites pas, un beau jour, je finirai bien par m'en aller. Et je vous ficherai la paix.

Le vieux avait prononcé sa tirade sans dissimuler qu'il était aux cent coups.

– Comment peux-tu dire une chose pareille, père Djelo ? le coupa Arian. Nous sommes fiers de t'avoir parmi nous. Tu nous fais honneur.

Le doyen se moucha dans un carré de toile blanche.

– Bon, maintenant, écoute-moi, fiston. Je vais te demander quelque chose, et cela, c'est de toi que je l'attends.

– Parle, père Djelo ; si c'est en mon pouvoir, je te donne ma parole que tu auras satisfaction. Tu veux quoi : une nouvelle arme ? un pistolet tchèque dernier modèle, ou bien un italien ? Je devine : tu as sûrement un petit faible pour l'italien...

– Non, non, fit le vieil homme.

Il va me demander une kalachnikov ! se dit le chef. Mais il était même prêt à lui faire cadeau d'une mitraillette pourvu que l'autre lui débarrassât le plancher.

– Non, je ne veux pas d'arme, reprit le vétéran. Celles que j'ai déjà me suffisent amplement. C'est autre chose... » Il se leva de son siège, cligna des yeux et s'approcha de lui comme pour lui confier quelque secret. « Ce que je veux, c'est un de tes appareils, un de ces petits diables, de ces *frelons*, comme vous les appelez.

– Comment ? Comment ça ? !

Arian ne put d'abord s'empêcher de rire. Puis, comme si ce premier rire avait défoncé une digue, il l'envahit tout entier, le souleva, le fit mouliner des bras, l'amena presque à hurler.

– Comment ? Comment ça ? parvint-il encore à proférer entre deux accès d'hilarité. Vraiment, finit-il par lâcher, jamais je ne me suis autant fendu la pipe !

– Il n'y a pas de quoi rigoler, observa le vétéran, le visage renfrogné.

– Je te demande pardon, père Djelo. Oui, excuse-moi. Bien sûr, il n'y a là rien de risible. Malgré tout, j'aimerais bien savoir à quoi te servirait cet appareil...

– Ça, c'est mon affaire ! Dis-moi seulement si, oui ou non, tu acceptes de m'en refiler un.

– Écoute, père Djelo, si tu as quelque soupçon que, disons dans telle ou telle maison, tel ou tel lieu, on dit des choses qui méritent d'être écoutées, eh bien, indique-nous cet endroit et nous irons tout de suite y installer ce genre d'appareil.

Le vieillard hocha la tête avec condescendance.

– Ça, demande à tes espions de s'en occuper. Djelo Vranishti, lui, ne mange pas de ce pain-là.

– Mais alors, dis-moi pourquoi tu en as tellement besoin ? fit Arian Vogli d'un ton conciliant en s'évertuant à le prendre par la douceur.

– C'est pour mon plaisir, décréta sèchement le vieil homme. Voilà : c'est un caprice qui s'est subitement emparé de Djelo Vranishti ; il tient à avoir un *frelon*. Pour son plaisir. Je suis vieux, demain je ne serai plus là ; je ne réclame pas un palais, simplement un de ces petits machins pas plus gros qu'un bouton.

– Mais essaie de comprendre, père Djelo... Cet appareil pas plus gros qu'un bouton, comme tu dis, fait partie des secrets d'État. Nul n'a le droit...

– Le Parti n'a qu'un seul Djelo Vranishti, trancha l'autre. Vous pouvez bien me faire ce petit plaisir. Je pourrai quitter ce monde en paix...

Tandis qu'il parlait, Arian le regardait fixement.
Dans sa voix perçait une détresse qu'il n'avait pas
décelée jusque-là. Soudain, il crut avoir deviné la raison de cette étrange requête. Une question d'honneur, probablement. Ou, plus exactement, le soupçon d'une trahison conjugale commise par une de ses
brus ou de ses petites-filles. Deux ans auparavant, au
cours d'une réunion annuelle au niveau de la République, on avait évoqué un de ces cas où les *frelons*
avaient été utilisés à des fins privées.

Naturellement, l'autre finit par lui narrer son histoire. Elle le laissa pantois. Djelo Vranishti ne cherchait nullement à entrer en possession d'un *frelon*
pour une question d'honneur, ni pour débusquer
quelque agissement malhonnête. Il souhaitait le placer sur son rival, le vétéran Arif Duka, un ancien
compagnon d'armes du même bataillon : l'un y avait
été commandant, l'autre commissaire politique. Cela
faisait longtemps que Djelo soupçonnait Arif de passer ses soirées, une fois émoustillé par le raki, à saisir
la moindre occasion pour rehausser ses propres
mérites au détriment des siens durant la guerre. Voilà
ce qui empoisonnait les derniers jours de Vranishti.
Ça faisait plus mal que l'arthrite, plus mal que la
goutte... Et il ne voulait pas quitter ce monde sans
avoir pris son rival sur le fait...

Le vétéran une fois reparti, Arian Vogli n'avait plus
du tout envie de rire. Se pouvait-il qu'en un laps de
temps aussi réduit, les *frelons* fussent parvenus à si
bien infiltrer tous les fondements de la vie quotidienne ? Se pouvait-il qu'à partir des vêtements ils
eussent pénétré sous la peau, puis, de là, peu à peu,
en rongeant la chair et les os, qu'ils se fussent
enfoncés toujours plus profond ?

Que les plus jeunes en fussent tout perturbés, c'était compréhensible. Mais qu'un dinosaure de la dernière guerre s'en entichât de cette manière, il y avait là de quoi en demeurer pantois. Il ne restait plus qu'à leur consacrer des ballades, à l'instar de celles de la plus haute antiquité, pleines de nymphes et de fées.

Il ne faudrait d'ailleurs pas s'en étonner, songea-t-il. Non, vraiment, il n'y aurait là rien d'étrange. Dans les très vieux chants, surtout ceux du Nord, les héros puisaient leurs dons surnaturels dans leur action commune avec les nymphes, ou dans le lait sucé au sein d'une fée. Au fond, Djelo Vranishti n'avait rien demandé d'autre : le pouvoir surnaturel des *frelons*, afin d'avoir raison de son rival.

Incroyable ! se dit Arian.

Naïades, fées, *frelons*... Ces derniers se rangeaient tout naturellement aux côtés de leurs antiques consœurs. Machinalement commencèrent à s'aligner dans son esprit des vers conformes aux modèles d'antan : Le sombre *frelon* a pris son essor... ou : Le noir *frelon* a apporté la sombre nouvelle...

Il se leva et se mit à arpenter son bureau. Il s'évertuait à orienter son esprit vers d'autres sujets, vers Edlira, en particulier la douceur de son regard au terme de sa visite, mais toute une série de tracas venaient l'en empêcher : un coup de téléphone du Centre à propos de l'affaire Shpend Guraziu, une lettre anonyme dirigée contre un haut fonctionnaire, deux meurtres à l'auteur non identifié, les *frelons* eux-mêmes qui, après avoir débilité la sexualité féminine et profané la langue, cherchaient maintenant à se faire admettre dans la famille des petites divinités albanaises...

Qu'exigeraient ensuite ces diablotins, se demandait-il avec un sourire non exempt d'une certaine émotion. Ils constituaient son armée fidèle et, fort de leur soutien, il était en droit de se sentir un pouvoir surnaturel. Arian Vogli et ses trente-neuf *frelons*... Hé-hé !

Il poussa un petit rire intérieur, tout en ressentant le besoin de somnoler un brin, ne fût-ce que quelques minutes. Il se rassit et se prit le front entre les mains. Durant ce petit somme, le cortège des *frelons* se présenta dans son esprit tantôt comme un détachement de gardes, tantôt comme une meute de molosses pourvus de grelots qui émettaient un faible tintement.

Quels qu'ils fussent, ils dépendaient de lui et, à l'heure fatidique, ils sauraient sûrement l'épauler dans son duel.

Il eut tôt fait de recouvrer ses esprits et, presque effrayé, se demanda : un duel, mais avec qui ? Il avait la tête en compote et tendit la main vers la sonnette pour commander du café. Duel avec cette ville, sans nul doute. Ou avec l'humanité en général ? Mais celle-ci ne lui faisait pas peur... Avec une autre force qui le glaçait ? une force qui se trouvait au-delà de l'une et de l'autre, y compris de l'État ?

Il appuya sur la sonnette, mais, au lieu d'un café, demanda qu'on lui apportât le dossier complet de l'affaire Guraziu.

Edlira parcourut le corridor presque en courant, mais ne trouva personne dans son bureau. Dans la pièce voisine, Nicolas était lui aussi absent. Ils doivent être allés ensemble quelque part, se dit-elle.

Elle remua les papiers posés sur son bureau, puis s'en détourna et ouvrit son sac pour en tirer son miroir, comme si elle venait de le chercher vainement parmi ses dossiers.

Sûrement qu'il avait été tenté de l'embrasser... La sensation que son rouge à lèvres s'était effacé ne pouvait s'expliquer autrement.

Skender, entrant sur ces entrefaites, ne put dissimuler son étonnement de la trouver avec son miroir de poche entre les mains.

— Alors ? fit-il. Ça n'a pas été si terrible ?

— Rien d'important. Je dirais même : une bêtise. Du moins est-ce l'impression que j'ai eue.

Il l'écouta avec attention, sans l'interrompre. Les deux rides qui lui barraient le front ne remuèrent même pas lorsqu'elle lui eut dit qu'il serait convoqué à son tour.

— Une enquête sur les vêtements de quelqu'un qui se trouve depuis trois ans sous terre, finit-il par commenter d'un ton songeur. Étonnant... et c'est peu dire !

Elle semblait ne pouvoir détacher les yeux de son complet noir. Elle reprit après un silence :

— J'ai eu l'impression d'avoir affaire à une tocade de maniaque. Je ne peux croire que la lutte contre les malversations soit si sévère que l'on en vienne à ouvrir une enquête sur un cas aussi banal.

— Non, bien sûr. Il y a sûrement autre chose là-dessous.

— Mais quoi ? fit-elle d'une voix subitement éteinte.

— Autre chose, répéta Skender. Nicolas m'a raconté qu'on a convoqué hier à la section de l'Intérieur les gens qui s'étaient chargés, à l'époque, de placer la dépouille dans son cercueil.

— Ah ?

— Et, dans le même temps, tu me dis avoir vu sortir de la section de l'Intérieur l'actrice avec laquelle, comme on le sait maintenant, il avait eu une liaison. Autrement dit, on cherche à recueillir sur lui des témoignages de divers côtés.

— Mais quel rapport peut-il bien y avoir entre la mise en bière du corps et cette comédienne, ou encore les vêtements qu'il nous avait proposés ?

— C'est justement ce que je cherche à deviner, répondit Skender. On ne peut nier qu'il y ait là un mystère.

Quoiqu'il fût tourné vers la fenêtre et se tînt même de dos, elle devinait son trouble.

— Tu me dis qu'ils ont insisté pour savoir comment il était habillé le soir où il accompagna les Français au théâtre ? reprit-il en détachant ses mots. Ceux qui se sont occupés de la mise en bière se sont certainement entendu poser la même question. Le conducteur du bulldozer et les gens qui se trouvaient dans les parages ont sûrement dû être questionnés aussi sur ce point. Bref, une enquête type, de celles qu'on range sous la rubrique « Identification du cadavre »... Brusquement, il se retourna ; Edlira le trouva livide. — Personne n'a vu le corps de Shpend Graziu. Et si jamais il subsistait la moindre chance qu'il fût encore en vie ?

— Shpend vivant ? Comment peux-tu imaginer une chose pareille ? s'exclama-t-elle.

Il avait à nouveau pivoté vers la fenêtre comme s'il avait voulu éviter qu'elle ne vît son visage. En fait, bouleversé comme il était, il avait dit quelque chose

d'absurde pour dissimuler un autre soupçon, le vrai :
et si on l'avait tué ?

Des centaines de fois, au cours des trois années qui
s'étaient écoulées depuis lors, il s'était demandé si
Shpend Guraziu avait réussi à faire passer un message aux sénateurs français. Pendant des nuits
entières, il s'était mis à l'écoute de *Radio-France* dans
l'espoir de capter un signal, quelque réponse lointaine, indirecte, flottante. Il n'ignorait pas que cet
espoir était vain, encore plus vain que de chercher un
oiseau en particulier parmi les nuées de volatiles tran-
sitant au-dessus de la mer. Néanmoins, il avait continué d'espérer. Et il avait fallu que ce matin arrivât
pour que le terrible doute le transperçât comme une
dague : et si Schpend n'avait pas pris toutes les précautions et que la Sûreté eût saisi son message ? ou
que les sénateurs eussent laissé échapper un demi-
mot de trop à l'hôtel ? Et si, après cela, terrifiée par sa
découverte, épouvantée surtout à l'idée d'une
réponse possible, la Sûreté, agissant à la hâte, sans
trop réfléchir, prise de panique à la pensée qu'un
message des Français fût passé en retour, avait donc,
à l'instar des brigands dont le premier soin en cas de
péril est de couper tout lien avec leurs complices, précisément sectionné ce fil, autrement dit la vie de
Shpend Guraziu ?

Oh non !... fit-il aussitôt en se parlant à lui-même.
Quelle que fût la crainte de l'État albanais de voir
s'infiltrer des messages, il avait assez de maturité
pour garder son sang-froid, soumettre Shpend Guraziu à la question afin de lui arracher la vérité. Au surplus, s'ils l'avaient tué eux-mêmes, pourquoi
eussent-ils déclenché cette nouvelle enquête trois ans
après ?

Non, mille fois non ! se dit-il encore.

Mais alors, qu'en est-il ? faillit-il hurler.

D'autres soupçons, plus insensés les uns que les autres, lui zébraient l'esprit comme des éclairs. Et si jamais on avait arrêté Shpend Guraziu à l'instant où il était descendu de voiture pour téléphoner et, dans la foulée, mis en scène sa mort, autrement dit l'écrasement par un bulldozer de quelqu'un d'autre, voire d'un pantin vêtu comme lui, pour pouvoir, dans le plus profond secret, mener l'enquête en le soumettant à la torture ? Et qu'au bout de trois ans d'enfer, il eût fini par craquer et se mettre à table...

Oh non..., gémit-il à nouveau, demandant aussitôt pardon au mort de troubler ainsi son repos.

– Non ! répéta-t-il à voix haute en se tournant vers Edlira. Il doit s'agir de quelque chose qu'ou bien nous ne sommes pas en mesure de saisir, ou bien qui est en soi insaisissable.

Ses yeux semblaient privés de leurs pupilles. En son for, il se dit : une séance de spiritisme, voilà qui serait plus indispensable que jamais...

Il imagina les petites flammes des bougies, la voix du médium priant Shpend de donner signe de vie à ses amis.

Son tremblement ne faisait que s'accentuer.

C'est ainsi, semblait-il, qu'ils se chercheraient l'un l'autre, tour à tour et périodiquement, dans les ténèbres et le néant.

Dans son bureau, Arian Vogli jeta un dernier coup d'œil au dossier Shpend Guraziu qu'il s'apprêtait à expédier d'urgence au Centre.

Il contenait un ancien procès-verbal, dressé trois ans auparavant, lorsque, après que le *prince* n° 017B eut été porté manquant, on avait procédé à toutes les recherches envisagées en pareils cas :

Primo : après qu'on eut établi que le porteur du *prince* était mort alors qu'il en était équipé, on a opéré une perquisition dans son logement pour recueillir le vêtement (une veste fourrée de fabrication occidentale) auquel, d'après le témoignage du technicien de la Sûreté V.M. et celui du magasinier, avait été fixé le *prince*.

Secundo : quatre autres témoins – le conducteur du bulldozer qui causa involontairement la mort de l'accompagnateur, le chauffeur de la voiture de la délégation française, ainsi que deux ouvriers du service de réfection des rues qui se trouvaient sur place – ont déclaré que l'homme, au moment de l'accident, portait le vêtement en question (canadienne beige d'après le conducteur du bulldozer, veste fourrée à l'occidentale selon le chauffeur, manteau trois quarts, brun foncé, suivant les deux ouvriers de la voirie).

Tertio : deux ouvriers des services municipaux qui avaient participé à la mise en bière ont affirmé sans hésitation que, ne pouvant dépouiller le corps déchiqueté de ses vêtements, ils l'avaient inhumé comme il était, avec sa canadienne et le reste de ses effets dans le cercueil. Une fois le couvercle cloué, celui-ci n'a plus été rouvert et par conséquent, le défunt a bel et bien été enterré tout habillé, avec le *prince* 017B.

Quarto : cette enquête s'étant déroulée à l'époque de la « première récolte des *princes* », soit trois semaines après la mort et l'inhumation de la victime, la question de la perte du *prince* 017B, compte tenu des circonstances, a été déclarée close.

L'autre pièce du dossier, le second procès-verbal, était à peine mieux rédigé et plus détaillé que le premier. Outre les précédents témoignages qui y étaient reproduits, il contenait les dépositions des préposés au vestiaire du théâtre, de l'actrice Suzana K. avec laquelle la victime avait eu une brève liaison, précisément à l'époque des faits, à quoi l'on attendait que vinssent s'ajouter les témoignages de deux camarades de bureau de la victime auxquels celle-ci avait vendu des vêtements retirés du magasin spécial et jugés par elle superfétatoires.

On ne peut être plus clair, se dit Arian Vogli après avoir relu la phrase conclusive indiquant que l'inhumation du *prince* en même temps que de la victime était absolument certifiée.

Clair, et même trop, remarqua-t-il. Un esprit tant soit peu finaud eût compris d'emblée que l'enquête sur le costume et la chemise vendus était feinte et n'avait eu pour objet que de laisser penser que l'affaire avait été étudiée sous toutes les coutures.

Il referma le dossier et émit un soupir. Trois ans avaient suffi, songea-t-il, pour les rendre tous cinglés, y compris, tout là-haut, ceux du Centre.

Il avait parfois le sentiment que ce Centre omniscient et omnipotent n'avait vraiment aucun motif de prendre les choses en mauvaise part. Mais, certains jours, il lui semblait que c'était précisément parce que tout le poison remontait jusqu'à lui qu'il risquait d'être le premier à verser dans la démence.

Trois ans ! se répéta-t-il comme s'il prenait subitement conscience de la pire invraisemblance. Les *princes* avaient été semés et récoltés à plusieurs reprises (ils avaient été fécondés et avaient pondu, corrigeait son adjoint) ; ils avaient fait jeter en prison et déporter dans des camps des dizaines de gens, parfois des familles entières, amené toute une ville à parler comme en plein délire et, malgré tout, là-haut, on n'était pas content. On trouvait toujours une raison de faire la grimace. Et voilà maintenant qu'ils s'acharnaient sur ce malheureux. Demain, de quoi serait fait leur nouveau caprice ?

Il se sentit à nouveau les paupières lourdes. Il tourna la tête vers la fenêtre et se dit que c'était la pluie, qui s'était remise à tomber, qui le plongeait dans cette torpeur. C'était une averse oblique, comme pliée, enveloppée d'une brume qui paraissait vouloir la prendre par la douceur afin d'atténuer son déchaînement.

Il contempla un moment les toits ruisselants . Les flocons noirâtres qui se chamaillaient au-dessus des cheminées de la ville lui parurent exprimer à merveille sa colère.

L'anniversaire du Guide approchait. Comme tous les ans, on s'attendait à une montée en flèche du sinistre murmure. À l'instar des gouttières qui collectaient la pluie, ses *frelons* recueilleraient ce bourdonnement humain. Jour et nuit, sans relâche. Parfois, lui-même avait l'impression d'entendre dans son sommeil se dérouler leurs bandes.

À l'image des fées du temps jadis, ils tressaient les fils du Destin.

Parfois, pris d'un courroux encore plus vif que celui de la ville, il avait envie de hurler : Mais fermez donc vos gueules !

Il sombra à nouveau dans la torpeur et se vit comme un moine en haillons à la tête d'une légion qui lui apparaissait tantôt sous la forme de son essaim de *frelons*, tantôt comme une croisade d'enfants en route vers les Lieux saints.

Il appela son adjoint et, lui tendant le dossier, lui dit :

— Complète-le avec les deux derniers témoignages et expédie-le d'urgence au Centre.

— Bien, chef.

À proximité de la porte, Naum ralentit le pas, sachant que c'était l'instant où son chef lui lançait généralement une dernière recommandation.

Il ne s'était point trompé.

— Écoute, Naum, lui dit Arian. Jusqu'à ce que le Centre soit rassuré sur cette affaire, et pour parer à toute éventualité, fais *entreprendre* ceux qui ont eu quelque lien avec la victime. » Et il ajouta : « De jour comme de nuit. »

Son second acquiesça d'un signe de tête.

12

Le grondement étouffé venant d'en haut par vagues incitait les passants à ralentir le pas et à lever la tête. Dans les deux cafés du centre ville, les gens se collaient aux devantures pour s'assurer que ce qu'ils avaient pris peu auparavant pour un roulement de tonnerre était en fait tout autre chose.

Le ciel couvert ne laissait rien passer, hormis ce grondement. À leurs tables, les clients cherchaient à se remémorer depuis combien de temps aucun hélicoptère ne s'était posé dans la ville de B. Certains en tenaient pour trois ans ; d'autres hésitaient.

Beaucoup ne cachaient pas leur émoi. Ils cherchaient des yeux le serveur pour régler leur café et rentrer promptement chez eux. D'autres, notamment ceux qui attendaient depuis longtemps des réponses à leurs requêtes ou à des lettres de dénonciation qu'ils avaient expédiées jusqu'au Comité central, commandaient un second café et le sirotaient avec un regard anxieux, comme chaque fois que courait le bruit de l'arrivée d'une importante délégation de la capitale.

Skender Morina s'approcha de la fenêtre et chercha en vain dans le ciel l'engin volant. Sans trop savoir pourquoi, il attendait avec impatience qu'Edlira prononçât les mots : qu'est-ce que vient faire cet hélicoptère ?

Elle finit par les dire. Il haussa alors les épaules.

— Il y a déjà dix minutes qu'il tournoie, et il ne se pose toujours pas. Sans doute à cause du mauvais temps.

Depuis sa convocation à la section de l'Intérieur, elle ne pouvait chasser un mauvais pressentiment. Confusément, comme des centaines d'autres, elle avait l'impression que cet hélicoptère était venu exprès pour elle.

Arian Vogli avait lui aussi quitté sa table de travail pour scruter le ciel d'un regard glacé. Il était le seul à savoir pourquoi cet hélicoptère allait se poser à B. Sa peur diffuse se mêlait à une soif de revanche et au désir de se colleter au plus tôt aux gens que transportait l'appareil, à quoi s'ajoutait le vœu secret que celui-ci s'écrasât au sol.

Après avoir reçu le dossier Guraziu, le Centre, au lieu de se calmer, comme Arian Vogli l'avait escompté, avait redoublé de nervosité. Après les sévères appels téléphoniques d'environ deux heures auparavant, Arian avait été informé qu'un groupe d'enquêteurs était dépêché à B. pour examiner l'affaire sur place.

Une commission d'enquête pour la perte d'un micro de type « prince » ! se répéta-t-il. Même la perte d'un prince héritier n'aurait normalement pas suscité un pareil émoi, avait-il remarqué en s'adressant à son adjoint. Mais il avait senti que cette plaisanterie, au lieu de le soulager, n'avait fait que lui nouer davantage l'estomac.

Pour la seconde fois, il s'était mis à feuilleter les copies des pièces du dossier. À son vif désappointement, les passages qui, l'instant d'avant, l'avaient rassuré et remonté – par exemple : « Une fois attesté que l'objet avait été enterré avec le corps, il fut unanimement décidé de renoncer à sa recherche... », ainsi que cette formule : « On ne va tout de même pas fouiner dans les tombes comme des hyènes... » – lui paraissaient après coup à double tranchant.

À un moment donné, le vrombissement de l'hélicoptère fit vibrer les vitres. Vous cherchez à m'impressionner ? maugréa Arian Vogli. Faites donc plutôt attention à ne pas vous écrabouiller au sol !

À présent, il souhaitait manifestement leur chute. Le ciel, opaque, semblait être de son côté. Et même, quand le grondement de l'appareil parut un moment s'estomper, Arian faillit s'écrier : C'est ça, retournez crever là d'où vous venez ! Il avait l'impression qu'il suffisait que ce maudit engin disparût pour que tout rentrât dans l'ordre.

Mais le vrombissement reprit, encore plus menaçant. D'un air las, il s'assit à sa table, cala sa tête entre ses mains et attendit.

Ils rappliquèrent une demi-heure plus tard, l'air encore plus sévère et renfrogné qu'il ne s'y attendait. Apparemment, le mauvais temps et les secousses de l'appareil les avaient mis en rogne.

Leurs propos ne furent pas moins aigres. Le Centre s'était attendu à un travail plus rigoureux de cette section sur le dossier du *prince* O17B. Il n'était pas question d'une banale écoute, mais d'un message que les ennemis, trois ans auparavant, avaient réussi, par le truchement de sénateurs français, à communiquer à l'OTAN, à tout l'Occident... D'après des indices très sérieux, ce message est passé, peut-être même la réponse est-elle aussi arrivée, mais nous ne savons rien de précis ni sur l'un, ni sur l'autre. Tout cela à cause de votre stupidité. Car c'est bien vous qui avez perdu le fil qui aurait pu nous conduire à la source du crime. Et, au lieu de vous en préoccuper, vous nous envoyez rapport sur rapport pour excuser cette perte, vous la minimisez et usez de formules de jean-foutre d'intellectuels en allant jusqu'à nous traiter de hyènes, etc.

Une certaine raideur de la nuque, qui se traduisait sur son visage par un air supérieur, commença à flancher puis à mollir avant qu'il ne cédât et se sentît soudain coupable. Toute son arrogance antérieure, en même temps que son impatiente envie de leur cracher en face : Qu'attendez-vous de moi ? ça fait trois ans que je me débats comme un chien, dans la haine et le poison, pour servir la Cause, et, au lieu d'un mot d'encouragement, je n'ai le droit d'entendre que griefs et récriminations, et cela pour quoi ? pour une espèce de *frelon*, un machin pas plus gros qu'un bouton... Toutes les véhémentes protestations qu'il s'était répétées tant de fois, ces derniers jours, pour se donner courage, s'étaient évanouies d'un coup.

— Je suis fautif, dit-il d'une voix traînante. Je me sens coupable à un double titre : d'abord pour ce qui s'est produit, ensuite pour ne pas avoir compris toute l'importance de cette affaire. » Et, au bout d'un moment, après avoir attendu en vain une réponse, il ajouta : « Je suis prêt à faire ce qui sera en mon pouvoir pour racheter ma faute. Dites-moi comment.

Ils s'entre-regardèrent.

— Rien, fit l'un d'eux. Maintenant il est trop tard.

Arian Vogli sentit un vide se creuser dans sa poitrine.

— Je ne comprends pas, reprit-il avec un filet de voix.

Tête baissée, il se figura qu'ils s'étaient à nouveau consultés du regard, mais il ne la releva point pour le vérifier.

— Nous voulons dire qu'en ce qui concerne l'appareil perdu, et par conséquent pour tout ce qui s'y rattache, il est maintenant trop tard.

Évidemment, songea-t-il. Il est trop tard... Au bout de trois ans, qu'attend encore l'ingénieur mort pour perdre corps ?... Cela fait trois ans que le petit prince languit sous terre...

Tout ce qui avait été dit lui revenait distinctement à la mémoire tandis que de là-haut, du ciel, parvenait le grondement de plus en plus faible de l'hélicoptère.

— Il s'en va, constata Edlira en se penchant à la fenêtre, le regard braqué vers le ciel.

Les gens s'étaient à nouveau arrêtés en chemin ou bien penchés aux balcons pour regarder dans quelle direction l'appareil s'éloignait, mais ils n'auraient su dire si son départ précipité était une bonne ou une mauvaise chose.

— Une telle hâte..., fit Skender Morina sans bouger de sa place.

Dans son bureau, Arian Vogli faisait craquer les jointures de ses doigts. Avant que son vrombissement ne s'évanouît tout à fait, l'hélicoptère lâcha un dernier grognement si revêche qu'Arian en éprouva un douloureux élancement dans les oreilles. Elles aussi font la mort..., songea-t-il avec un frisson.

Il resta ainsi un long moment, prostré, vide, comme suspendu au-dessus d'un abîme. Puis il se ravisa : Idiot !

Vraiment, une fois de plus, il s'était mis le doigt dans l'œil en s'imaginant que sa conviction que les États n'aiment guère ceux qui leur apprennent des secrets valait pour les autres, et non pour lui-même.

Étrangement, débarrassé des réverbérations de l'hélicoptère, le ciel ressemblait encore davantage à un étouffoir.

Il entendit frapper pour la deuxième, peut-être la troisième fois à sa porte. Il devina que c'était son second.

Quand celui-ci fut entré, Arian le regarda bien en face, mais sans entendre ce qu'il disait. Finalement, il parut se réveiller et lâcha :

— Jamais je n'aurais pensé que ce minuscule objet finirait par nous écraser.

Naum le considéra avec des yeux ronds et finit par observer :

— Peut-être est-il encore trop tôt pour dire une chose pareille.

— C'est ton avis ?

Son adjoint entreprit de lui rappeler ce jour où ils s'étaient occupés de ce qui, trois ans auparavant, leur avait semblé un incident tout ce qu'il y avait d'excusable : la perte d'un *frelon*, fût-ce même d'un *prince*. À l'époque, alors même qu'un des officiers avait fait remarquer qu'il s'agissait d'un *prince*, Naum lui avait précisément répliqué : Prince ou pas prince, nous n'y pouvons rien, il n'a qu'à l'emporter avec lui dans l'autre monde ! Et un autre y était allé de son allusion aux hyènes.

Arian Vogli tambourinait sur la table comme pour rythmer une chanson. En fait, les paroles « Au bout de trois ans, qu'attend encore l'ingénieur mort pour perdre corps ? » lui revenaient en mémoire sur la cadence d'un air connu où le mot *ingénieur* se trouvait remplacé tantôt par le nom de Guraziu, tantôt par *un geai noir*.

— Écoute, finit-il par lancer à son second. Retrouve-moi les instructions techniques relatives aux *princes* et apporte-les immédiatement.

Quelques instants plus tard, il feuilleta la brochure tout en ronchonnant.

Qu'il l'emporte avec lui dans l'autre monde ! avait lancé autrefois l'un des leurs. Désormais, il ne pouvait se représenter les choses que de manière désespérée : le mort fuyant à travers le chaos avec ce *frelon* collé au corps, avec à ses trousses une meute de poursuivants pareille à un noir tourbillon.

Il compulsa fébrilement les pages. Les *princes* étaient inaltérables à la neige, à la pluie, ils résistaient aux chocs de toutes natures, aux plus hautes comme aux plus basses températures.

Là où tu te trouves à présent, il fait froid, très froid, dit Arian en son for intérieur – puis, subitement, il eut envie de hurler : Mais je te rattraperai !

Oui, si profondément qu'il fût enfoui, ce *prince* ne parviendrait pas à lui échapper... Il remuerait ciel et terre, n'aurait de cesse qu'il ne s'en fût emparé. Je deviendrai même pire qu'une hyène...

Montre-toi, démon ! fit-il en s'apostrophant lui-même.

En cet instant, il croyait vraiment que, tout au long de ses trente-deux ans, sa forme humaine avait eu du mal à camoufler sa vraie nature. Ce n'était pas un hasard si, dès l'âge de quatorze ans, il avait rêvé en permanence de la majestueuse solitude du démon de Lermontov.

Pétrifié, l'adjoint cherchait à comprendre ce qui était en train d'arriver à son chef.

Arian Vogli releva la tête et tint encore quelques propos incohérents. Puis, son discours se faisant de plus en plus délirant, Naum se mit à le considérer avec l'admiration craintive que peut seul inspirer un ange des ténèbres.

Ce qui se passa par la suite sortait si bien de l'ordinaire qu'il était inconcevable de le reconstituer après coup, ni le soir même ni plus tard. Le cerveau de chacun des protagonistes de l'événement ayant connu des « blancs » successifs, le temps avait perdu pour eux son cours uniforme, ce qui se traduisait dans la mémoire des uns et des autres par de brusques arrêts, des accélérations et de tout aussi soudains retours en arrière.

Ce dérèglement, à son tour, avait influé sur l'appréhension globale de l'événement, lequel, opaque, voguait, réduit en morceaux comme par quelque débâcle, plus proche du cauchemar que du monde réel.

L'ordre d'Arian Vogli de trouver et convoquer d'urgence le responsable du cimetière municipal en même temps que les deux fossoyeurs, le rodéo des voitures de la section de l'Intérieur jusqu'au cimetière, l'encerclement de la tombe de Shpend Guraziu (des noms d'autres défunts, gravés dans le marbre au-dessus de leur épitaphe, apparaissaient de part et d'autre comme une haie de curieux sous le lugubre éclairage des projecteurs), le tout accompagné d'aboiements de clébards en provenance du faubourg voisin, de souvenirs de poursuites d'agents de la subversion ou de parties de chasse de dignitaires du régime, souvenirs enchevêtrés par suite de l'ignorance ou de la méconnaissance partielle de ce qui avait motivé cette course folle – tout cela fit que si certains participants se crurent engagés dans une poursuite, ils ne savaient trop si l'objet était un malfaiteur, une bête fauve, un fantôme, ou les trois à la fois.

Cette première impression fut si forte que même lorsque le motif de leur présence en ces lieux devint manifeste, même quand il apparut que ce qu'éclairaient les phares des voitures n'était ni un adversaire à terre, ni une bête sauvage, mais un tombeau, ce sentiment initial ne se dissipa pas entièrement.

Cependant, à côté de la tombe, on avait déployé un grand rectangle de plastique transparent, de ceux qu'on utilise dans les serres ; le responsable de la nécropole, une lampe-torche à la main, donnait des ordres aux fossoyeurs ; les autres assistants, grelottant de froid, contemplaient la tombe. On attendait le chef.

Le temps paraissant toujours aussi immobile, Arian Vogli eut l'impression que sa *Gaz 69* avait fait le trajet jusqu'au cimetière en empruntant non point la route carrossable, mais un chemin de nuages. Il ne fut pas le seul à éprouver pareil sentiment. Des années plus tard, l'un des fossoyeurs devait encore affirmer avec force qu'il était tombé du ciel, comme l'Ange de la mort.

Sous les directives d'Arian Vogli commença l'exhumation du cadavre. On entendit le bruit des pelles et des pioches, accompagné d'un murmure évoquant des prières. Attention, dit quelqu'un d'une voix ténue. Les fossoyeurs avaient heurté les planches du cercueil. Sous la pression, celui-ci s'était tassé. Impossible de l'extraire, lança un des employés qui était descendu au fond de la fosse ; il ne fait plus qu'un avec la terre et les os. Arian Vogli sortit de son hébétude : Eh bien, recueillez toute la terre et les ossements avec !

Il entendit son ordre répercuté à deux ou trois reprises ; ainsi proféré par d'autres, il lui parut saugrenu.

Ramassez la terre avec les ossements, et déposez-le tout sur le plastique.

Le tas de terre noirâtre montait inexorablement. Perdus dans cet amoncellement, les os se discernaient à peine. La terre est gorgée d'eau, songea

Arian Vogli ; cela suffit à désagréger les corps, mais pas le timbre des voix.

Le petit prince..., soupira-t-il encore à part soi. Le pauvre petit prince mort...

Quand la quantité de terre amoncelée fut jugée suffisante, les fossoyeurs soulevèrent le tout en tenant la pièce de plastique par les quatre coins, puis la chargèrent avec peine sur le camion.

Sur le chemin du retour, les chiens du faubourg voisin se remirent à aboyer.

Au laboratoire de la section de l'Intérieur, les spécialistes, les mains dans des gants en caoutchouc qui leur montaient jusqu'au coude, attendaient en silence.

Il fallut six hommes pour descendre le chargement, devenu très lourd, et le porter jusqu'au laboratoire. Là fut aussitôt entrepris le tamisage de la terre afin d'en extraire les ossements.

Debout, bras croisés, Arian Vogli regardait se mouvoir fébrilement les mains des préposés à cette tâche. À l'apparition du crâne, il murmura pour lui-même : Tu as beau serrer les mâchoires, je t'arracherai ton secret !

De temps à autre, il sentait un frisson lui parcourir l'échine. Déjà, au cimetière, le froid l'avait pénétré jusqu'à la moelle des os.

Peu après minuit, un des trieurs découvrit le premier bouton de la veste fourrée, ce qui encouragea ses collègues. Une demi-heure plus tard, on retrouva le *prince*.

Les yeux écarquillés, Arian Vogli contemplait le petit objet sans s'expliquer pourquoi il ne parvenait pas à se réjouir. Les autres, à ses côtés, ahanaient de fatigue, examinaient leurs mains, puis se regardaient les uns les autres. C'est alors seulement qu'ils se rendirent compte qu'autour d'eux, le dallage du laboratoire, les tables, et jusqu'à eux-mêmes, tout était maculé de boue. Leur visage bistre presque figé, ils se tenaient dans l'expectative autour du magnétophone miniature.

Quand le *prince* fut débarrassé de la terre qui l'enveloppait, Arian Vogli éprouva de nouveau comme un sentiment de culpabilité, mais, cette fois, encore plus aigu. Le pauvre petiot, égaré, rejeté, oublié sous terre pendant toutes ces années, semblait être de retour pour réclamer justice.

Arian secoua la tête dans l'espoir de dissiper tout à la fois sa fatigue et ses idées noires, mais ces dernières étaient trop fortement ancrées en lui. La conscience de sa faute, mêlée à un mauvais pressentiment, le rongeait si profondément qu'il fut sur le point d'implorer la clémence de l'objet lui-même : pardonne-moi, ô seigneur et prince !

Les autres aussi croyaient vivre un cauchemar. Le technicien qui s'occupait de l'appareil avait les mains qui tremblaient. Appuyant sans désemparer sur les touches, il tendait l'oreille pour capter quelque voix, faisait revenir la bande au début, puis la faisait repartir en sautant les blancs.

À un moment donné, ils perdirent espoir, mais, entre les grincements, ils tombèrent subitement sur des voix. Les premières étaient traînantes, étouffées, on eût dit des accents venus de l'au-delà.

Arian plissa le front, puis, machinalement, chercha des yeux le crâne du défunt comme quelqu'un qui, après des propos indistincts, cherche à lire les mots de son interlocuteur sur ses lèvres.

Mais le crâne, négligemment jeté par terre, gardait les dents serrées.

— La bande, apparemment, a été abîmée par l'humidité, marmonna l'un des techniciens.

— Après être restée si longtemps sous terre, c'est compréhensible, observa Naum.

Arian Vogli leur fit signe de se taire. On continuait d'entendre des voix pâteuses, comme engluées dans l'ombre. Les mots étaient indiscernables, mais on comprenait que la conversation se déroulait en deux langues.

Ils s'entre-regardèrent, les yeux remplis d'espoir. Peut-être allait-on remonter quelque chose de l'abîme ? Quelques bribes allaient bien émerger de ce galimatias...

Un grésillement prolongé, probablement dû à un défaut de l'enregistrement, suscita leur contrariété et creusa davantage les rides de leurs visages.

— Un moteur de voiture, expliqua le technicien.

— Saute ce passage, ordonna Arian Vogli.

Au bout d'un instant, ils retombèrent sur une conversation ; cette fois, l'autre voix était féminine.

— Je crois que c'est cette gourgandine de comédienne, fit l'un des officiers.

Le chef lui intima l'ordre de se taire. On entendit comme un râle. Puis, de nouveau, la voix de cette femme, tout aussi traînante que les autres.

— Plus loin, fit le chef.

Un crépitement se fit entendre, entrecoupé de cris lointains.

– Des applaudissements, commenta le technicien d'un ton dédaigneux. Il doit s'agir de la représentation de *la Mouette*.

Arian Vogli ferma les yeux ; c'était seulement ainsi, avait-il l'impression, qu'il était à même de se remémorer cette soirée. Les gens lui apparaissaient flous et distants, de la consistance d'une neige d'antan. Ils n'entraient au théâtre ni n'en ressortaient, mais ne faisaient que tournoyer dans le crépuscule...

À chaque signe qu'il lui adressait, le technicien sautait les blancs. Rarement ils tombaient sur des propos articulés et il se rappela son ancien malaise, lorsqu'il cherchait à se représenter ces béances de l'Univers où les corps célestes errent de loin en loin.

– La nuit..., fit le technicien en regardant le chef, dans l'attente des ordres.

Le passage correspondant à la nuit était à l'évidence le plus long. La conversation qui suivait, celle du lendemain matin, s'entendait plus distinctement ; du moins fut-ce leur impression maintenant qu'ils s'habituaient au marmonnement. Le dialogue se déroulait à nouveau en deux langues et, grâce au peu de français qu'il avait appris, Arian crut saisir les mots « aidez-nous ».

– Reviens en arrière, fit-il d'une voix âpre. Monte le son.

Tous se tendirent et approchèrent leurs têtes de l'appareil.

Amplifiée, la voix du mort évoquait encore plus désolément la fosse d'où elle sortait. Arian Vogli remarqua que les autres non plus ne pouvaient s'empêcher de jeter à la dérobée des regards au crâne couvert de boue.

Encore plus putréfiée que le corps, la voix redevint pâteuse, comme d'un individu à la langue coupée. Arian Vogli n'était plus assuré d'avoir entendu les mots « aidez-nous » ; il se demandait s'il ne les avait pas lui-même inventés, tant et si bien qu'à un moment donné, il crut même les entendre prononcer en albanais. Dans cet idiome, le mot *ndihmë* lui parut encore plus macabre.

Ndihmë, se répéta-t-il. Il n'avait encore jamais remarqué combien le mot *ndih,* peut-être à cause de sa similarité avec *mih,* qui veut dire « creuser », paraissait avoir été engendré par la terre.

Më mih, creuse-moi..., reprit-il. *Mihmë*... Il avait maintenant l'impression que le mort l'avait appelé de sous terre et que lui-même avait exaucé son vœu : il l'avait exhumé...

L'appareil laissa à nouveau entendre le bruit du moteur de la voiture, puis le claquement des portières et la voix du mort, cette fois semblable à un cri, qui disait : Allô, allô !

Un bruit sourd, suivi d'une sorte d'effondrement traversé en son milieu d'un « Oh ! », se distingua nettement.

– L'instant du trépas sous le bulldozer, expliqua le technicien.

Ils réécoutèrent ce passage et, à chaque fois, le « Oh ! » du mort leur paraissait plus aigu.

Puis ils entendirent les voix des gens attroupés autour du corps, les sirènes de l'ambulance ou du véhicule de police...

Les médecins comme les policiers. Même eux font partie de ce monde-là..., se dit Arian en frissonnant.

Ils sautèrent un long passage pour en arriver à l'enterrement. L'appareil étant maintenant placé dans le cercueil, les bruits étaient devenus plus étouffés : les pas des gens au cimetière, un discours et, pour finir, la descente au fond de la fosse. Après le choc mat des mottes tombant sur les planches, le silence se fit plus profond. Mon Dieu, se dit Arian Vogli, c'est donc cela, ce qu'on appelle un silence sépulcral...

Glacé, il écouta jusqu'au bout ce vide. Il était certainement le premier être au monde à se trouver ainsi directement branché sur le silence de la mort. Dès lors, il pouvait se targuer d'être réellement descendu au royaume des ombres.

L'horloge murale en bronze sonna deux heures. On était avant l'aube du 13 octobre.

Autour de lui, chacun arborait un air lugubre. Il entrouvrit les lèvres pour parler, mais il sentit sa langue alourdie, comme si le mort lui avait transmis son élocution pâteuse. Quand il était gosse, se souvint-il, un de ses camarades bègue lui communiquait ainsi parfois son défaut de prononciation.

Prééé-veee-neeez leee Ceeen-trree, murmura-t-il avant de proférer la phrase à voix haute. Il sembla bien qu'il l'articula de cette façon, hormis le mot *Centre* qu'il eut plutôt l'impression de prononcer comme quelque chose d'intermédiaire entre « centre » et « ciel ».

13

De la neige à la mi-octobre ! Le président de la commission chargée de réunir les cadeaux pour l'anniversaire du Guide se frotta les yeux. Puis, s'étant approché de la fenêtre, il sourit distraitement. C'était la seconde fois de l'après-midi qu'il avait les yeux qui papillotaient.

Il tira de sa poche son paquet de cigarettes, mais, s'étant rappelé que l'épouse du Guide pouvait survenir à l'improviste, il le remit prestement dans sa poche.

Son vertige et l'espèce de voile couvrant ses yeux lui paraissaient ce qui pouvait lui arriver de plus bénin après cette semaine insensée.

Les présents affluaient chaque jour des quatre coins du pays. La directive était stricte : tous devaient être acceptés, quels qu'en fussent les expéditeurs – organisations du Parti, particuliers, administrations, pionniers, femmes célibataires, équipages de sous-marins, vieillards des hospices, gardes des miradors, prêtres défroqués, prostituées repenties, détenus. C'était la première fois qu'étaient aussi admis les dons provenant d'asiles d'aliénés. Le docteur H., camarade d'enfance du Guide, l'en avait, disait-on, persuadé. Quant aux envois anonymes, comme l'étaient généralement ceux de ses adversaires (le plus souvent une dent ou bien un bout de barbelé), ils étaient, comme à l'accoutumée, expédiés directement aux laboratoires du ministère de l'Intérieur pour relevé des empreintes.

Le président de la commission poussa un profond soupir. Deux semaines auparavant, quand on l'avait désigné pour ce rôle, tout le monde l'avait congratulé en lui souhaitant une promotion prochaine. Lui-même, bien qu'il ne s'en fût ouvert à personne, s'était dit que le poste de vice-président de l'Académie des

Sciences, son rêve depuis maintes années, avait l'air enfin à sa portée.

Il comprenait maintenant combien il avait été trop pressé. Dans l'éclairage fantasque de cette fin de journée, de la montagne de cadeaux paraissaient émaner des reflets quasi hostiles. Non seulement les portraits et les bustes, mais également les broderies, les armes anciennes rehaussées d'argent, les *lahutas* et les flûtes lui semblaient dégager un éclat grisâtre et glacé, ricanant. Même les objets que, la veille encore, il avait considérés comme des présents on ne peut plus classiques et sûrs, tels les poèmes et les pièces d'auteurs nationaux, ou bien les éditions des Œuvres en langues étrangères, lui inspiraient à présent un sentiment d'insécurité.

Bien que d'une nature différente, les autres présents ne lui semblaient guère plus rassurants : le premier baril de pétrole tiré en l'honneur de cet anniversaire d'un puits tout juste foré, un morceau de fonte de la première coulée d'un haut-fourneau, le premier pain confectionné à partir du blé d'une terre montagneuse, le premier lingot d'or... Le Guide pouvait s'écrier : Suffit, ras-le-bol de tout ça, il y a quarante ans que j'en ai par-dessus la tête, vous n'avez donc rien trouvé de mieux ? Et, à propos du lingot, les choses risquaient d'encore plus mal tourner : Qu'est-ce que ce lingot, là ? Suis-je un banquier pour que l'or me fasse de l'effet ? Et puis, vous n'avez pas entendu les ragots de nos adversaires à propos de... ?

Le président de la commission sentit sa gorge se nouer. Après la nuit blanche qu'il venait de passer, il décida d'ailleurs de retirer le lingot, mais ses doutes le reprirent aussitôt. Et si on venait à lui demander : pourquoi donc as-tu retiré cet or ? Serait-ce parce que tu as prêté cas à ces rumeurs immondes ? Mais ne serais-tu pas plutôt de ceux qui les répandent ?...

Il laissa le lingot en place, mais, bien qu'il s'efforçât de ne point tourner les yeux dans sa direction, son éclat paraissait le railler à distance.

Dès lors, il fut convaincu que le danger s'était propagé partout : des statuettes prélevées de fraîche date sur le théâtre antique de Durrës aux tapis et au bélier aux cornes tarabiscotées, seule créature vivante parmi ces objets inanimés, au livre transpercé d'une balle, aux tresses, aux pommes, au baklava de cent quarante abaisses confectionné par une vieille femme de Gjirokastër, aux moulins à café, aux carnets scolaires avec la meilleure note dans toutes les matières, et jusqu'aux poèmes d'aveugles.

Il s'estimait perdu. Même si Lui ne pensait pas à mal, d'autres l'y pousseraient. À coups de lettres anonymes, de calomnies.

Le président de la commission s'était déjà fait tant d'ennemis en l'espace de ces quelques jours ! Les ministères rivalisaient à qui aurait l'honneur d'envoyer le plus de cadeaux. Comme toujours, la Défense se plaignait de la Culture, celle-ci de l'Économie, et les deux dernières des Affaires étrangères. Cette jalousie avait contaminé les comités de district du Parti, les associations d'anciens combattants, le comité central de la Jeunesse, la minorité grecque. Et toute cette colère allait finir par se déverser sur lui. Chacun chercherait à déprécier les cadeaux acceptés pour rehausser les siens. On s'emploierait à débusquer en tout des intentions suspectes : dans les pipes de bruyère, dans la balle extraite au bout de quarante ans de l'épaule d'un vétéran, dans tout et n'importe quoi.

Son regard se porta sur les présents des asiles d'aliénés. Saugrenus, défiant l'imagination, capables de susciter l'hilarité au cœur de l'horreur ou bien, à l'opposé, remisés dans le coin le plus reculé. Le cadeau de la vieille voyante Hantché Haidié de la Grande Peza, un miroir prétendument magique, avait été placé parmi ce tas. De ce côté-là au moins je suis tranquille, se dit-il. Le docteur H., qui avait tant insisté pour que ces dons-là ne fussent pas écartés, n'avait qu'à en répondre.

À nouveau il poussa un profond soupir. N'importe qui pouvait être frappé en Albanie, sauf le Docteur. Ces derniers temps surtout, il était le seul à qui le Guide faisait totalement confiance. Ils restaient ensemble des heures entières, disait-on, dans une pièce isolée de la résidence. Nul ne savait à quelles fins. Certains murmuraient que le Docteur lui lisait à voix haute des poèmes en français. D'autres, qu'il lui tirait les cartes.

Il attendait que s'écoulât cet interminable après-midi. D'ici deux heures, trois tout au plus, peu avant l'ouverture du banquet, après que lui auraient été désignés les cadeaux sélectionnés, peut-être aussi le Superprésent, si toutefois il y en avait un, le ciel pour lui se serait dégagé.

Le bélier faisait par intervalles tinter sa clochette. Il considéra la bête avec une certaine compassion, puis consulta sa montre. Les hautes baies donnaient sur un tronçon du Grand Boulevard. Bien qu'il fît encore jour, les lampadaires étaient déjà allumés. On avait annoncé que la grande fête n'aurait pas lieu mais se limiterait à un simple banquet. Pourtant, même ainsi, incélébrée, imprégnée de l'odeur du danger, elle diffusait autour d'elle un sentiment de commisération.

Il s'assit sur l'un des sièges tout en s'efforçant de ne penser à rien. Lui-même n'aurait su dire ce qui le tira de sa torpeur : le bruit qui se fit entendre derrière la porte ou bien le tintement de la clochette du bélier. Il n'en était pas moins debout quand la femme fit son entrée.

Polie, à son habitude, elle lui dit qu'elle disposait de fort peu de temps.

Je vous comprends, répondit-il. Par un jour pareil...

Elle défila avec lenteur devant la masse de cadeaux bien rangés. Tandis qu'il lui donnait de brèves explications sur chacun, elle gardait le silence, n'émettant que de loin en loin une appréciation... Vous pouvez sélectionner pour aujourd'hui quelques cadeaux, le premier choix. Nous lui présenterons les autres plus tard... Ce portrait me paraît réussi. Une autre peinture serait superflue. Peut-être aussi un buste ? Ces deux pommes, par exemple, sont peu de chose, mais il est toujours extrêmement sensible à de pareilles offrandes. Le bouquet d'œillets aussi ; d'autant plus qu'il a été envoyé par des Albanais de la diaspora. Mais ce bélier, que vient-il faire ici ?... Il s'efforça de le lui expliquer, mais il sentait son assurance le quitter. On avait recommandé d'accorder la préférence à des cadeaux personnalisés pour ne pas voir revenir sans relâche les mêmes offrandes traditionnelles. Le ministre de l'Agriculture et de l'Élevage avait eu à cœur de choisir lui-même ce cadeau, surtout à cause des cornes. Comme on pouvait aisément le remarquer, les cornes du bélier dessinaient un « E » et un « H », autrement dit les initiales du Guide.

Avant de lui poser la question à voix haute, elle la lui exprima du regard : quelle signification cela peut-il avoir ?

Il écarta les bras. En fait, la signification éventuelle ne pouvait être que très indirecte... poétique, sans doute... Maudit bélier ! marmonnait-il. Il lui sembla discerner à présent sur l'une des cornes la trace d'un collage destiné à rafistoler la lettre « H ». Mais, Dieu soit loué, la femme ne l'avait pas remarqué.

De quelque côté qu'on le regarde, je ne trouve pas qu'il suggère quoi que ce soit, dit-elle.

Dès lors, lui aussi eut l'impression que non seulement ces cornes ne voulaient rien dire, mais que l'on pouvait, si l'on y tenait, leur trouver une signification fâcheuse relevant du mysticisme, voire de la génétique, tenue pour une science décadente... Ministre borné ! laissa-t-il échapper d'une voix sourde pour se défouler.

— Vous avez raison, dit-il d'un ton assuré. On ne peut lui trouver la moindre signification.

Il se tenait alors en arrêt devant le baklava et lut le message qui l'accompagnait.

— Voilà un cadeau qui sera particulièrement à son goût, dit-elle. Il est toujours touché par les présents de vieilles femmes. Ça lui rappellera sa mère. D'autant que celle-ci appartient à l'antique famille des Hankoni, qui habite non loin de chez lui. Très bien, très bien, sauf que... Elle hésita un instant avant de poursuivre : – Sauf qu'il faudrait enlever le petit texte expliquant qu'il s'agit du tout dernier baklava de cette vieille...

— Très juste, fit le président de la commission en prenant note de cette remarque sur un petit calepin qu'il tirait de temps à autre de sa poche.

Il ne parvint pas à savourer ce répit, car le front de son interlocutrice s'était à nouveau plissé.

— Qu'est-ce que fait ici ce lingot d'or ? À quoi riment ces extravagances ?

Il eut bien du mal à lui expliquer sa présence, elle ne voulait rien entendre... Il ne s'agissait pas d'un cadeau en soi. Il était au plus haut point symbolique. On voulait par là lui montrer, en espérant qu'il s'en réjouirait, que les fondeurs de cuivre de Rubik étaient parvenus pour la première fois à extraire cet or du minerai... Mais elle ne dissimulait pas son irritation. La contrariété que lui avait causée ce lingot retomba sur le présent du ministre de l'Intérieur : un ouvrage du Guide, transpercé sur la poitrine d'un garde par une balle tirée par un individu qui avait tenté de franchir illégalement la frontière.

— C'est une variante contemporaine du livre transpercé d'une balle durant la guerre sur la poitrine d'un partisan... Tous les écoliers connaissent cette histoire.

Le président de la commission jugea superflu de lui rappeler que, dans le cas du partisan, le livre en question n'était autre que l'*Abrégé d'histoire du P.C. de l'Union soviétique*... Débrouille-toi maintenant avec le ministre de l'Intérieur, songea-t-il à part soi. Celui-ci était si fier de son cadeau qu'il le voyait déjà remporter la palme pour cette année.

Il fallut un certain temps pour que se dissipât la colère de l'épouse ; elle se calma quelque peu en passant devant les dons des pionniers, mais elle ne fut définitivement radoucie qu'à la vue des présents des sismologues, des artistes de l'Opéra et du corps de ballet, et surtout d'un groupe de tziganes qui promettaient au Guide, à l'occasion de son soixante-quinzième anniversaire, de s'enraciner dans quelque hameau et d'accepter de se doter de papiers d'identité.

Elle donna encore son avis sur une série d'autres envois : minerai de chrome enrichi à quatre-vingt pour cent, partitions musicales, pipes sculptées, dentelles, pétrole..., mais on sentait bien qu'elle ne parvenait pas à se concentrer. Elle ne cessait de consulter sa montre.

— Je ne tiens pas à voir les présents de détenus, dit-elle. Franchement, pour ce qui me concerne, je ne les aurais pas acceptés, mais lui, toujours aussi magnanime, a consenti à ce qu'ils lui en envoient.

— Je comprends, fit le président de la commission. Il l'a fait pour leur donner une petite satisfaction.

Ils se trouvaient tout au fond de la salle où avaient été remisés les cadeaux provenant des asiles d'aliénés.

— Quant à ceux-ci, lâcha-t-elle sans cacher son exaspération, que le Docteur s'en occupe. Il prétend qu'on peut en extraire des enseignements cachés. Grand bien lui fasse !

Elle consulta de nouveau sa montre.

Avant de s'éloigner, elle exprima le vœu que, cette année, il n'y eût pas de Superprésent. Elle suggéra que, parmi les cadeaux sélectionnés qui seraient offerts au cours de la soirée, figurassent aussi le baklava qui symbolisait, pouvait-on dire, le peuple dans son entier, le bouquet d'œillets qui représentait la diaspora, ainsi que le volume des Œuvres publié au Brésil. Quant au livre transpercé d'une balle, elle en parlerait elle-même au ministre.

— Et pour la sphère économique ? interrogea-t-il timidement.

— Hum... Vous avez raison. Vous n'avez qu'à choisir vous-même. Mais, franchement, ce seau de pétrole, même présenté dans un coffret en plastique, ne me convainc guère...

Il sourit.

— Vous n'ignorez pas que, d'enthousiasme, le camarade ministre, quand ce pétrole a été extrait du puits 103, en a avalé plusieurs gorgées...

— ... et qu'il a été hospitalisé ensuite pendant une semaine en posant au martyr ! enchaîna-t-elle avec sarcasme.

Après l'avoir saluée, il la suivit des yeux tandis qu'elle se dirigeait à pas menus vers la sortie.

Se sentant relativement plus léger, il rebroussa chemin et contempla pendant un bon moment la salle sur laquelle se déployaient les premiers voiles du crépuscule.

Son regard passa en revue la longue succession d'objets. Le bélier qui, à son vif étonnement, était resté tout le temps paisible, se mit de nouveau à secouer sa clochette. Les yeux las du président de la commission se portèrent sur les tapis, le livre percé, les pièces de théâtre, le lingot d'or qui, au bout du compte, n'avait pas provoqué de malheur ; il soupira derechef. À la vue du seau rempli d'un pétrole presque noir vinrent s'associer dans son esprit l'image du ministre en train de le boire, et son propre destin futur. Quel cinglé ! pensa-t-il. Que se passerait-il si tout le monde se mettait, qui à mastiquer du minerai, qui à avaler Dieu sait quoi ? Malgré lui, il se représenta le ministre de l'Intérieur tenant un seau de sang entre ses mains...

Il secoua la tête comme s'il avait voulu chasser de son esprit cette vision macabre, ce qui ne l'empêcha pas de s'essuyer les lèvres d'un geste rageur.

Entre-temps, la femme longeait la rue, suivie de sa voiture et de son garde du corps personnel. Sa résidence n'était située qu'à deux cents pas du bâtiment du Comité central et, malgré le temps humide, elle avait tenu à faire ce bout de chemin à pied.

Quoique les appliques en forme de chandeliers du premier étage fussent encore pour moitié éteintes, on sentait planer dans la vaste demeure une atmosphère de fête. Des profondeurs d'un des appartements réservés aux brus montait un air de musique. L'officier de la garde assis sur l'un des sièges rangés de part et d'autre du vestibule se dressa. Comme elle lui demandait où se trouvait son mari, il répondit à voix basse :

– Il est avec le Docteur.

Encore ! fit-elle à part soi. Elle consulta une nouvelle fois sa montre, puis demanda où était « Zalo », comme on surnommait, pour une raison désormais oubliée, son Double.

D'un mouvement du menton, l'officier de la garde désigna l'une des portes.

Elle ouvrit sans frapper. Devant un miroir, deux coiffeurs-maquilleurs étaient occupés à arranger la chevelure de l'homme qui était susceptible de remplacer son mari durant la soirée.

Rien n'était encore arrêté, mais elle n'en ressentait pas moins une certaine anxiété. C'était la première fois que le Double, comme on désignait désormais son sosie, risquait d'être mis à l'épreuve d'une soirée officielle.

Depuis quatre ans, on avait eu recours à lui dans tous les déplacements à l'intérieur comme hors de la capitale. On avait aussi fait souvent appel à lui pour les promenades à pied au crépuscule en bordure de mer, notamment au cours de l'été précédent. Mais, hormis lors d'une rencontre avec des représentants de la minorité grecque des villages du Sud, on n'avait encore osé le faire paraître en public. Pour cette soirée qui allait débuter, l'épouse du Guide s'y était montrée résolument hostile. Un pressentiment relevant de la superstition et qui s'était récemment réveillé en elle lui faisait redouter cette substitution, à plus forte raison à l'occasion d'un anniversaire. Elle avait l'impression que ça Lui porterait malheur ; elle voyait d'ici sa vieille mère, si elle avait été encore en vie, Lui disant : Ne fais surtout pas une chose pareille pour ton anniversaire, mon fils ! On n'invite pas une ombre à table pour une soirée comme celle-là !

Elle capta le regard du Double dans le miroir : hébété, interrogateur, une lueur coupable figée dans chaque prunelle.

Depuis ce dernier été passé à Durrës, chaque croisement de leurs regards provoquait une sorte de décharge glacée, vénéneuse, qui ne portait de nom en aucune langue. Sans être de l'hostilité, c'était aux antipodes de la bienveillance. Une sorte d'antiregard.

Tout ce malaise dans sa vie à elle avait commencé le jour où son mari lui avait lancé en plaisantant : Pars donc pour Durrës me tromper avec mon Ombre !

Ils étaient en villégiature depuis une quinzaine de jours en Albanie orientale, sur les rives du lac d'Ohri, alors que, conformément à une pratique récente, sa Sécurité personnelle avait répandu le bruit qu'il se trouvait sur la côte, vers Durrës. Les lampes étaient allumées chaque soir dans toutes les pièces de sa villa du bord de mer devant laquelle stationnaient les voitures officielles. Des courriers allaient et venaient. Pour rendre le tout encore plus crédible, son sosie, au crépuscule, se promenait nonchalamment sur le sable.

Vers la fin de la seconde semaine, une rumeur colportée sur la plage réservée aux dirigeants avait conduit le ministre de l'Intérieur à se rendre en personne au bord du lac de montagne coincé entre les cimes. La solitude du Guide avait été remarquée... C'était la première fois qu'il prenait ses vacances seul, sans son épouse... Il fallait agir d'urgence... C'est ainsi qu'elle était partie pour Durrës dans le but d'étouffer ces cancans...

Au crépuscule, pour la première fois de sa vie, elle s'était promenée au bord de l'eau au bras d'un autre homme.

Elle en avait éprouvé une sensation inaccoutumée. Elle avait froid, tout en ressentant du mépris pour cet homme qu'elle accompagnait ; mais, surtout, elle avait peur. Par moments, elle croyait avoir à son bras l'enveloppe de peau, une mue de son propre époux, et, sur l'instant, l'envie la prenait tout à la fois de rire et de pleurer.

Toute sa vie elle lui avait été fidèle pour, comme il disait, le trahir maintenant avec un fantoche ?

Tout était biaisé, artificiel, comme la réalité dans un miroir. Sous la manche du manteau noir, elle sentait le tressaillement de l'homme-ombre. La pensée qu'elle pourrait devenir un jour l'épouse de cette forme creuse l'effleura discrètement, comme un insecte agaçant. C'était sa mère qui, la première, lui avait suggéré que la mort de son mari, quand le bon Dieu l'apporterait, fût gardée secrète. Elle avait bouilli de colère et lui avait lancé : « Mère, qu'est-ce que ces sornettes ! », mais la vieille avait insisté : ce n'était pas seulement pour son bien à elle et celui de ses enfants, mais pour celui de l'État tout entier. D'autres, par le passé, avaient fait de même.

Par la suite, elle avait senti que cette idée, sans oser se présenter ouvertement, vaguait en elle de-ci, de-là. De fait, d'autres aussi avaient agi ainsi : non seulement dans les temps anciens, mais tout récemment encore. Les communistes japonais avaient tu le trépas du premier secrétaire de leur parti, Tokuda, pendant près de vingt ans. Quant à Mao, on n'était pas du tout sûr qu'il eût réellement vécu jusqu'au jour de sa mort déclarée. Parfois, surtout quand elle était prise de somnolence, elle inclinait à penser qu'un certain nombre de dirigeants communistes prétendument en exercice gisaient en fait déjà sous terre, remplacés à leur poste par des sosies. On ne pouvait même pas exclure que certains fussent des doubles des doubles, et ainsi de suite, comme dans un cauchemar. Sinon, comment expliquer le prompt étiolement, la sorte de dégénérescence physiologique des hauts dirigeants communistes au cours de ces dernières années ?

Elle nota soudain que les maquilleurs avaient interrompu leur travail, sans doute dans l'attente d'une observation de sa part.

Sans mot dire, elle referma la porte.

Le Double fut le premier à émettre un soupir de soulagement. Les mains des maquilleurs se détendirent à leur tour. Parmi tous ceux qui étaient à même de les critiquer dans leur tâche, c'était incontestablement elle, l'épouse, qu'ils redoutaient le plus. Jamais satisfaite, elle estimait qu'ils le faisaient paraître tantôt plus jeune, tantôt plus âgé.

Lui-même ne savait trop quelle contenance adopter. Manifester sa reconnaissance de s'être vu confier ce rôle pouvait paraître de la fausse modestie ; mais laisser au contraire paraître de la fierté risquait aussi d'être mal pris : on pourrait penser qu'il se donnait des airs et se vantait de mérites qui n'étaient pas les siens, etc. Il avait noté que les gardes de l'Autre, quand ils étaient contraints de le servir, manifestaient ouvertement leur dédain à son endroit. Une fois même, il eut l'impression d'avoir été poussé avec brutalité dans une voiture. Un autre jour, il avait entendu ce commentaire de l'un d'eux : Ce mariole croit peut-être qu'il est vraiment devenu le Patron ? Une autre fois encore, il avait été plus impressionné ; le suppléant du gorille-en-chef avait soufflé à l'un de ses hommes : J'ai parfois envie de lui planter mes ongles dans la gorge... Et, comme si ce n'était pas assez, il avait ajouté : Ma parole, s'il arrive la moindre bricole au Patron, le premier que j'égorgerai, ce sera lui. Je le dévorerai tout cru, avec toutes ses pelures !

Il avait voulu revenir sur ses pas et demander : Mais pourquoi ?... Plus que de peur, le sentiment qu'il avait éprouvé était fait de tristesse. Puis la terreur avait fini par le submerger : et si, poussés par une impulsion aveugle, ils le massacraient pour de bon afin de mystifier la Mort elle-même, si l'on pouvait dire, comme on le faisait dans les tribus primitives ?

Souvent il s'affligeait : ce n'était pas assez qu'en cas d'attentat ce fût lui qui tînt le rôle principal : attirer la Mort ; eux aussi risquaient alors d'y passer, mais c'était lui que la Faucheuse viendrait cueillir le premier.

Après un accès de colère, cette vision avait en général le don de le faire s'attendrir sur lui-même. Il s'imaginait criblé de balles, par terre, la mort de l'Autre logée dans son propre corps. Alors au moins on lui dirait merci !

Sa mort à lui serait gardée secrète. On annoncerait que le Guide avait échappé à un attentat dont il était sorti indemne.

Pendant quelques jours, les rôles seraient inversés. Ce serait le Guide qui deviendrait son double. Au moins le temps de trouver un autre sosie...

À nouveau il eut l'impression que les mains des maquilleurs le traitaient avec rudesse et il fut sur le point de laisser filtrer un gémissement intérieur : Malheureux que je suis !

À qui pouvait-il se plaindre ? Le chef de la garde le considérait tout aussi fraîchement que les autres. Quant à l'épouse du Guide, depuis leurs promenades côte à côte au bord de la mer, il avait le sentiment qu'elle le détestait.

Ces promenades avaient été la plus grande torture de toute son existence. Quand elle lui avait pris pour la première fois le bras, il avait senti ses genoux flageoler. Au début, une sorte de douce euphorie lui avait envahi la poitrine. Le soleil venait de se coucher, mais, à l'horizon, subsistait encore sur la mer une couche de brume rosée. Machinalement, sans même s'en rendre compte, il s'était mis à parler. Il avait prononcé des mots simples, de ceux qui concernent le couchant, la mer, mais ses réponses à elle avaient été si sèches qu'il avait ravalé ses paroles. Qu'est-ce que j'ai fait là ? avait-il failli s'exclamer. Bien sûr, il lui avait parlé de choses banales, à elle qui était habituée à n'entendre que des idées géniales. Je vous prie de m'excuser, avait-il marmonné – mais elle lui avait répliqué : De quoi ?

Elle lui avait redemandé « De quoi ? », et il avait encore perdu davantage les pédales. Il avait le cerveau brouillé, les idées sens dessus dessous dans son crâne. Il avait été tenté de lui dire qu'il éprouvait envers elle un si profond respect que... que... depuis qu'il était devenu le Double, il ne pouvait même plus coucher avec sa propre femme... Mais il n'ignorait pas que c'étaient là des mots qu'il ne pourrait prononcer ; y penser même lui avait paru un péché. Car, en fait, les choses avec son épouse s'étaient passées tout différemment. À peine avait-elle appris sa nouvelle affectation qu'elle avait été prise d'une excitation extrême. Dieu sait ce qui lui était passé par la tête ! Lui, au contraire, s'était de plus en plus réfrigéré. Elle se fâchait, allant parfois jusqu'à l'insulter : Tu te prends vraiment pour le Guide, hé, gros bêta ? Puis elle le traitait par la douceur, s'inquiétait de ce qu'il avait : Reviens à toi, cesse donc d'être dans les nuages... Il essayait de lui expliquer : ce n'était pas affaire de vanité ou de présomption, mais non, vraiment, il ne pouvait pas. Peut-être l'âge y était-il aussi pour quelque chose ? Elle protestait : Non, l'âge ne provoque pas aussi soudainement ce genre de symptômes. Puis elle s'emportait, donnait libre cours à sa colère : Désormais, tu me trouves indigne de toi ? Tu ne songes à coucher qu'avec des camarades du Bureau politique ? Si ce n'est plus haut encore, avec sa femme à Lui ? Parle, malheureux : ainsi, c'est à elle que tu penses ?

Entre eux, tout avait continué de la sorte pendant plusieurs semaines, jusqu'à ce que l'un et l'autre se fussent rendu compte que leur histoire était close à jamais.

En même temps que du chagrin, il en avait éprouvé une satisfaction placide. Ce qui était advenu montrait qu'il n'était pas seulement le masque creux du Guide, mais qu'il lui était rattaché par quelque lien intérieur. Un lien qui, du fait même qu'il était caché, paraissait n'en avoir que plus de prix.

Toutes ces pensées allaient et venaient dans son cerveau tandis qu'il se promenait sur les bords de l'Adriatique avec, à son bras, l'épouse de l'Autre.

– Parle, dis quelque chose, lui avait-elle lancé. Sinon, on va penser que nous sommes fâchés.

Elle n'avait pas tort. Depuis les villas gouvernementales, des dizaines de regards suivaient à coup sûr leur promenade. Avec des jumelles, si ce n'était à l'œil nu, on pouvait se rendre compte de leur silence.

Oui, elle avait sans nul doute raison. Pourtant, trouver les mots appropriés lui paraissait tout aussi difficile que pêcher des perles au fond de la mer. À moins qu'il ne fît semblant de parler en remuant seulement les lèvres ? Comme une ombre...

Les maquilleurs en avaient terminé avec lui. Il eut l'impression que la porte allait se rouvrir d'un instant à l'autre et la femme réapparaître sur le seuil.

Elle se trouvait à quelques pièces de là, dans sa chambre. Il était six heures ; Lui était toujours en compagnie du Docteur. Des appartements des brus parvenaient par intervalles de menus bruits. Elle les imaginait toutes deux devant leur miroir, les yeux étincelant de jalousie l'une envers l'autre, tout en se parant de leurs bijoux.

Comme toujours à la veille de cérémonies ou de banquets officiels, sa fébrilité grandissante la rendait plus distraite. Coexistaient dans son esprit son agacement envers ses brus et envers le Docteur, le diadème de Géraldine, la reine détrônée, dont cette parure mettait assurément mieux en valeur la beauté lors des réceptions, un demi-siècle auparavant, les mitrailleuses qui encerclaient la résidence du numéro deux albanais Koçi Xoxe, la teinte du tailleur qu'elle s'était fait confectionner exprès pour cet anniversaire et qu'à présent elle ne trouvait plus tout à fait de circonstance – sait-on jamais, possiblement à cause d'une remontrance qu'elle avait adressée à la direction des Publications sur la récente évocation de Lady Macbeth dans certains vers...

Pourquoi personne ne disait du mal d'elles ? se plaignait-elle en songeant aux deux reines d'Albanie. Pour la première, Sophie Shönenberg, c'était compréhensible : l'éloignement dans le temps, l'année 1913, son règne ultrabref. Mais la seconde, Géraldine, était l'épouse de Zog dont on avait dit pis que pendre. Depuis quand les Albanais étaient-ils devenus si galants avec les étrangères ? Ils pardonnaient à l'Allemande, ils épargnaient aussi la Hongroise, ils se déchaînaient seulement contre elle.

Vous mériteriez Chang-Jing ! se dit-elle en englobant aussi dans ce « vous » son couturier. Puis l'idée que Géraldine, quarante-cinq ans après la chute de la monarchie, était encore en vie, la laissa bouche bée, comme chaque fois qu'elle y repensait.

Vous quatre... C'est ce que lui avait dit un jour, bien des années auparavant, une ancienne camarade de classe. Au début, elle n'avait pas bien compris à qui celle-ci faisait allusion. Puis, ayant deviné que l'autre entendait par là les quatre épouses des chefs successifs de l'Albanie, elle s'était rembrunie. Tu sais bien que je ne suis pas reine, avait-elle répliqué d'un ton acide. Mais l'autre avait riposté : À ce compte-là, Donika Kastriote, l'épouse de Skanderbeg, elle non plus n'était pas reine ; elle n'en était pas moins au-dessus de toutes.

Elle regarda l'heure. Le docteur H. avait vraiment perdu la tête. Il y avait quelque temps déjà qu'elle le subodorait, mais, ce soir-là, elle en était définitivement convaincue. Il ne restait plus qu'une heure avant le début de la réception et il ne paraissait pas encore disposé à s'en aller.

Elle s'efforça de recouvrer son calme en chassant son image de son esprit... En fait, son mari avait agi on ne peut plus sagement. Symétriquement à Skanderbeg qui, étant du Nord, avait pris pour épouse une femme du Sud, son époux à elle, lui-même méridional, avait jeté son dévolu sur une septentrionale...

Elle se rappela les yeux du Double dans le miroir. Ils lui avaient paru effrayés. N'aurait-il pas eu quelque mauvais pressentiment ? Va me tromper avec mon Ombre, lui avait dit son époux, l'été dernier. On pouvait lui en vouloir pour beaucoup de choses, mais, au chapitre de la fidélité, elle n'avait vraiment rien à se reprocher.

« Les mitrailleuses mises en batterie dans la cour de Koçi Xoxe ont leurs canons braqués sur sa résidence... » Trente-sept ans s'étaient écoulés depuis lors, et elle croyait pourtant n'avoir entendu prononcer cette phrase qu'une heure auparavant. Le jour ne s'était pas encore levé, elle n'avait pu voir le visage de l'homme qui l'avait dite. Elle n'avait fait que distinguer la réponse de l'autre sentinelle : De quoi tu te mêles ?

Pendant une longue période, ces canons de mitrailleuses avaient continué de lui inspirer une véritable angoisse. Elle rêvait souvent qu'ils se tournaient dans la mauvaise direction. Cela arrivait surtout au cours des « nuits de transition ». C'est ainsi qu'elle avait dénommé à part soi les heures précédant les suicides...

Demain, nous entendrons son autocritique, avait déclaré son mari, près de quarante ans auparavant, au retour d'une réunion du Bureau politique au cours de laquelle avait été dénoncé Nako Spiru. On verra ce qu'il fera cette nuit.

Depuis lors se perpétuait le même rite. Il y avait toujours une nuit d'intervalle entre la réunion du Bureau politique suspendue à cause de l'heure tardive et le matin où l'on devrait entendre l'autocritique.

Le suicide avait généralement lieu peu avant l'aube.

– Suffit ! lâcha-t-elle, non seulement irritée par le Docteur, mais fâchée contre elle-même d'évoquer d'aussi tristes épisodes du passé.

Elle se leva, s'approcha de la glace, et l'idée que Géraldine n'avait pas eu l'occasion de donner une réception au palais des Brigades, et donc que son diadème n'avait pu émettre le moindre scintillement dans ses miroirs, la consola quelque peu.

Des coups frappés à sa porte la firent sursauter. Comme prise en faute, elle tourna le dos à la glace.

— Le ministre de l'Intérieur au téléphone...

La voix du ministre lui parut étouffée.

— Excusez-moi de vous déranger en pareil jour, mais...

— Peu importe, l'interrompit-elle. En fait, j'avais l'intention de t'appeler moi-même, mais je n'en ai pas eu le temps. Maintenant, écoute-moi : au sujet de ce livre transpercé, c'est moi qui ai dit que c'était devenu passe-partout...

— Mais non, non, protesta-t-il. Je n'ai pas téléphoné pour ça. Ou plutôt si, c'est bien à propos de ça, mais justement pour remplacer ce cadeau par un autre. Quelque chose d'exceptionnel, une vraie rareté... Ah, je ne trouve pas les mots pour qualifier ça...

— Tu piques ma curiosité...

— Il appréciera sans doute beaucoup... Il sera même ravi...

— Tu es sûr ?

— Plus que certain... Écoutez, nous avons mis au jour les racines d'un complot... Peut-être le plus nocif à avoir été fomenté à ce jour. Avec appel adressé à l'Occident...

— Vraiment ?

— Nous en avons la preuve. Un appel à l'aide. À l'heure où je vous parle, un hélicoptère vole pour l'apporter à Tirana. Il doit nous arriver d'un moment à l'autre.

— Un instant..., l'interrompit-elle. Tu viens de me dire que c'est par cela que tu comptes remplacer l'autre présent ? Tu veux parler de l'aspect symbolique de la chose, ou tu estimes qu'une bonne nouvelle peut réellement constituer un cadeau ?

— Sans doute, mais il n'y a pas que cela. Ce qu'apporte l'hélicoptère est un objet palpable... Attendez, je m'en vais vous expliquer... En fait, c'est un mort qui nous est venu en aide. Nous disposons d'un témoignage que nous avons exhumé, autrement dit que nous avons sorti d'une tombe...

— Voilà qui jette un froid ! » commenta-t-elle tout en se demandant à part soi : Cet homme a-t-il tous ses esprits ?

— Autrement dit encore, reprit le ministre, nous sommes en possession d'un appel adressé à l'Occident par le mort il y a trois ans...

— Mais...

— Mais, objecterez-vous, il ne s'agit que d'un macchabée... Elle entendit dans l'écouteur le ricanement du ministre : – Eh bien non ! Non seulement nous avons découvert tous ses complices, le groupe en son entier, mais nous attendons d'un moment à l'autre l'annonce de leur arrestation.

— Je comprends.

Le ministre lui fournit rapidement quelques détails supplémentaires sur ce qui s'était produit, tandis qu'elle faisait écho à chacune de ses phrases par un : Vraiment ?

— ... Tant et si bien que, sous peu, nous disposerons de la voix elle-même, reprit le ministre. Nous aurons, si l'on peut dire, capturé un esprit comme un oiseau dans un piège.

— Tu as raison. Voilà qui le réjouira certainement beaucoup, conclut-elle. Pour l'heure, il est enfermé avec le Docteur, mais je tâcherai de l'en informer au plus tôt.

Comme elle reposait le récepteur, elle imagina l'hélicoptère volant en cet instant dans la nuit tombante pour rapporter ce que le ministre avait appelé un « esprit ».

À pas menus, elle se dirigea vers la pièce où se trouvait son mari, mais, s'étant engagée dans le second couloir, elle ralentit. Et si elle attendait un peu ?

Sans bien réfléchir, elle ouvrit la porte derrière laquelle se trouvait le Double afin de voir ce qu'on faisait de lui. Il était seul. Les maquilleurs, semblait-il, avaient terminé leur travail. Il arborait des yeux tristes et même coupables, comme quelqu'un qui craint d'encombrer dans une fête.

Elle fut tentée de lui adresser quelques mots, mais il lui parut difficile d'en trouver qui lui fussent adaptés. En fin de compte, pour en arriver à parler même à une forme creuse, il faut un certain entraînement.

Une fois qu'elle eut refermé la porte, l'homme, comme s'il avait lu dans ses pensées, poussa un soupir.

On l'avait planté là depuis un bon moment sans rien lui dire. Parfois, jusqu'au tout dernier instant, on ne l'avertissait même pas de ce qu'il aurait à faire. On le conduisait directement à la voiture, puis on lui expliquait les choses en chemin. On se serait mieux comporté avec un chien, se disait-il, mais sans colère.

Ce soir encore, peut-être allait-on procéder de même avec lui. On le ferait monter dans une grande limousine noire et on le conduirait au palais des Brigades. Là, on le planquerait dans un coin jusqu'à la fin du banquet officiel... Sauf si, au dernier moment, Lui, son maître, venait à être pris d'un malaise et demandait à être remplacé pour la soirée. Bien qu'on l'eût longuement entraîné à une pareille éventualité, il était terrorisé. Les bouchées lui resteraient en travers de la gorge ; son verre tremblerait dans sa main. Non, il valait cent fois mieux rester dans son coin, à l'écart, comme l'année précédente, plutôt qu'à la table d'honneur baignée de lumière et de musique, entouré des membres du Bureau politique. Oui, dans un coin isolé, avec, posée devant lui, une simple assiette de restes, peut-être, exactement comme pour un chien...

En s'attendrissant ainsi sur son sort, il sentit ses yeux se gonfler de larmes, mais il se retint en se rappelant que les pleurs risquaient de défaire son maquillage. Au bout du compte, il n'avait pas le droit de les laisser couler sur un visage qui, plus que le sien, était désormais celui de l'Autre.

Les sanglots contenus à grand-peine secouèrent ses épaules. Peut-être s'apitoierait-on sur lui si lui était un jour donnée l'occasion de jouer à plein le rôle principal qui lui était dévolu ? Comme toujours, l'éventualité de son assassinat lui inspirait, en même temps que de l'angoisse, une certaine exaltation, mêlée à un avant-goût de rébellion. On aurait pitié de lui, mais il serait alors trop tard. On se souviendrait comme on l'avait laissé seul, quand tous s'amusaient, comme on l'avait méprisé, offensé. Lui, son maître, viendrait peut-être en personne à ses obsèques secrètes. Peut-être verserait-il une ou deux larmes et, regardant les membres du Bureau d'un œil sévère, dirait-il : Lequel d'entre vous peut prétendre m'avoir servi aussi bien que lui ?

L'émotion le submergea de nouveau. Il était écrit qu'au terme de sa très modeste vie d'employé à la retraite des syndicats, à l'âge de soixante-cinq ans, il pouvait atteindre à la plénitude dans la mort : la mort violente de l'Autre que lui, son Double, à l'instant fatal, devrait faire dévier ; qu'il lui faudrait attirer, aspirer comme un paratonnerre la foudre, pour en être lui-même frappé.

Il ne pouvait détacher sa pensée des membres du Bureau politique. Il pressentait qu'à cette réception qu'il se représentait, ils finiraient bien, à un moment ou à un autre, par le démasquer et se moquer de lui. Mais lui, si besoin était, saurait, à la table du banquet, les remettre à leur place. Au moins pendant deux heures, il serait à même de se venger d'eux, de jouer avec eux comme le chat avec la souris : Hé, toi, là-bas, qu'as-tu à ricaner comme tu le fais ? Et toi, on ne t'a pas appris à tenir ton couteau ?

Malgré la fugacité de ses accès de rébellion, le goût amer qu'il remâchait à évoquer les membres du Bureau était, lui, tenace. Sans doute L'alimentaient-ils en suggestions précieuses, Lui construisaient-ils des usines, éventaient-ils pour Lui des complots, mais sa propre fonction, celle consistant à attirer sur soi la mort, nul d'entre eux n'était à même de la remplir.

Cette idée suffisait à lui inspirer un vif sentiment de fierté. Il n'était pas si facile de porter sur ses épaules ce lourd manteau : la mort du Guide.

Parfois sa pensée, en s'efforçant de s'élever, s'embrumait. La mort de l'Autre viendrait se décharger sur lui, une mort grandiose, apocalyptique, qu'une nation entière aurait du mal à supporter alors que lui-même l'affronterait seul dans son corps ordinaire.

Un jour, cette Supermort, si on pouvait l'appeler ainsi, viendrait faire main basse sur son corps... Pour ce qui est de son âme...

À ce point, sa réflexion partait en tous sens. Il avait entendu dire que la philosophie était la discipline traitant notamment des rapports de l'âme et du corps, mais lui-même, durant le peu d'années qu'il avait fréquenté l'école, n'avait guère eu l'occasion de se plonger dans des livres compliqués.

Une nuit, sa femme, effrayée, l'avait brusquement réveillé pour lui demander : et si, à Dieu ne plaise, Il vient à passer l'arme à gauche, qu'est-ce que tu deviendras ?

Tous deux avaient connu une nuit blanche. Après cette question, la première pensée qui lui était venue à l'esprit avait été le dicton : Le Chêne entraîne son ombre dans sa chute. Mais sa femme s'était écriée : Pourquoi ? Ce n'est pas juste !... C'était comme une malédiction. Puis elle avait fondu en pleurs.

Il s'était efforcé de la tranquilliser, s'exprimant un peu à la manière d'un homme ivre, mais il sentait que son esprit primaire ne parvenait pas à se hisser au niveau suffisant. Il grimpait, grimpait jusqu'à un certain point, puis retombait. Il arrivait ainsi à expliquer comment il en avait été décidé ainsi, ajoutant qu'à l'instar de la maison de l'Albanais qui, selon l'antique *Kanun*, est à la fois celle de l'ami et celle de Dieu, son corps, avant de lui appartenir en propre, était à l'Autre. Mais, à partir de là, il s'emberlificotait. Il prétendait que l'accord avait été conclu pour le seul cas de mort violente, pas pour la mort naturelle. Mais son épouse insistait pour savoir ce qu'il adviendrait précisément dans cette dernière hypothèse. Il répondait en haussant les épaules : Cesse donc de te fatiguer les méninges avec ce genre de questions ! Puis, son angoisse le reprenait. Deux possibilités s'offraient, poursuivait-il alors : la première, la plus enviable, était que tous deux continuassent longtemps à vivre ; la seconde, que l'Autre mourût de vieillesse. Dans ce dernier cas, on ne pouvait prévoir ce qui se produirait. La meilleure issue serait que le Double, son rôle terminé, reprît alors le cours d'une vie normale et pût aller prendre un verre avec ses amis retraités au café de l'Horloge. (Il avait la nostalgie d'une telle époque.) Mais le contraire pourrait tout aussi bien se produire : qu'on l'empêchât de jouir du dernier tronçon de vie qui lui restait. On pourrait l'étouffer tranquillement, comme ça, pour rien, simplement en guise de représailles ou pour tenter de percer à travers lui le secret de... Ou bien on déciderait que la mort de l'Autre serait gardée secrète et que lui-même continuerait de l'incarner. Cette éventualité serait aussi la plus complexe, pleine de dangers et d'aléas. Les choses risqueraient on ne peut plus de s'embrouiller, disait-il, pire même que dans cette pièce de grand-guignol avec un certain Œdipe... Pourquoi te réfères-tu à cette abomination ? protestait-elle. Qu'est-ce que cette sale histoire a à faire ici ?... J'ai voulu dire que les choses s'emmêleront tout comme dans cette famille Tuyau-de-poêle où l'on ne sait plus qui est le père et qui est le fils, qui est la mère et qui est l'épouse...

Bof, faisait sa femme en se levant pour avaler un calmant. Il poursuivait en évoquant la toute dernière éventualité, celle qui constituait aussi sa propre raison d'être : son assassinat par des ennemis. En fait, on l'y préparait à la façon dont on élève certaines bêtes pour transformer leurs peaux en fourrures de prix. Quand l'heure sonnerait, c'est comme ces animaux qu'on le dépouillerait de sa mort... Tais-toi, lui ordonnait son épouse, tu vas nous porter la poisse !... Mais, même quand il réussissait à tenir sa langue, il ne parvenait pas à freiner son cerveau. Comment ces deux morts – l'ordinaire, la sienne, et Celle de l'Autre, cette grande dame qui viendrait d'on ne sait où –, comment s'entendraient-elles ? Avec dédain, sans doute, Celle-ci écarterait-elle celle-là, peut-être même ne la remarquerait-Elle pas du tout, tandis qu'Elle ramasserait son âme pour la porter là-haut ? Sitôt après, durant son ascension à travers ciel, Elle s'apercevrait peut-être de sa méprise. Alors Elle se fâcherait : ah, moi qui croyais avoir un aigle entre mes bras, ce n'est qu'une buse...

Un léger piétinement l'arracha à ses pensées. Les pas s'arrêtèrent devant la porte, mais personne n'ouvrit.

La grande horloge accrochée au mur indiquait que l'heure de la soirée approchait. Un grondement étouffé, analogue à un vrombissement d'avion, s'entendit pour la seconde fois dans le lointain.

Sa femme s'arrêta devant la porte close. Il se moque de Mao qui s'enfermait dans une grotte, alors qu'il fait de même avec le Docteur ! grommela-t-elle. C'était un des rares cas où elle se permettait de donner libre cours à son irritation à son encontre.

Elle prêta l'oreille mais, de l'intérieur, ne lui parvint aucun bruit. À moins qu'il n'ait décidé de ne pas venir à ce banquet ? L'image du Double devant son miroir, avec ses yeux de merlan frit, la rasséréna quelque peu.

De l'autre côté, le Guide faisait face à la porte, sans mot dire.

Sur la table, devant les deux hommes, était jeté en vrac tout un monceau de radios accompagnées de feuillets d'analyses médicales. Au coin de chacune était collée une étiquette portant le nom de l'intéressé. S'y trouvaient ceux d'une bonne moitié des membres du Bureau politique et des principaux ministres.

– Ainsi, d'après toi, les cadeaux de fous revêtent une signification particulière..., reprit le Guide après un long silence.

– Cela ne fait aucun doute, répondit le docteur H. Leurs dessins, mais aussi leurs rêves. Ces derniers temps, on y a prêté beaucoup plus d'attention...

Après la détente d'un moment auparavant, le visage du Guide parut doublement sombre.

– Ingrate Albanie ! lâcha-t-il d'une voix faible. Elle envoie des cadeaux, mais ne renonce pas au poison.

Il avait passé tout l'après-midi à écouter des enregistrements de propos qui lui étaient hostiles. Il avait contraint le ministre de l'Intérieur à les lui déposer tels quels – une montagne d'ordures – sans les sélectionner préalablement avec sa femme. À présent, il s'en repentait.

L'Albanie aussi se repentira de tout ce fiel, mais il sera trop tard...

Ce repentir revêtait dans son esprit la forme d'un flot de larmes généralisé. Cette lamentation, il la provoquerait en personne, soit en plongeant l'Albanie dans de nouveaux tourments, de ceux qui, comme on dit, font trembler l'enfant dans le ventre de sa mère, soit en quittant lui-même ce monde. Parfois, cette dernière éventualité lui paraissait la plus réconfortante. Elle amènerait le pays à s'arracher les cheveux, à se griffer les joues comme les femmes d'antan. L'Albanie, sa seconde épouse et veuve...

— Ce flot de fiel..., marmonna-t-il.

Le Docteur l'observait, songeur. Il porta sa tasse de café à ses lèvres et, en ayant avalé une gorgée, lui dit :

— Ne te fais pas de souci.

Il hocha la tête :

— Je pense malgré tout que l'heure est venue d'écraser ceux qui ont recueilli ces infamies...

— Tu veux parler de ceux qui les ont écoutées ? observa le Docteur. Assurément, il y avait fort à parier qu'il faudrait en arriver là. Mais, d'après ce que je sais, tu as déjà donné une instruction en ce sens il y a quinze jours à la Direction générale.

— Ah, je l'ai déjà donnée !

Le Docteur se mit à rire.

— Est-il une chose que tu n'aies pas faite au moment opportun ? À présent, si j'en crois mes informations, on recherche des prétextes...

— Non, je ne pensais pas seulement aux fonctionnaires subalternes...

— Naturellement.

— J'avais à l'esprit ceux d'en haut. À commencer par le ministre lui-même.

— Bien sûr, acquiesça encore le Docteur.

Entre-temps, ce dernier avait tendu le bras vers la table où étaient les radios. L'aveugle nota le léger crissement causé par leur contact.

— Tu l'as trouvée ?

– Oui.

– Nul ne me comprend mieux que toi, murmura le Guide.

Pendant quelques instants, on n'entendit plus que les discrets claquements de la radio entre les mains du médecin.

– Hum... c'est plutôt sombre, dit celui-ci d'une voix grave.

Le Guide se ranima comme il faisait souvent en pareilles occasions.

– L'angoisse peut-elle provoquer un cancer ? interrogea-t-il au bout d'un moment. Et la perfidie ?

Le Docteur secoua la tête sans interrompre son examen.

– Si tu pouvais, d'après un de ces clichés, découvrir qui a la conscience nette et qui ne l'a pas, tu serais le plus grand médecin au monde.

– On saura un jour le faire, répondit le praticien.

L'aveugle tendit les doigts pour lui effleurer le visage.

– Je n'ai plus que toi au monde, murmura-t-il d'une voix presque éteinte. Tu es la seule personne qui me reste. *Tu comprends ? La seule*[1]...

Sans trop l'écouter, le médecin poursuivait son examen de la radio. Il l'approchait de la lampe, puis l'en éloignait un peu pour scruter, eût-on dit, quelque détail à peine perceptible.

Ils continuèrent ainsi leur conversation décousue, tantôt en albanais, tantôt en français.

– Elle se tient derrière la porte, dit soudain l'aveugle en tournant la tête dans cette direction. Elle

---

1. En français dans le texte *(NdT)*.

va et vient comme une chatte qui cherche à entrer. Ouvre-lui.

D'un air morne, le Docteur reposa le cliché sur la table et se leva.

La femme se trouvait en effet sur le seuil. Une lueur dans son regard exprimait tout à la fois son irritation et sa réprobation devant le comportement de son époux.

— La soirée commence dans une heure, murmura-t-elle au Docteur. Je pense que vous ne l'ignorez pas.

L'autre ne broncha pas. L'idée qu'il était probablement le seul à ne pas prendre de gants avec elle la transperça comme un poignard.

— Il y a une heure que le ministre de l'Intérieur cherche à te parler, reprit-elle à l'adresse de son mari. Je lui ai dit que tu étais occupé.

— En effet, répondit le Guide. C'est si urgent ? Mais, avant qu'elle eût pu lui répondre, il lui fit signe de se taire. — Attends ! C'est la seconde fois que je crois distinguer comme un grondement d'avion. Je ne pense pas que ce soit un bourdonnement d'oreilles...

— Justement, fit la femme en levant l'index. C'est précisément à cela qu'a trait cet appel.

Usant de mots qu'elle avait préparés à l'avance – comme toujours, c'étaient précisément ceux-là qui s'emmêlaient dans sa bouche –, elle s'efforça de lui expliquer l'affaire le plus succinctement possible. On avait éventé un complot. On apportait le témoignage principal en hélicoptère. On voulait lui en faire cadeau pour son anniversaire. Il avait été extrait des profondeurs du sol. Non, ce n'était pas une métaphore : on l'avait bel et bien sorti de terre, d'une tombe.

— Attends, l'interrompit-il. Tu mélanges tout... Qu'est-ce que ce témoignage extrait du sol et dont on veut me faire cadeau ? Après m'avoir gavé de pétrole et de chrome, vous voulez maintenant me faire bouffer de la gadoue ?

Elle le pria de l'excuser de s'être, dans sa hâte, mal expliquée. Elle se mit à tout reformuler depuis le début. L'essentiel était la découverte du complot. Peut-être le plus important à ce jour. Le témoignage, lui, consistait dans un appel au secours adressé à l'Occident. Un appel direct. Énoncé verbalement. Enregistré par un *frelon*. Extrait du fond d'une tombe. Parce qu'un des conjurés...

Ses yeux étincelaient comme s'ils allaient s'enflammer.

— Un complot..., rugit-il à voix basse, tout en ajoutant à part soi : « Enfin ! Maintenant je comprends pourquoi les camarades ont voulu m'en faire cadeau. »

Elle sourit, soulagée. Le visage du Docteur aussi s'était éclairé d'un sourire, mais distant.

Dans le silence, le vrombissement de l'hélicoptère se fit de nouveau entendre.

— Apparemment, il a du mal à se poser, dit-elle. Dehors, il fait un temps de chien.

À chaque nouvelle turbulence qui ébranlait l'appareil, Arian portait machinalement la main à la serviette noire dans laquelle il avait placé les cassettes.

« Comment ? criait par radio le pilote. J'entends mal. Il y a des parasites... Quoi ? M'éloigner de la montagne ? Sur un autre terrain ? Mais on ne me recevra pas... Bon... À vos ordres... »

Par le hublot, Arian aperçut de nouveau les petites lumières de la capitale, cette fois plus brillantes. Il ne quitta pas des yeux ce lointain brasillement. Il serait le dernier invité à arriver. Jamais il n'aurait imaginé que ce vol, qui durait habituellement moins d'une heure, se prolongerait à ce point. La nuit, comme tombée d'un coup, les avait brusquement surpris en plein ciel et, par surcroît, aucun aérodrome militaire n'avait accepté de les laisser se poser.

L'hélicoptère plongea à nouveau de plusieurs mètres et Arian porta la main à sa serviette comme pour la flatter, la calmer. Tu es inquiète..., lui souffla-t-il. Par moments, il avait l'impression que les mouvements désordonnés de l'appareil n'étaient rien d'autre que les soubresauts de l'âme du mort.

À l'euphorie qui s'était emparée de lui peu auparavant, quand il s'était pris pour un véritable démon volant, en possession d'un captif, dans le noir tourbillon des nuages, avait succédé une impression de vide menaçant.

Malgré leur scintillement, les lumières de la capitale ne lui paraissaient guère accueillantes. Cette proie qu'il avait extraite de la terre, il allait la leur livrer après l'avoir promenée à travers ciel, afin qu'ils l'écoutent. Mais ça ne leur suffirait pas, ils seraient encore insatisfaits. Comme toujours..., songea-t-il avec exaspération.

Tout à l'heure, quand ils avaient à nouveau survolé les cimes, il avait été glacé d'effroi. L'hélicoptère s'était mis à tanguer si fort qu'il avait craint de le voir s'écraser. Il avait attendu avec impatience l'apparition des lumières de Tirana, et, les ayant enfin discer-

nées au loin, il avait poussé un soupir de soulagement.

Nous voici arrivés, mon âme..., avait-il murmuré.

Durant le vol, il s'était parfois entretenu avec le
défunt. Souvent, les propos qu'il lui adressait
n'étaient que la reprise de paroles d'autres êtres, en
particulier d'une femme, enregistrées par le *prince*,
mais cela lui semblait à présent tout naturel.

Nous voici arrivés..., avait-il répété. Je pense que tu
dois avoir la nostalgie de la capitale. Bien sûr, en bas,
sous terre, jamais tu n'aurais pensé, j'imagine, reparaître un jour ici. Et de quelle façon ! En hélicoptère,
directement à un dîner de gala...

Mais l'accueil de Tirana était décidément des plus
frais. Les petits aérodromes militaires les avaient
refusés l'un après l'autre. Le soupçon que ses maîtres
se fussent ravisés s'était brusquement emparé de lui.
Peut-être l'effet de quelque crainte superstitieuse...
Un mort à une soirée d'anniversaire... À moins que...
quelque autre raison obscure... C'étaient pourtant
eux qui l'avaient fait venir... Et voilà maintenant
qu'ils ont la trouille de toi ! s'était-il exclamé.

Désormais, il ne se voyait plus amenant l'esprit du
mort enchaîné et menotté comme on fait d'ordinaire
d'un individu en état d'arrestation, mais voyageant
avec elle comme avec un compagnon d'infortune.
Tous deux étaient comme des pèlerins égarés, écon-
duits à la porte du grand palais...

La voix du pilote criant dans le micro l'arracha à sa
rêverie : « Le Guide lui-même est prévenu, tu piges ?
Comment ? Tu es au courant ? Mais alors, pourquoi
tu nous fais tourner en rond ? Hein ? Pour mon
bien ? Je n'y comprends rien. Tout de même, ça fait
deux bonnes heures qu'on est en l'air... »

À la vue de quelques balises au faible éclat bleuâtre, Arian Vogli n'en crut pas ses yeux : il s'agissait du petit aérodrome presque désaffecté datant de l'époque de la monarchie, dans la banlieue de Tirana.

Enfin ! lâcha-t-il. Dernier soubresaut de l'appareil ou bien vertige ? Il avait la bouche sèche, les tympans douloureux. Alors seulement il réalisa à quel point il était à bout de forces. Trois jours et trois nuits sans dormir. Et, avant cela, investigations de jour comme de nuit, écoutes, conjectures, soupçons, nouvelles hypothèses...

À présent, tout cela était terminé. Les loupiotes bleuâtres se rapprochaient comme en frétillant. Nous arrivons, mon âme, dit-il à voix haute.

Le Guide en habit de soirée était assis sur un canapé face à la cheminée. À son côté, le Docteur considérait tantôt le feu, tantôt la main de son voisin posée sur un genou et dont la chevalière jetait des éclats inquiets. Son autre main, nue, se portait de temps à autre à ses yeux.

— Et puis, on va dire que c'est moi qui invente des complots, fit-il d'une voix de gorge.

— On ne le dira plus.

Apparemment, au terme de ce long après-midi, ils se sentaient las et leurs propos s'étaient espacés.

— Crois-tu que nous entendrons vraiment la voix ?

— Sûrement, répondit le Docteur. Je viens de m'entretenir avec le ministre. C'est certain : la voix, quoiqu'altérée par le long séjour sous terre, est tout à fait audible.

— Ainsi, c'est une voix de l'au-delà...

— C'est évident : trois ans d'inhumation...

Le Guide imagina un moment le cortège de voitures se mettant en route pour la soirée et son sosie assis dans le véhicule principal aux côtés de son épouse.

– Il existe un vieux dicton, reprit le Docteur, selon lequel ce qu'emporte le fleuve se retrouve dans la mer, ce qu'emporte le feu se retrouve dans la fumée, et ce qu'emporte la mort se retrouve dans la tombe.

– Il existe une multitude de dictons relatifs à la mort, remarqua le Guide. Ma mère – paix à son âme ! – m'en disait sans arrêt.

En fait, il ne s'en rappelait qu'un : « Seule la mort emporte et n'apporte ».

Il était impatient d'entendre cette voix. S'il s'agissait réellement d'une voix d'outre-tombe, on pourrait dire que c'était la première fois que la mort apportait malgré tout quelque chose : un faible signal...

Souvent, ces derniers temps, leur conversation sur la mort le tarabustait. Il éprouvait néanmoins une certaine satisfaction à l'idée que l'ouïe tenait une part importante dans cette affaire. De surcroît, si la mort avait bien apporté un message, on pouvait s'attendre qu'elle livrât encore autre chose...

De légers coups frappés à la porte lui firent tourner la tête.

C'était le chef de la garde ; il venait les prévenir qu'il était temps de se mettre en route.

Les réverbères en forme de tulipes bordant les deux côtés de la route conduisant au palais enveloppaient le trajet comme d'un halo de rêve. Après le vacarme infernal de l'hélicoptère, Arian Vogli avait cru être devenu sourd ; depuis qu'il avait posé pied à terre, il se sentait les jambes en coton, et cela renfor-çait son impression de ne pas fouler le sol, mais de flotter légèrement au-dessus.

Il serrait toujours sa serviette contre lui.

Je te conduis à une festivité, chuchota-t-il... Dans un palais débordant de joie et de lumière, tel que tu n'en as encore jamais vu, même en rêve... Le Guide en personne t'attend.

— La soirée doit avoir déjà commencé, dit-il à l'homme qui l'accompagnait, mais, aussitôt, il porta la main à sa gorge : qu'était-ce que cette voix inac-coutumée, si altérée qu'elle semblait sortir tout à la fois de sa bouche et de ses oreilles, comme si celle-ci et celles-là n'avaient plus fait qu'un seul et même orifice ?

— Ça ne fait rien, répondit l'homme qui l'escortait. Ils sont au courant des difficultés.

Arian Vogli demanda : — Comment ?, question qui ne correspondait en rien à ce qu'il avait en tête. Il eut l'impression d'entendre la même réponse, mais avec un petit ajout à la fin : Ça ne fait rien, mon âme...

Je ne suis vraiment pas dans mon assiette ! songea-t-il. Malgré tout, sa gêne à devoir se présenter ainsi, dépenaillé, crotté, avec cette voix de clochette fêlée, se dissipa rapidement.

L'éclat mat et quasi lunaire des réverbères lustrait le paysage. Les longues limousines officielles noires défilaient. Les gardes arboraient un air morne sous leurs capotes trempées.

Je t'ai dérangé dans ton sommeil là où tu gisais, dit-il encore à l'intention de Shpend Guraziu. Mon aïeule me le rappelait souvent : il n'est pas plus grand péché que de déranger les morts. Au cours de notre vol, j'ai pensé que tu allais chercher à te venger. À un moment donné, j'ai même eu la conviction que nous allions nous écraser ensemble dans un précipice... Mais, apparemment, tu devais savoir que je tiendrais parole et t'emmènerais au palais... Vous, vous avez cette supériorité sur nous autres vivants : vous en savez toujours un peu plus long...

On devinait que l'entrée du palais, quoique encore invisible, était proche.

De toute façon, ça ne devait pas être bien réjouissant, là-bas, sous terre..., murmura-t-il à l'adresse de l'ombre.

Je n'ai vraiment plus toute ma tête ! se répéta-t-il.

Il sentait battre ses tempes et ce qu'il voyait lui apparaissait comme dédoublé. Il avait ses bottes toutes crottées d'avoir dû traverser le terrain désaffecté.

L'entrée apparut enfin, toute de marbre, illuminée. Par les vitres, on distinguait une partie du hall désert.

— Le souper a commencé, constata-t-il avec inquiétude, de la même voix fêlée.

— Ça ne fait rien, répéta l'homme d'escorte.

— Ça ne fait rien, mon âme...

Le scrupule qu'il avait éprouvé à la perspective de souiller les somptueux tapis se dissipa aussitôt.

L'entrée s'approchait mais il se dit qu'on pouvait bien tout lui pardonner.

Le souper avait tout juste commencé. On entendait l'entrechoquement des verres et des assiettes, mais les invités n'ignoraient pas que, comme à l'accoutumée, le vrai début ne viendrait qu'un peu plus tard, après la brève allocution qui serait prononcée et le toast qui l'accompagnerait.

Dans le salon réservé aux ambassadeurs, l'attente et la curiosité étaient manifestes. Celui qui prononcerait l'allocution serait désormais considéré comme le successeur du Guide pour le jour où... La Sûreté albanaise en avait déjà répandu le bruit avec ses méthodes habituelles...

Le visage du dauphin désigné était empreint d'une pâleur particulière : accompagnée d'une légère transpiration provoquée, eût-on dit, par une émotion de jeune marié à laquelle se mêlait un certain sentiment de culpabilité.

Les yeux des étrangers scrutaient avec curiosité son épouse et sa fille qui avaient pris place à la table réservée aux proches des hauts dirigeants. De leur attitude aussi, notamment de celle de la jeune fille, on pouvait tirer quelques déductions. Elle avait l'air absente. À la différence des autres soirées, elle s'était vêtue très sobrement, et l'étincelant diadème qu'elle portait d'ordinaire dans ses cheveux était manquant.

Pour moi, voilà le signe incontestable, murmura l'ambassadeur brésilien à son voisin. Depuis l'histoire d'Agamemnon, les filles sont généralement les premières à qui les nouveaux tyrans demandent de se sacrifier...

Je ne vous comprends pas, dit son voisin.

C'est pourtant simple, reprit le Brésilien. Le chef grec a tué sa fille avant d'entrer en campagne. Celui-ci, fit-il en désignant le dauphin, fait de même avant d'accéder au trône...

Son voisin de table sourit :

Est-il permis de penser que le retrait de quelque bijou équivale à celui de la vie ?

Pour vous et moi, non, répondit l'ambassadeur. Mais, pour une jeune fille, surtout une héritière gâtée de la nomenklatura, soyez sûr qu'il en est bien ainsi !

Tout en suivant son guide, Arian Vogli fut tenté de tourner la tête pour vérifier si ses semelles laissaient des traces sur le tapis. Mais la vue qui s'offrait à lui par le vitrage de droite du vestibule, et surtout la voix qui venait de cette direction accaparèrent son attention. Aux longues tables du banquet, des centaines d'invités, les yeux braqués vers le fond de la salle, écoutaient l'allocution d'usage.

L'orateur s'interrompit alors un bref instant et Arian eut l'impression que les invités, délivrés de cette voix, allaient tourner la tête pour regarder le retardataire traverser la salle avec ses bottes qui laissaient derrière elles des empreintes noirâtres : Qu'est-ce que ce type qui vient répandre la boue à l'intérieur du Palais ?...

L'homme qui l'escortait ouvrit précautionneusement une porte latérale et lui fit signe de le suivre. Ils parcoururent un corridor étroit, puis quelqu'un ouvrit une autre porte et le fit entrer dans une pièce.

— Attendez ici, lui dit-il d'un ton aimable en lui désignant un siège, je vais prévenir le ministre.

Arian Vogli s'assit, posa sa serviette sur ses genoux, puis examina ses bottes. Il réalisa alors qu'en fait, elles n'avaient pas été nettoyées depuis sa visite au cimetière.

La voix des haut-parleurs lui parvenait étouffée. Par intervalles, il croyait réentendre le vrombissement de l'hélicoptère. Il faisait chaud. Il avait sommeil.

À deux ou trois reprises, il émergea de sa somnolence, puis il consulta sa montre. Il ne se trouvait là que depuis quelques minutes.

La porte s'ouvrit enfin. Une femme fit son entrée, mais sans même tourner la tête dans sa direction. Elle portait deux assiettes et une bouteille de vin.

D'un regard hébété, il la vit traverser la pièce vers une porte fermée qu'il n'avait pas encore remarquée. Ayant les mains prises, elle appuya sur la poignée avec son coude. Une fois entrée, elle laissa le battant entrouvert. Machinalement, Arian Vogli lorgna dans cette direction.

Ce qu'il aperçut le contraignit à fermer aussitôt les paupières. Les mots : Je ne me sens pas bien, Je crois rêver, Je perds la tête..., se bousculèrent dans son cerveau, enveloppés d'un voile de terreur.

À l'évidence, il ne tournait pas rond. Trois nuits blanches, puis cette pièce surchauffée après sa folle équipée à travers ciel, produisaient maintenant leurs effets.

Lentement, le cœur pétrifié, il rouvrit les paupières. Le battant de la porte était toujours entrouvert. Et tout au fond, là-bas, derrière une table, seul, tristounet, se tenait le Guide...

Arian Vogli ne referma plus les yeux. Il vit la femme poser une assiette devant le Guide, remplir son verre de vin, puis revenir vers la porte.

Tout comme un instant auparavant, elle passa devant lui sans même le gratifier d'un regard.

Pas possible !... s'écria-t-il en son for intérieur. Ou bien je suis devenu fou, ou bien... Il n'osait penser que le Palais fût ensorcelé.

De loin lui parvint un roulement étouffé d'applaudissements.

Il se frictionna les tempes, porta la main à sa serviette, puis lança un nouveau regard vers la porte qui était à présent refermée.

Ç'avait dû être une hallucination... Autrement, c'était inexplicable... Sauf si, pour raisons de sécurité... Non, cela aussi était impossible... Tout seul, sans un garde... Et cette assiette si frugale... comme remplie des restes du banquet.

Damné ! murmura-t-il à part soi.

L'autre porte, celle par laquelle il était lui-même entré, s'ouvrit brusquement, livrant passage au ministre.

Arian Vogli se dressa. Enfin ! soupira-t-il. Ce cauchemar arrivait à son épilogue.

— Bonsoir, Arian.

— Bonsoir, camarade ministre.

Tout était redevenu intelligible, comme dans la vie. Le ministre était vraiment lui-même, le visage un peu congestionné comme tous les dignitaires au cours des banquets. Arian crut même remarquer qu'il mastiquait encore.

L'autre souriait, l'esprit flottant, les yeux pétillants.

— Vous avez eu un atterrissage difficile ? Je sais, je sais... Je ne te cacherai pas que j'ai même été un peu inquiet. Heureusement, maintenant, tout cela est du passé.

Il ne quittait pas des yeux la serviette qu'Arian Vogli avait posée sur la chaise.

— Tu l'as finalement apportée. Bravo !

Le ministre tendit le bras pour s'en emparer et, quand il l'eut entre ses mains, Arian Vogli faillit l'implorer : Non, ne me l'enlevez pas... C'est tout ce qui me reste !...

– À présent, écoute bien, fit le ministre, les yeux braqués sur le tapis. En signe de reconnaissance, tu vas être reçu par le Guide en personne... Peut-être allez-vous même souper ensemble...

Voilà que ça recommence ! se dit Arian Vogli. Les mirages n'avaient pas suffi. Il entendait maintenant des voix !

Il montra ses bottes crottées, mais le ministre esquissa un geste d'indifférence comme pour dire : Ne t'en fais pas pour ça !

Arian Vogli brûlait de lui confier ce qu'il avait entr'aperçu derrière la mystérieuse porte fermée, mais, comme pour le terrifier davantage encore, le ministre, après lui avoir dit « Suis-moi », se dirigea justement vers cette porte-là.

Non ! s'écria Arian dès qu'elle fut ouverte. Il sentit son corps reculer. Seules ses jambes lui obéirent.

Derrière la table se trouvait en effet le Guide en personne. Devant lui, une des assiettes garnies qu'il avait vu apporter un instant auparavant. Le ministre s'approcha, se pencha sur son épaule, lui murmura quelque chose à l'oreille ; le Guide ébaucha un hochement de tête en guise d'acquiescement, puis, d'un regard dédaigneux, il fit signe à Arian Vogli de venir s'asseoir en face de lui. Sur le siège qu'on avait placé là exprès pour lui.

C'est le bouquet ! se dit Arian Vogli. Pourtant, il n'éprouvait aucune joie. Pourquoi donc est-ce que je ne me réjouis pas ? fut-il sur le point de s'exclamer. Tout était glacé, comme au royaume des ombres. Il acheva de se persuader qu'il était en train de rêver. Cela lui procura même un certain soulagement.

Le ministre prit congé. Comme il refermait la porte, Arian eut l'impression que le Guide et lui avaient échangé un rapide clin d'œil.

À présent, ils restaient en tête à tête. Le Guide le considéra, puis esquissa un signe vers l'assiette et la bouteille de vin.

Alors seulement Arian comprit que la seconde assiette apportée un instant auparavant lui était destinée.

D'une main aux doigts gourds, il chercha machinalement sa serviette, mais il se rappela aussitôt qu'on la lui avait prise.

Où es-tu, mon âme ? murmura-t-il. Nous voici l'un sans l'autre à l'intérieur de ce palais...

Rien ne va plus, se dit-il encore. Qu'était-ce que ce souper sans paroles et sans joie ? Non seulement quand ils avaient été ballottés en plein ciel, mais dès l'instant où on lui avait annoncé qu'il porterait lui-même la cassette, à aucun moment il n'avait éprouvé la moindre vraie joie. Je m'en doutais..., ajouta-t-il.

L'autre continuait de manger en silence. Savait-il même pourquoi il lui avait fait cet honneur ?

Comme un qui se pince pour vérifier qu'il ne rêve pas, Arian Vogli tenta de parler. À voix basse, comme s'il avait eu peur de réveiller quelqu'un, il proféra quelques mots sur le grand honneur qui lui était fait, puis sur le complot dont, en ce moment même, on élucidait les tenants et aboutissants.

Le Guide fit « Très bien » de la tête, mais ses yeux demeuraient comme assoupis.

Arian Vogli sentait le froid couler de son dos jusqu'à l'extrémité de ses membres. Ô Seigneur..., finit-il par laisser échapper... Apparemment, l'Autre n'était au courant de rien !

À présent, le froid lui glaçait l'âme. Tout devenait insaisissable, comme éclairé d'un faux jour.

Glacé, comme le reste, le soupçon que ce ne fût pas Lui se leva dans son esprit. Et, aussitôt après, un autre, plus grave : qu'Il fût mort et qu'on Lui eût substitué ce fantoche.

Attends, attends, se dit-il. Pas si vite... Si c'était le cas, il serait là-bas, dans la salle de banquet où l'on aurait eu besoin de lui, et pas tout seul ici comme un pauvre diable.

Il s'efforça d'avaler le morceau qu'il avait introduit dans sa bouche, mais il en était incapable. Il comprenait maintenant pourquoi l'Autre ne pipait mot. Avec une fausse voix, on pouvait espérer tromper quelqu'un d'inexpérimenté en la matière, mais pas lui, pas Arian Vogli qui, depuis trois ans, ne faisait que s'occuper d'écoutes...

Pour la première fois, il le regarda en face presque sans crainte. Seigneur, se dit-il, c'est vraiment à s'y méprendre...

L'Autre, sentant peser sur lui le regard du visiteur, leva son verre :

— À ta santé ! dit-il placidement.

Arian Vogli resta pétrifié. Le masque avait enfin été abaissé. Ce n'était pas Sa voix.

Il leva à son tour son verre et éprouva le besoin de parler. Il n'avait pas fermé l'œil depuis trois jours et trois nuits. Quel pouvait bien être le but de toute cette farce ?

Peut-être eût-il proféré ces mots si un autre soupçon, encore plus sombre et plus net, n'était simultanément monté des profondeurs de sa conscience : pourquoi donc se comportaient-ils ainsi avec lui,

Arian Vogli, eux toujours si soucieux du secret ?
Pourquoi ne se méfiaient-ils pas ? Et si jamais...

Il porta son verre à ses lèvres tout en sentant
quelque chose tanguer et s'effriter en lui.

Pourvu qu'on n'aille pas m'empoisonner justement ici ! se dit-il.

Sa tête penchait ; il réussit malgré tout à écarter un
tant soit peu son assiette pour au moins ne pas tomber dedans.

Du côté du banquet, on en était arrivé au moment
réputé le plus agréable, celui du café.

Des portes des différents salons, les gens se déver-
saient par petits groupes dans la salle principale.

Comme à toute réception à laquelle participait le
Guide, c'était vers lui que convergeait le plus gros de
l'attention. Ces fils invisibles et inexplicables reliant
chacun de ses gestes à chacun des convives étaient
tendus à l'extrême. Ses yeux, comme obéissant à cet
effet de va-et-vient, fruit d'une pratique de quarante
années et plus, s'éclairaient par instants d'un éclat
peu naturel, pour s'éteindre presque aussitôt.

On sentait aussi qu'un autre courant, sombre et
mystérieux, circulait en même temps que les habits
de soirée des invités. Parti des différents salons, il se
répandait à travers la grand-salle pour retourner
ensuite là d'où il venait, mais transformé, chargé
d'une sorte de frémissement. D'une voix feutrée,
chacun demandait à son voisin s'il était au courant de
l'événement. La police secrète albanaise venait de
réussir une brillante opération, exceptionnelle, quasi
incroyable. C'était le bruit qui avait couru dans le
salon « D », et même dans le « F », mais les gens

avaient pris cela pour une galéjade. Une histoire de fantômes ! s'était exclamé quelqu'un, mais son interlocuteur avait haussé les épaules, doutant qu'on pût qualifier cela de cette façon... Quelque chose dans ce goût-là, oui, assurément... Une voix d'outre-tombe, mais...

Au bout de quelques instants, la rumeur, alors même qu'elle avait paru s'élucider, n'avait fait que s'opacifier davantage.

Ceux qui n'y avaient point cru reconnaissaient à ceux qui y avaient ajouté foi le mérite d'avoir eu peut-être raison. Ce n'était pas tout à fait une fable, comme ils l'avaient pensé de prime abord. Il s'agissait bien d'un appel de conjurés adressé à l'Occident. On citait même le nom de la France. Et tout cela se rattachait à l'au-delà, à une sorte de fantôme, voire à un esprit... capturé...

Tout en évoquant ces faits à voix feutrée, les étrangers sentaient bien qu'aucun mot de leurs idiomes respectifs n'était à même de bien traduire ce dont on parlait. L'ambassadeur d'Argentine avait le premier employé le vocable latin *spiritus*. Ne regardez pas son halo de légende, avait-il ajouté au bout d'un instant. Ce bruit peut avoir quelque fondement.

L'ambassadeur de France, vers lequel louchaient des regards intrigués, se sentait mal à l'aise. Ce n'était pas seulement du fait qu'on avait mentionné la France comme le pays dont les conjurés auraient sollicité l'aide, ni même en raison de sa prétendue « réponse », sur laquelle on n'avait aucun éclaircissement, mais à cause d'autre chose : pourquoi la Sûreté albanaise avait-elle laissé se répandre cette rumeur ?

— Ce bruit ne me dit rien qui vaille, confia-t-il à son collègue italien en prenant un second café avec lui. Le moins qu'il laisse présager, c'est un nouveau refroidissement dans les relations avec la France, pour ne pas dire avec l'Occident tout entier.

L'autre sourit :

— S'il ne s'agit que d'un refroidissement, cher ami... Mais peut-être faudrait-il en l'occurrence trouver un autre terme. Cela fait quarante ans que l'Albanie vit continuellement en froid avec le reste du monde...

— Le mal est sans fin, conclut le Français d'une voix songeuse.

La foule des invités ne cessait d'aller et venir et, dans le brouhaha étal, ils eurent l'impression de capter le mot *spiritus*.

— De toute façon, un *shpirt* erre dans ce palais, fit l'Italien qui avait commencé à s'initier à l'albanais.

Le Français hocha la tête d'un air maussade. Ce n'était pas la première fois que ce bâtiment était le théâtre d'événements énigmatiques.

Troisième partie

VESTIGES

Le groupe d'étrangers qui, plusieurs semaines durant, s'était occupé de fouilles mystérieuses, quitta soudain la ville de B. par un matin de fin d'automne.

Personne, sembla-t-il, ne remarqua leur départ, pas plus qu'on n'avait noté leur arrivée, et on en savait encore moins sur ce qu'ils avaient fabriqué au cours de ce mois si froid et gorgé d'ennui.

La ville, plongée deux jours durant dans un silence inaccoutumé, se réveilla au troisième dans un état d'excitation extrême. Les gens affluèrent soudain dans les rues, commencèrent par remplir les cafés et carrefours du centre, puis les plus écartés, après quoi ils se mirent à déambuler sans but.

À la mi-journée, la confusion, au lieu de s'atténuer si peu que ce fût, n'avait fait que s'accentuer. On ne se souvenait pas d'un pareil tohu-bohu depuis le temps sinistre où, bien des années auparavant, sous l'ancien régime, un psychopathe de la capitale avait trucidé un aigle au jardin zoologique.

Des gens se rendaient par petits groupes au cimetière municipal pour en revenir les chaussures toutes crottées.

Tard dans l'après-midi, la nouvelle d'un suicide fit monter d'un cran la tension.

Une statue avait été renversée dans le haut quartier et un véhicule de police fonçait vers la rue principale pour en empêcher, disait-on, la mise en pièces.

Peu avant le crépuscule, la ville avait l'air ravagée. Une tornade n'aurait pas laissé plus de vestiges après son passage. Pourtant, les gens paraissaient moins tendus. Apparemment, l'éclatement de l'orage, qui avait couvé en eux durant les sourdes journées précédentes, leur avait tenu lieu d'exutoire.

Le lendemain, l'agitation, quoique contenue, perdurait. Aux portes de l'« Albtourisme », les caractères des avis annonçant la fermeture des hôtels du littoral étaient de plus en plus gros, leurs couleurs plus criardes. Cela n'empêchait nullement les gens de faire la queue dans l'espoir que les établissements de Durrës ou ceux de Saranda seraient restés ouverts. Ils étaient prêts à aller même plus loin, à Shen Gjin, par exemple, dans le Nord, où il neigeait peut-être, pourvu seulement qu'ils s'éloignassent de là.

Le cimetière de la ville était lui aussi très animé. Après celle de journalistes de la capitale, l'arrivée de deux groupes d'excursionnistes désireux de visiter la tombe de Shpend Guraziu inquiéta le gardien qui réclama la présence d'un agent de police pour parer à toute éventualité.

Le lendemain, comme une équipe d'archéologues, chargée de fouilles dans une antique cité illyrienne de la province voisine, croyant sa requête justifiée par la nature spécifique de son travail, demanda à soulever la dalle de marbre, le gardien, après avoir rejeté leur requête, entoura la tombe d'une palissade et exigea de quiconque cherchait à s'en approcher de présenter sa carte de journaliste ou de fonctionnaire de police.

Entre-temps, les correspondants de presse, après avoir envoyé leurs premiers articles aux titres racoleurs : « Un esprit capturé », « À la recherche de l'esprit perdu », « Le piège à esprits », allaient et venaient à travers ville afin d'approfondir leurs investigations sur l'événement. Ils gémirent et s'arrachèrent presque les cheveux de dépit en apprenant que le groupe d'étrangers qui avait en quelque sorte exhumé l'affaire avait quitté l'Albanie sans laisser la moindre trace ni aucun indice de sa destination.

C'est cette disparition qui, semble-t-il, alimenta, comme seule une absence peut le faire, l'excitation générale. Tard dans la soirée, au bar de la Liberté ou au bar de l'hôtel, il ne restait plus aux journalistes, après avoir cherché en vain à apprendre les noms des étrangers et celui de leur port d'attache, New York, Rome ou Dublin, qu'à espérer dans l'aide du Destin pour parvenir encore à les rencontrer.

Peu après eut lieu une nouvelle révélation troublante. Il apparut que rencontrer les étrangers n'aurait été nullement nécessaire pour avoir vent du mystère. Sous une forme ou une autre, tout le monde ou presque en ville était – ou, mieux, avait été depuis belle lurette – au courant de l'affaire. Mais, depuis des années, les gens s'en étaient détournés, l'avaient laissée se perdre dans les tréfonds de leur mémoire, et avaient fini par se persuader qu'ils l'avaient oubliée, voire qu'ils n'en avaient jamais rien su.

Nul n'était en mesure d'expliquer cet accord tacite. Peut-être résultait-il des ténèbres de naguère, quand les gens, pétrifiés face aux événements de leur temps, devinaient d'eux-mêmes lesquels sombreraient dans l'oubli, lesquels seraient appelés à survivre dans de tristes ballades ?

C'est ainsi, semblait-il, qu'ils s'étaient trouvés confrontés aussi à cette histoire, à l'antique dilemme qui, comme toute vieillerie qui renaît hors de son époque, les torturait à présent.

Dans leurs yeux hébétés se lisait cette question : est-il préférable que cette histoire s'efface ou bien qu'elle survive ? Ils sentaient bien que ni l'une ni l'autre de ces éventualités ne dépendait d'eux. Ils n'avaient pas la force de l'étouffer, et il leur paraissait tout aussi monstrueux de la faire resurgir. Tout au plus pouvait-elle ressusciter après sa mort, mais de son propre chef.

Or l'événement en question n'était pas tout à fait mort, semblait-il, pour qu'on pût escompter sa résurrection. Il était entre les deux, mort et non enterré, comme on disait, et c'est pour cette raison qu'il ne pouvait être cerné par l'esprit humain.

Petit à petit, il devint clair que l'équipe de chercheurs étrangers, en le mettant au jour, n'avait fait qu'interrompre un processus nécessaire. Elle l'avait exhumé prématurément, alors qu'il aurait dû languir encore un long moment sous terre. Hébété par ce réveil violent, couvert de boue, les membres brisés, affligé d'un chagrin inhumain, il était insoutenable, choquant la vue et l'ouïe, chassant le sommeil.

C'est ainsi qu'on expliqua l'interminable va-et-vient de ces jours-là, qui n'était à certains égards que la répétition, comme en rêve, de tout ce qui s'était produit des années auparavant. Les espionnés, ceux qui avaient été placés autrefois sur écoutes, couraient de nouveau en tous sens et, incapables de trouver le repos, enfilaient et ôtaient rageusement leurs vêtements, où ils soupçonnaient qu'avaient été placés des *frelons*, avec les gestes de qui veut chasser un insecte. D'autres, tout comme ils s'étaient efforcés jadis de se soustraire aux écoutes, continuaient de chercher des hôtels aussi éloignés que possible, à n'importe quels tarifs.

Cette excitation alla si loin que l'on vit dans certains cas d'anciens espions, soudain ravigotés, se laver les cheveux, se curer à fond les oreilles, comme par le passé, et aller tranquillement occuper leurs anciens postes de guet où ils épiaient et en étaient si heureux.

Dès lors, on se rendit compte que l'événement, mutilé et ratatiné au sortir de l'oubli, était bien plus horrible que s'il avait été indemne. Il fallait trouver quelque chose pour lui faire lâcher prise, disait-on çà et là. Et de nouveau se faisait jour le même dilemme : était-il trop tard pour le réensevelir ou trop tôt pour le ranimer ?

Comment, demandaient les journalistes aux habitants de l'endroit, comment cet événement avait-il eu à lui seul le pouvoir de chambouler une ville entière ? Mais, aux visiteurs qui leur posaient ce genre de questions, les gens lançaient un regard méprisant comme on le fait à ceux qui ont l'air de ne pas savoir de quoi ils parlent.

Plutôt découragés, les correspondants de presse n'en poursuivaient pas moins leurs investigations. Au chapitre des séismes, la ville en avait vu d'autres : le renversement de la dictature communiste, le risque de guerre civile à quoi elle avait échappé de peu, le déboulonnage de la statue du Guide, traînée par trois fois jusqu'à la vieille citadelle illyrienne. Mais pourquoi aucun de ces faits, bien qu'ils eussent tous été évoqués par la presse ou à la télévision, n'avait provoqué pareille tornade ?

Interrogés, les habitants hochaient la tête. Ils savaient qu'il leur était difficile, voire impossible de répondre. Et quand les journalistes, s'évertuant à leur rafraîchir la mémoire, leur demandaient si ce n'était pas dû au fait que bon nombre d'espions, de magistrats instructeurs, de faux témoins, de manipulateurs d'appareils d'écoute, de tortionnaires, de juges, naturellement aussi d'anciennes victimes, vivaient toujours dans cette ville, les gens restaient aussi avares de leurs propos.

Assurément, l'un comme l'autre, les deux camps étaient toujours en vie, mais cela faisait belle lurette qu'il ne se passait plus rien entre eux. On eût dit que, bien que cohabitant dans le même espace, leurs yeux s'étaient voilés et qu'ils ne se voyaient même pas.

— Mais alors, pourquoi ? avait hurlé un jour au beau milieu du bar de la Liberté un reporter de la radio qui venait pour la quatrième fois à B. Pourquoi diable cet événement, à lui seul, nous fait-il perdre la boule à tous ?

— Tout doux, mon garçon, lui avait répondu d'une table voisine un homme d'un certain âge. Il parlait d'une voix faible, mais de celles dont le timbre a néanmoins le pouvoir d'imposer silence. – Tu demandes pourquoi ? Je m'en vais te le dire...

Il continua de s'exprimer placidement, de sa voix grave, sans se soucier de savoir si les autres s'appliquaient à le suivre. En fait, d'instant en instant, les gens qui l'entouraient formaient un cercle de plus en plus resserré afin de ne rien perdre de son récit.

Selon lui, si l'événement était aussi perturbant, c'est parce qu'il avait été *marqué*. Non pas « marquant », comme on le dit des anniversaires et des fêtes, mais marqué. Il était pourvu d'une sorte de limbe ou d'auréole comme on en voit sur les icônes. En outre, il était peu courant, et même rarissime, de ceux qui, à l'instar des comètes, ne se manifestent qu'une fois tous les soixante-dix, voire tous les cent soixante-dix ans, si ce n'est moins fréquemment encore.

Peut-être était-il venu là par erreur d'autres mondes soumis à d'autres lois ? Peut-être avait-il perdu son chemin dans les sentiers de l'Univers et, tourneboulé, avait-il été précipité contre son gré parmi nous ?

C'était la raison pour laquelle il était étranger, pour ne pas dire hostile à ce monde-ci, tout comme ce dernier le rejetait. Il était normal, exposait le vieil homme, qu'à nous aussi il parût de la sorte : toujours dédoublé, tantôt intelligible, tantôt insaisissable, tout à la fois clair et obscur, temporel et spirituel, terrestre et céleste, oui, hybride du ciel et de la terre, en véritable enfant du Chaos...

L'homme cessa de parler pour se commander un café.

Il le but dans un silence que personne n'osa rompre.

Quelqu'un seulement, Dieu sait pourquoi, murmura en poussant un profond soupir : Nous sommes finis.

Lorsque, dans la foulée des journalistes, débarquèrent dans la petite ville des gens de théâtre, puis, aussitôt après, une princesse anglaise accompagnée du président de l'Association mondiale des médiums, on se convainquit que cette histoire n'était pas près d'être rayée des mémoires.

Cependant, comme elle l'avait rarement fait au cours de son existence millénaire, la ville s'affairait elle aussi autour de l'événement, soit pour le recouvrir, soit pour le découvrir. Chacun prenait peu à peu conscience qu'après l'édification de la citadelle illyrienne, le tracé par les Romains de la via Egnatia sur son flanc, l'ouverture d'une maison de tolérance durant la Seconde Guerre mondiale, la mise à mort d'un volatile par un aliéné sous la dictature communiste, et l'amorce, dans les années postcommunistes, de la construction d'une autoroute, abandonnée depuis lors, après tout cela, l'événement en question pouvait être considéré comme la plus extraordinaire contribution de ce coin du pays.

Le brouillard qu'il avait déployé, la poussière, les fosses, les pièges qu'il avait semés étaient partout si présents que, certains jours, on aurait cru que la seule façon, pour une cité balkanique, de ressembler aux villes baroques et grisonnantes d'Europe centrale était de pallier son absence de donjons et de cathédrales par des crimes et horreurs à la hauteur de ceux d'autrefois.

Et, de fait, celle-ci paraissait à présent plus grande, mystérieuse, surtout à l'orée du crépuscule.

C'est justement en ces termes que l'écrivain Skender Bermena, sitôt de retour à Tirana, raconta à sa femme ce à quoi il venait d'assister.

Elle l'écoutait tout en continuant à se coiffer devant son miroir, et ne l'interrompit que pour lui rappeler qu'il devait lui aussi se préparer pour la réception à laquelle ils étaient conviés.

Il se sentait sur les genoux. Durant le voyage, il s'était laissé étourdir par tout ce qu'il avait entendu raconter à B. Quiconque aurait su que lui-même, après avoir plusieurs années auparavant évoqué cet épisode dans un de ses romans en le présentant comme survenu en Chine, se sentait à nouveau subjugué par lui, en aurait été fort surpris.

Quant à ses fidèles admirateurs de la ville de B., après avoir attendu en vain qu'il se vantât d'avoir déjà osé décrire cette sombre histoire dans la nuit noire de l'oppression, ils s'étaient quasiment fâchés avec lui. Au moins, lui avaient-ils dit, ne te laisse ni fasciner, ni horrifier. L'un et l'autre ne sont pas dans ton style !

Mais, sans se soucier de ces commentaires, il avait continué de se sentir tout à la fois émerveillé et épouvanté, et même de l'être plus que n'importe qui. Les autres avaient du mal à le comprendre, comme du reste ils ne l'avaient pas compris, plusieurs années auparavant, quand ils avaient pensé que le seul motif qui l'avait conduit à donner une coloration chinoise à cette histoire avait été la censure communiste. Comment pouvait-il leur expliquer qu'en sus de cette raison, il y en avait eu une autre, au moins tout aussi forte, quasi déterminante : la nécessité de refouler l'événement au loin, très loin, comme seul moyen de le dominer.

À l'époque, il avait pressenti que cette histoire était unique en son genre, à cheval sur la vie et la mort. Il en avait restitué l'image frêle et floue, pareille à une faible lueur se reflétant au fond d'un puits, certain qu'elle finirait pas s'y noyer à jamais. Or, voici qu'elle refaisait brusquement surface.

Déjà, lui-même avait été autrefois convaincu d'y être attaché plus que personne au monde. Il l'avait connue toute fragile, rumeur que le vent portait douloureusement, alors qu'à présent elle se hérissait et se déployait comme une nuée noire, troublant le sommeil des habitants, cherchant on ne savait trop quoi : à faire monter la fièvre ou à l'apaiser.

Skender Bermena s'estimait encore en dette avec elle et s'était senti mi-satisfait, mi-responsable. Certains jours, il s'était dit que, pour calmer ses convulsions, on allait précisément faire appel à lui comme s'il avait été le seul à bien connaître ses humeurs.

En chemin, comme le crépuscule se faisait plus dense, il lui avait demandé à deux ou trois reprises : Qu'est-ce que tu as donc ?

Mais il devinait qu'elle aussi attendait quelque chose de lui. Trop tard..., avait-il marmonné. Cela faisait belle lurettte qu'il en avait assez de la littérature. Il supportait de plus en plus mal ses joies aussi bien que ses déconvenues.

Pourtant, il y avait des jours où cette histoire ne le laissait pas en repos. Elle ne le lâchait pas dans ses rêves. Il lui semblait même que c'était à partir de là, du pays du sommeil, qu'elle s'était mise à le tracasser. Elle se faisait cajôlante pour soudain se rembrunir, devenir menaçante, comme si elle entendait l'accuser de l'avoir traitée jadis par-dessus la jambe, quand elle était jeune et pure, et de vouloir maintenant l'éviter, décatie qu'elle était par les années et la médisance humaine.

Et si jamais..., se disait-il de temps à autre en succombant aux flagorneries, avant de s'ébrouer et de redire : Non !

C'est ainsi qu'il avait repoussé depuis des années la tentation d'écrire ce qu'il appelait pour lui-même *Le Roman impossible*, même si, à certains moments, mais fugaces, il lui semblait pourtant réalisable. Il se consolait en se disant que c'était une tentation que la plupart des écrivains, partout dans le monde, avaient dû éprouver. Une œuvre originale à tous égards. Non seulement par son germe, mais par tout le reste : par sa substance, son évolution interne... Une œuvre où les événements emprunteraient des cours opposés comme le sang dans les artères et les veines, d'abord chargé d'oxygène, puis de gaz carbonique, autrement dit de mort. Une œuvre avec une région congelée en son milieu, dans l'attente d'un réchauffement de l'atmosphère... Ou recélant dans sa première tranche un virus capable de provoquer par après la fièvre et son cortège d'hallucinations...

– Je suis prête, lui dit sa femme. Qu'est-ce que tu fabriques ?

Elle n'ignorait pas qu'il prenait plaisir à la contempler quand elle se fardait devant son miroir, et elle avait prononcé ces mots d'un ton câlin.

Il s'habilla en hâte. En route vers la réception, on eût dit que sa pensée s'évertuait à en revenir aux notes qu'il avait prises autrefois, par un après-midi d'hiver, dans un moment de grande excitation intellectuelle, au café « Flora ». C'étaient des ébauches d'œuvres de types différents. Roman doté d'un ajout faisant fonction de gilet de sauvetage en prévision d'une peste qui ravagerait le monde, voire d'un nouveau péril menaçant la nation albanaise et de même provenance qu'aux VIIe et VIIIe siècles, ou d'une descente des glaciers, ou encore d'une légère déviation de l'axe du globe. Quelle partie, quels mots même devraient être remplacés ou bien laissés à sécher et durcir ? Là pourrait être introduit à chaque nouvelle apparition de la comète de Haley un autre ajout, comme un miroir de poche à lui présenter en manière d'hommage, de salut, voire pour l'apprivoiser.

– Tu as l'air bien fatigué, lui dit sa femme comme ils entraient au siège de la Mission de l'union européenne. Par une légère pression du bras, elle lui transmit la suite de sa pensée : Force-toi à te montrer un peu plus attentif aux gens... Reconnaissant, il eut envie de lui déposer un baiser sur la tempe.

La vieille rumeur selon laquelle le talent peu commun qu'on lui reconnaissait tenait à un dérèglement intermittent de sa raison (pour ne pas dire à sa folie) s'était à nouveau répandue ces derniers temps.

Tu es fou... Tant d'années s'étaient écoulées depuis le jour où Ana Krasniqi, la première, lui avait adressé ces mots. Depuis lors, comme si elle leur en avait laissé la recommandation, les femmes qu'il avait connues avaient fini tôt ou tard, à un moment ou à un autre, par les lui répéter.

Les deux salons étaient bondés. Les réceptions au siège de la Mission de l'union européenne passaient dorénavant pour les plus réussies. Il prit un verre de whisky et se retira dans un coin, face à une baie vitrée donnant sur le jardin. Près du froid qui filtrait de l'extérieur, il avait l'impression qu'il lui serait plus facile de réfléchir à la construction de son *Roman impossible*. Il s'évertuerait à ménager dans ses fondations une sorte de cavité, de trou noir pouvant servir à l'œuvre de moyen d'autodestruction si jamais lui venait l'envie de se suicider. Cette éventualité s'apparentait à une autre vision désolée mettant en scène les caractères de la langue : des milliers de ses A, de ses Xh et de ses Y réduits en poussière après la destruction de l'albanais et disséminés dans le ciel dans l'attente de sa résurrection...

Comme d'habitude, après les premières gorgées, la boisson lui procura une insoutenable lucidité. Tout lui parut l'enfance de l'art : l'ombre portée du Roman sur cette terre, ses voltiges à travers ciel, puis sa fièvre, son délire, enfin sa démence.

Tout est là, mon Dieu ! se dit-il. Il n'avait plus qu'à le sortir du puits. On pouvait bien le traiter de tout ce qu'on voudrait, de fou, voire d'archifou...

Il réclama un nouveau whisky et ajouta à part soi : Pourvu que je l'écrive, le monde, après ça, n'aura plus qu'à s'envoyer en l'air !

Les yeux d'une jeune fille cherchaient obstinément à croiser les siens. Machinalement, il s'y soustrayait, fidèle à une retenue qu'il avait fini par s'imposer au fil de nombreuses années de notoriété. Il porta son verre à ses lèvres et songea : Qui peut bien être cette jeune femme qui ressemble à Ana ? La tombe de cette dernière, en marbre laiteux, se dressa de nouveau dans son esprit, ainsi qu'il en allait à chaque évocation de la disparue.

Il observa la jeune femme à la dérobée et eut la même impression. Elle devait avoir l'âge d'Ana à l'époque où ils s'étaient connus : vingt-trois ans.

Il pensa derechef à son Roman, mais son cerveau avait perdu de sa lucidité. Le souvenir de sa première rencontre avec Ana, lors d'une soirée d'anniversaire, sobre mosaïque à demi effacée par le temps, avait encore le pouvoir d'occuper tout son esprit.

Peut-être une nièce des Krasniqi, se dit-il, et, dans la foulée, il s'adressa à la personne qui se trouvait à ses côtés, un fonctionnaire du ministère des Affaires étrangères qu'il venait juste de saluer :

— La jeune femme qui bavarde avec l'ambassadeur d'Italie est-elle albanaise ?

L'autre opina de la tête et ajouta :

— Si je ne me trompe, c'est la fiancée d'un ponte de la Présidence.

Ah, ils ont eu vite fait ! se dit-il sans trop bien savoir ce qui avait été si vite fait.

— Tiens, se borna-t-il à commenter. Elle est bien jolie.

Comme si elle avait deviné qu'on parlait d'elle, la jeune femme se tourna dans sa direction avec un sourire avenant.

Crétin ! se morigéna Skender Bermena en détournant la tête vers le jardin hivernal que les rares lampadaires faisaient paraître encore plus polaire.

Qu'il eût perdu la raison, il le subodorait déjà. Ça ne lui avait même jamais paru constituer une grande découverte. La nouveauté résidait ailleurs : à ce qu'il semblait, il l'avait perdue depuis pas mal d'années déjà, et c'était justement à cette circonstance qu'il avait dû son salut. Tout comme leur état protège les somnambules dans leurs promenades nocturnes sur des toits pentus, sa déraison l'avait soutenu dans le noir défilé du temps.

À présent, il paraissait recouvrer ses esprits... mais sans s'en réjouir. Cette époque-ci non plus ne lui convenait pas. Peut-être avait-elle trop tardé pour lui. Aucune époque ne pouvait d'ailleurs lui aller après une aussi sinistre histoire. Prolonge-toi encore un brin, mon *irraison*, dit-il. Il se prit à sourire : au fond, il n'était pas si impitoyable envers lui-même s'il en venait à remplacer le mot *déraison* par un autre, probablement inexistant dans sa langue.

Il aperçut parmi les invités le psychiatre Y. V... Il aurait aimé lui dire : Les gens te demandent généralement de les guérir de la folie. Mais, dans le cas contraire, quand ils ne la craignent pas, mais redoutent au contraire de revenir à la raison, que faut-il faire ?

Chacun avait cherché à accuser les autres de ce dont il souffrait lui-même : et va pour une époque délirante , un peuple fou... Peuple fou, ouais, avec tous ses dirigeants ! songea-t-il comme lui parvenaient à l'oreille des bribes de conversation autour de lui.

Il se tourna pour mieux entendre et son regard croisa de nouveau les yeux de la jeune femme. Une coupe de champagne à la main, dans sa longue robe écarlate qui lui seyait à merveille, elle devisait gaiement au milieu d'un groupe d'invités.

Il était trop tard pour détourner son propre regard ; quant à la luminosité du sien, elle s'intensifia à tel point que l'un des membres du petit groupe tourna la tête, apparemment pour voir à qui était destiné ce scintillement.

Skender Bermena finit par baisser les yeux et, bien qu'il n'eût guère envie de boire, porta le verre à ses lèvres. Tiens-t'en aux ambassadeurs, dit-il en s'adressant muettement à l'inconnue ; tu n'as rien de bon à attendre de moi.

Il s'approcha du vitrage comme pour quémander secours au-dehors et resta un moment à contempler les arbres givrés du jardin.

Il n'avait plus l'âge de ce genre de fredaines. Encore moins avec quelqu'un en qui, plutôt qu'une jeune femme, il voyait une jeune fille.

Qu'aurait-elle pu attendre de lui, si ce n'est un ennui d'anachorète, une mélancolie monacale ?

Non loin, ses oreilles captèrent le mot *spiritus* et il comprit que l'on abordait précisément le sujet qu'il avait tant redouté.

— Franchement, je ne sais encore rien, exposait l'ambassadeur de France. Bien sûr, j'ai cherché à m'informer, y compris par curiosité personnelle, mais, croyez-moi, jusqu'ici, je n'ai rien recueilli...

Ils risquaient maintenant de se tourner vers lui et de l'interroger à cause de son ancien écrit. Il ne fallait pas s'étonner que le fantôme de l'ingénieur hantât jusqu'aux réceptions diplomatiques. Ce n'avait pas été un hasard si, d'après ce que lui-même avait réussi à percer, c'était justement lors d'une réception officielle, au palais des Brigades, que l'histoire avait reçu son impulsion initiale. Apparemment, c'était le Guide en personne, au cours de sa dernière soirée d'anniversaire, qui, tout aveugle qu'il était, avait été le premier à la concevoir.

Il y avait des années que le tyran gisait sous terre, mais, à chaque fois que le mot *spiritus* referait surface, comme ce soir-là, il ne faudrait pas s'étonner qu'on eût recours à lui, l'écrivain, qu'on l'appelât comme les magiciens d'antan ou les exorcistes pour le maîtriser.

Il était tenté de s'écrier : fichez-moi la paix ! Il avait assez longtemps gardé cette histoire en tête alors que leurs cerveaux à eux roupillaient ! À présent, il avait réellement besoin de repos. Ils n'avaient qu'à le laisser croupir dans son *irraison*... Peut-être était-ce seulement ainsi qu'il réécrirait un jour cette histoire de fantôme.

Et c'était également ainsi... oui, seulement ainsi, comme un somnambule, qu'il pouvait s'imaginer être caressé par la chevelure soyeuse de la femme-enfant.

Pendant un moment, il se la représenta ainsi, les cheveux épandus tandis que ses jolies lèvres, en s'entrouvrant pour lui dire « Je t'aime », lui murmuraient avec application, comme pour obéir à quelque recommandation lointaine : Tu es fou...

L'hiver déversait sans relâche la pluie et le brouillard sur la ville de B. comme il l'avait rarement fait. Malgré tout, les autocars interurbains, surtout ceux de la ligne de Tirana, n'interrompaient pas leur service un seul jour.

Les curieux les plus avides, ceux qui, après avoir été informés de l'existence de l'événement mystérieux, étaient finalement venus voir les choses sur place, se montraient d'abord déçus. Sans pouvoir définir avec précision en quoi consistait leur désappointement, ils n'en avaient pas moins l'impression que quelque chose leur manquait.

Sauf sur la tombe de Shpend Guraziu, vers laquelle ils se ruaient tous sans exception et dont on racontait, comme il fallait s'y attendre, que la dalle avait à nouveau été déplacée, ils ne relevaient pas de traces visibles de profanation.

Depuis plusieurs semaines, la tombe était gardée, surtout de nuit, et, comme l'avait écrit un journaliste, c'était, dans tout ce demi-siècle, la seconde sépulture en Albanie à faire l'objet d'une telle attention. Puis, après l'exhumation du Guide, quelques années auparavant, et son réensevelissement dans une nouvelle tombe, la dépouille de Shpend Guraziu était restée la seule à être surveillée.

Ayant parcouru la ville en tous sens, les curieux pressentaient confusément que cette histoire, par sa nature même, pouvait, à l'instar de la tempête, faire rouler le tonnerre au loin. Peu à peu, ils se rendaient compte que non seulement elle n'avait pas de foyer, mais qu'elle tendait à n'avoir ni lieu ni temps.

Une fois émergée du chaos, ses traits se modifiaient en permanence alors même qu'elle conservait quelque chose d'intact. On avait beau l'avoir exhumée, elle gardait en soi le froid de la terre où elle avait séjourné tant d'années. Ainsi dotée d'une vie duelle, elle continuait à perturber le monde.

En même temps, elle manifestait d'autres signes démontrant son appartenance à une espèce. Sa part intelligible sécrétait constamment des angoisses qui finissaient d'ailleurs par se dissiper. Mais, au lieu de se trouver alors débarrassée seulement de ses angoisses, il lui arrivait de voir se détacher d'elle des morceaux de son tronc, et ses affres occuper leur place.

D'autres de ses altérations, comme le tarissement ou le dessèchement d'une de ses parties, engendraient parfois des boursouflures ou des démangeaisons dans l'autre. De même, elle avait une nette tendance à se recroqueviller. Elle cherchait à se fabriquer une coquille pour s'y enfermer et, aussitôt après, la briser afin d'en sécréter une nouvelle.

Des éléments épiques se manifestèrent lorsque apparurent ses premières variantes. Avant même qu'une saison ne se fût écoulée, elle avait engendré trois Arian Vogli. Tous trois avaient la langue et les mains rabougries, conformément à la malédiction de l'incoercible légende, si bien qu'aucun d'eux n'était à même de s'expliquer. Toutefois, chacun affirmait du regard qu'il était le seul et unique Arian Vogli, autrement dit le véritable Démon.

Les camarades de prison ou de bagne qui s'étaient trouvés avec lui à Spaç, Burrel ou Fushabar, soutenaient chacun leur propre Arian Vogli, sans apporter le moindre argument probant pour écarter les autres.

Différentes variantes se répandirent, touchant non seulement d'autres personnages, mais aussi certains éléments clés de l'histoire. Par ailleurs, d'autres symptômes, comme la contraction d'événements échelonnés sur plusieurs saisons en une séquence de quelques heures, ou bien, à l'opposé, l'étirement d'un fait éminemment bref pour le charger d'années entières, témoignaient bien que cette histoire n'avait rien de plus pressé que de se métamorphoser en ballade. Et même, pour désigner ce dernier processus, un jeune universitaire était allé rechercher le mot *mbufatje*, « gonflement », employé près d'un siècle auparavant par des spécialistes allemands de l'épopée balkanique.

Un de ces « gonflements » parmi les plus nets avait été observé lors de la mémorable soirée d'Arian Vogli au palais des Brigades, lors du banquet d'anniversaire du Guide.

Voici donc l'histoire d'Arian Vogli, surnommé *Démon*, selon l'une des variantes « gonflées ».

Depuis longtemps ensevelie, celle-ci réémergea, en même temps que l'événement, dès la diffusion des premières rumeurs. Sitôt qu'ils entendirent l'histoire de la capture d'un fantôme par la Sûreté albanaise, histoire dans laquelle l'auteur de cette capture, on l'imagine, occupait le premier rôle, et surtout quand on eut reconnu qu'après avoir d'abord été couvert d'honneurs – promotion, décoration dans l'Ordre du Drapeau, etc. –, il avait été frappé un an plus tard par une malédiction et doublement puni, par l'État et par le Ciel, autrement dit d'une peine de prison et d'une infirmité ; dès le moment, donc, où se fut remise à courir cette ancienne rumeur, de nombreux ex-détenus se souvinrent d'avoir rencontré l'infirme en prison ou au bagne.

Ah oui, un homme plutôt jeunet, de taille plutôt moyenne, aux yeux gris de séducteur, dont non seulement les deux mains mais la langue étaient toutes recroquevillées ? Oui, j'ai passé avec lui deux ans au camp de Torovica, dans le même baraquement. On racontait qu'il avait été maudit par une vieille femme de Lezhe.

C'était quelque chose d'approchant que rappelaient à son sujet les vétérans de la prison de Burrel, de la mine de Spaç, et surtout ceux du camp de Fushabar. Sa description physique, surtout celle de ses mutilations, et le fait que l'homme eût été frappé par un mauvais sort, concordaient avec les témoignages antérieurs. Sur le dernier point, il n'y avait que quelques menues divergences (certains affirmaient avec force que c'était la malédiction de la vieille femme catholique qui l'avait amoché, d'autres imputaient la chose au fantôme), mais c'était le seul sur lequel les narrateurs se faisaient mutuellement des concessions.

Que prisons et bagnes fussent des lieux où on pouvait rencontrer non seulement des estropiés, mais les infirmités physiques les plus impressionnantes, c'était dans l'ordre des choses. Pourtant, nul n'eut recours à cette évidence pour contredire les narrateurs. En général, ceux-ci ne se montraient d'ailleurs pas exclusifs. Ils admettaient que d'autres aussi avaient bien pu vivre près du Démon. Ils justifiaient même sa présence en divers camps et prisons par les transferts de détenus d'un endroit à l'autre. On eût dit que les protagonistes de cette histoire se refusaient tous, comme s'ils y étaient incités par un conseiller commun, à la prendre seuls en charge. Tout comme autrefois, elle paraissait ne pouvoir être assumée ni par un individu isolé, ni par un groupe, peut-être pas même par une génération entière.

« Que se dessèche ta langue, toi qui as voulu espionner celle du mort ! » Tels avaient été les termes, rapportait-on, de la malédiction proférée par la vieille de Lezhe.

Et cet anathème avait poursuivi l'homme pas à pas, saison après saison, année après année. D'abord son élocution avait commencé à s'empâter, puis son débit s'était ralenti, enfin, après sa langue, ce sont les articulations de ses doigts qui s'étaient raidies.

Il avait beau changer de prison ou de camp, le mal lui faisait escorte, tant et si bien que lui-même se rendit compte que ce n'était ni la désolation des montagnes du Nord, ni l'humidité de la plaine centrale qui l'affectaient, mais tout autre chose. Tôt ou tard, la malédiction finissait par l'atteindre, où qu'il fût. Il ne pouvait plus plier les doigts, et sa langue s'était empâtée à tel point que son parler, de son propre aveu, s'identifiait à celui du mort quand il l'avait déterré par cette mémorable nuit d'octobre.

Ç'avait aussi été sa dernière confidence avant que Dieu ne le privât totalement de l'usage de la parole.

Au début, il avait cru que l'objet de la malédiction se limitait à calquer son parler sur celui, pâteux, du fantôme, mais, par la suite, il comprit que le sort avait été bien cruel envers lui et avait poussé son châtiment encore plus loin.

C'est ainsi, mains raidies et langue figée, qu'il allait et venait dans la cour du bagne ou celle de la prison, sous le regard intrigué des autres détenus. Dès lors qu'ils le savaient incapable de répondre, ils lui posaient encore plus de questions : Raconte, comment as-tu pu commettre une pareille horreur : déterrer un mort ? Comment l'as-tu forcé à parler, puis fait voler à travers ciel en le tenant par le cou, pour le conduire au banquet du tyran ? Tu n'as donc pas craint que le Ciel te punisse, Démon ?

Les yeux écarquillés, il affrontait leur regard. Il n'était nullement effrayé, il ne cherchait ni à s'enfuir, ni à inspirer la compassion. La seule souffrance que reflétaient ses traits était celle due à son infirmité. Mais la plupart de ceux qui allaient témoigner plus tard prétendirent que venait un moment où, dans la grisaille de ses yeux, ils discernaient comme un éclair qu'on eût dit émaner de l'autre monde.

L'histoire « gonflée » d'Arian Vogli, celle dont on pensait qu'elle s'étirait sur une période de six à sept ans, n'avait en fait duré que quelques heures.

Lorsque, à cette fameuse soirée en compagnie du sosie du tyran, Arian Vogli avait repris connaissance, il avait encore la tête appuyée sur la table. La première chose qui lui vint à l'esprit fut qu'on ne l'avait pas empoisonné. Aussitôt, il eut envie de rire tout seul : qui l'eût empoisonné, et pour quelle raison ?

Il ne parvenait pas encore à déterminer l'endroit où il se trouvait. Puis, son regard se porta sur le siège vide placé en face de lui et, de la paume, il se frictionna le front. J'ai sûrement rêvé, se dit-il, et il se leva. Il fit quelques pas vers la porte, examina une nouvelle fois les murs de la pièce, porta encore la main à son front. L'ombre du Guide avait disparu, mais la pièce et les sièges étaient les mêmes : ceux de son rêve.

Il ouvrit lentement la porte et sortit dans le couloir. Il se rappela vaguement être entré par là. Ayant fait quelques pas, il déboucha dans un autre couloir, plus long. Puis dans un autre. Par un vitrage, il aperçut un pan de salle où traînaient encore les vestiges d'un banquet : verres à demi vides, serviettes jetées négligemment, couverts non enlevés.

Le souper officiel est donc terminé, se dit-il. À l'intérieur du palais, les lustres s'éteignaient l'un après l'autre. Les chandeliers aussi.

Il n'eut pas le temps de se demander ce qu'il allait advenir de lui ; deux inconnus surgirent, il ne savait d'où, à ses côtés.

Tu as pu te reposer un peu ? dit l'un. Viens, on s'en va.

Arian Vogli fut tenté de demander : Où ça ?, mais la question lui parut déplacée. Il devait s'estimer heureux de ne pas avoir été oublié, malgré tous les tracas occasionnés par le banquet.

Ils parcouraient l'immense hall quand, sous le manteau d'un de ses accompagnateurs, il eut l'impression de discerner une blouse blanche. Puis il remarqua la sacoche qu'il tenait à la main.

Qu'est-ce que j'ai ? questionna-t-il avec une petite voix. Me suis-je évanoui durant la soirée ? Aurais-je commis quelque excès ?

Rien de grave, fit le premier. Un léger étourdissement, sûrement dû à la fatigue.

Le second avait déjà atteint la porte et leur faisait signe de le suivre.

Dehors, un véhicule les attendait. Tous trois prirent place – lui au milieu – sur la banquette arrière. Les deux autres lui parurent le serrer d'un peu près. Dans son cerveau redéfilaient confusément son départ précipité de B., le matin, le vol, puis le souper avec le sosie du Guide. C'était beaucoup pour une seule soirée. D'autant plus que tout cela l'avait trouvé déjà mort de fatigue.

Où allons-nous ? demanda-t-il au bout d'un instant. À l'hôtel ?

Les deux autres semblèrent hésiter à lui répondre.

Si ce n'est à l'hôtel, ce sera à une « maison d'hôte », se répondit-il à lui-même. Ne lui avait-on pas déclaré que, désormais, une existence nouvelle allait commencer pour lui ?

Les lampadaires bordant la route s'espaçaient de plus en plus. Ils finirent par disparaître. Son inquiétude se dissipa à l'idée que les « maisons d'hôte » étaient en général situées hors des villes. Les plus secrètes étaient même toujours les plus éloignées.

Il chercha à somnoler, mais sans succès. À un moment donné, à travers les glaces du véhicule, il eut l'impression de discerner, dans la faible clarté de la lune qui avait soudain surgi d'on ne savait trop où, des cimes enveloppées de brouillard. Il n'y avait là rien d'étonnant si on le reconduisait directement à B. Sa section au complet y était absorbée de jour comme de nuit à tirer au clair le complot. Lui, son chef, devait réintégrer son poste.

L'hypothèse selon laquelle on le conduisait à quelque hôtel ou « maison d'hôte » lui parut subitement absurde. Lui-même s'occupait de la mise au jour de la plus grave conjuration ourdie contre le régime au cours des dix dernières années. Il ne devait pas perdre un seul jour, pas même une heure à batifoler ici ou là. Il était de son devoir de rentrer au plus tôt à B. afin de continuer à semer la terreur dans la ville qui, depuis quatre jours, se réveillait et s'endormait déjà dans l'angoisse.

C'était ce qu'il pensait, mais cela ne contribuait en rien à le délivrer de sa propre anxiété. Le véhicule ralentit et il fut surpris de le voir s'arrêter. Ses accompagnateurs descendirent les premiers.

Dans la nuit, il distingua un bâtiment tout en rez-de-chaussée, évoquant le relais de chasse de Lezhe.

Nous sommes arrivés, lui dit, en lui faisant signe de le suivre, l'un des deux hommes qui l'escortaient. On va se reposer un peu.

Quelqu'un ouvrit la porte de l'intérieur. Tous trois entrèrent. La froide nudité des corridors donnait le frisson. Un pâle lumignon, au fond de l'un d'eux, permettait tout juste de distinguer les portes.

L'un de ses accompagnateurs pénétra le premier dans une pièce, puis lui-même et l'autre – l'homme à la blouse blanche sous son manteau – l'y suivirent. Il se tourna vers eux afin de leur demander pourquoi ils étaient descendus en cet endroit. Ils ne lui fournirent aucune explication. Qu'était-ce que cette maison, et pourquoi devaient-ils y passer la nuit ? Il entrouvrit à nouveau les lèvres pour parler, mais l'éclat de leurs yeux, brillant comme une lame, le paralysa.

Pétrifié, il les regarda s'occuper de son corps comme s'il se fût agi de celui d'un autre : ils s'étaient jetés sur lui, l'avaient fait basculer sur un grabat et s'affairaient à lui enchaîner les mains derrière le dos. À aucun moment il ne parvint à pousser le genre de cris – Mais que faites-vous ? Vous êtes fous ! Qui êtes-vous donc ? – qui lui venaient à l'esprit. Il se borna à émettre un « Oh ! » très étiré, douloureux, et la pensée que, si insensé que tout cela pût paraître, il s'y était au fond attendu, l'accabla profondément.

Vus de par en dessous, ils lui paraissaient encore plus effrayants. L'un d'eux, celui à la blouse blanche, avait ouvert sa sacoche, qui se révéla être une trousse d'infirmier, et en tira quelque objet. Il voulut dire : Inutile de me faire une piqûre ; comme vous voyez, je n'ai nulle intention de vous résister... – mais il se ravisa aussitôt : après tout, un tranquillisant ne lui ferait pas de mal.

Maintenant apaisé, il suivit les gestes de l'homme, le regarda remplir la seringue, frotter son bras gauche avec un coton, le corps penché sur lui. L'injection se révéla douloureuse, mais encore plus pénible la diffusion du liquide à l'intérieur de son organisme.

Il n'avait pas encore perdu connaissance quand on lui scarifia le bras droit comme pour lui administrer quelque vaccin. Après un spasme rapide, il s'évanouit.

Les deux hommes ne marquèrent pas de pause. Celui à la blouse blanche lui ouvrit la bouche et entreprit de lui sortir la langue. Puis il s'attarda à préparer une nouvelle seringue. Enfin, tenant la langue d'une main, de l'autre il y planta l'aiguille.

— À présent, tu peux lui ôter ses liens, lança-t-il à l'autre. Il n'en aura plus jamais besoin.

Au petit matin, quelques heures plus tard, la première pensée à venir à l'esprit d'Arian, dès qu'il eut repris connaissance, porta précisément sur ses chaînes : On ne me les a donc pas ôtées ? se dit-il.

Il se tourna sur son flanc droit, puis prit appui sur son épaule pour se redresser, effectuant un mouvement naturel à quiconque a les poignets liés. Ayant enfin réussi à se lever, il s'aperçut, à sa vive surprise, qu'il avait en fait les mains libres. Mais son étonnement se mua alors en épouvante : Que m'avez-vous fait ? s'écria-t-il en son for intérieur. Puis il inspira profondément avant de hurler : Qu'est-ce que vous m'avez fait ?

Il s'efforça de hurler aussi fort qu'il pouvait, mais il tomba aussitôt à la renverse, comme frappé par la foudre. Il n'avait articulé aucun mot, mais seulement poussé un cri sauvage, inhumain, intermédiaire entre le meuglement du bœuf et les égosillements d'un oiseau orphelin.

Au matin, les hommes revinrent. Ils paraissaient détendus, souriants même.

Ils lui dirent bonjour, et l'un d'eux, celui à la blouse blanche, alla jusqu'à ajouter : « Ce n'est pas bien de ne pas répondre quand on te salue. Enfin, nous ne nous vexerons pas... » Puis il reprit après s'être assis : « Nous avons besoin d'urgence de quelques renseignements. Toujours à propos du complot dont tu as commencé à débrouiller les fils... Tu as toi-même travaillé dans cette branche et tu sais combien toute obstination est vaine en pareil cas. Tu ferais donc mieux de répondre aux questions qu'on te pose.

Qu'est-ce que cette comédie ? dit-il ou crut-il dire. Vous savez fort bien que je ne peux pas parler. Vous...

Dans l'effort qu'il avait déployé pour articuler quelques syllabes, sa langue lui avait paru de plomb. C'est alors seulement qu'il remarqua le petit appareil enregistreur que l'autre tenait dans sa main.

– Continue, fit-il d'une voix suave, avec une sorte d'air reconnaissant. Continue, cher Arian...

En un éclair lui vint à l'esprit le motif de cet enregistrement. Tout cela était dicté par la vieille règle d'or selon laquelle ceux qui en savent trop ne doivent jamais parler. On lui avait racorni la langue pour le rendre incapable de proférer le moindre mot. Cela, c'était comme s'il l'avait su depuis un millier d'années. Il se l'était d'ailleurs déjà rappelé, le soir où il avait dîné en tête à tête avec le Double. Il avait craint d'être empoisonné, mais ce qu'il venait de subir n'était qu'une variante du même supplice. À présent, on lui faisait passer des tests. Comme on estimait qu'il était un homme fini, on ne prenait même plus la peine de lui dissimuler le but ultime de tout cela. Tout comme lors de cette soirée en compagnie du sosie.

– Continue, Arian, lui répétait l'homme à la blouse blanche du même ton affable.

Arian sentait son cerveau fonctionner fébrilement. À la différence de tout à l'heure où il avait hurlé à l'idée d'avoir perdu la parole, il avait maintenant l'impression qu'il lui en était resté une parcelle. Peut-être aurait-il avantage à le dissimuler ? À feindre d'être absolument muet, tout au moins à leur donner le change. Sinon, ils allaient lui infliger une autre piqûre. Pour le faire taire définitivement.

Il résolut ainsi de s'exprimer le plus pâteusement qu'il pouvait, dans l'espoir qu'on lui ficherait la paix. Qu'on se persuaderait qu'avec cette langue de plomb, il était désormais incapable de révéler quoi que ce fût.

Mais il eut un brusque sursaut : si on lui avait esquinté la langue, cela voulait dire qu'on entendait le laisser en vie. Autrement, il existait une autre voie, plus expéditive. Non, il ne devait pas chercher à les abuser. Tôt ou tard, ils s'en apercevraient.

– Queu... voaou-lez-vooous... saa-voooir ? demanda-t-il.

– Tu le sais bien, répondit l'homme à la blouse blanche. Raconte-nous tout.

Arian Vogli se mit à parler. L'autre hochait la tête de temps à autre. Apparemment, il ne se souciait guère de ce que pouvait dire l'interrogé. Celui-ci pouvait aussi bien narrer ses malheurs récents, son premier amour ou l'enterrement de sa mère.

Et les mains ? voulut-il interroger. Bon, vous m'avez estropié la langue, mais pourquoi vous en êtes-vous pris à mes mains ?

La réponse ne tarda pas à lui venir d'elle-même : pour qu'il ne pût pas témoigner par écrit.

C'était bien cela, et rien d'autre. Tout se déroulait selon la logique des choses. Les mains devaient connaître le sort de la langue. Sauf si l'écriture n'avait pas été de ce monde. Peut-être l'aurait-on alors épargné. Mais elle en était.

L'idée qu'il était peut-être ici-bas celui qui payait le plus lourd tribut à l'invention de l'écriture, le plongea dans une douce affliction.

Quarante-huit heures plus tard, on le conduisit à l'hôpital de la prison de Tirana. Il se retrouva seul dans une chambre. D'autres sbires l'avaient à présent pris en charge. Deux fois par semaine, ils venaient constater les progrès de son bredouillement tout en ne se gênant pas pour bavarder entre eux. Parfois, en sa présence, ils réécoutaient la « conversation » qu'ils venaient d'enregistrer, ponctuant l'audition de « Très bien », « Reviens un peu en arrière »... Un matin, l'un d'eux, qui paraissait être le chef, déclara même : « Je ne pense pas qu'il ait besoin d'une nouvelle dose. »

À l'évidence, ils ne voyaient plus en lui qu'un zombie. Il leur lança un regard reconnaissant, mais, dès qu'ils furent sortis, il s'effondra et pleura un long moment en silence.

Sa langue désenfla peu à peu, mais son bafouillement, tout en se modifiant, ne diminua guère. Convaincus qu'il ne simulait pas, ils ne cachaient pas leur satisfaction.

Deux mois plus tard, lors du dernier test auquel on le soumit, son élocution lui parut ressembler comme deux gouttes d'eau à la voix émanant de l'homme mort, plus de trois ans auparavant, par cette mémorable nuit du 13 octobre où il l'avait déterré.

Pour la première fois, il se rangea à l'idée qu'une malédiction l'avait bel et bien frappé.

Bien que le bruit de son arrestation eût couru à plusieurs reprises, Arian Vogli ne fut pas jeté en prison. Le fait que nombreux, parmi son abondante parentèle, étaient ceux qui travaillaient dans des comités du Parti ou des sections de la Sûreté, avait apparemment joué en sa faveur. Son infirmité fut considérée comme la suite d'une intoxication au cours d'une soirée louche où sa présence, tout en n'ayant pas été expressément désavouée, n'avait cependant pas été jugée motivée par des raisons de service. Par ailleurs, le certificat attestant sa mise à la retraite pour raisons de santé ne spécifiait pas la nature de son infirmité.

Probablement fut-ce le flou de cette situation et surtout son éloignement de la vie publique qui encouragèrent la diffusion de sa légende dans les bagnes et prisons.

Lui-même n'avait plus de langue pour parler, mais comme, pour colporter des on-dit, la langue d'autrui est toujours plus féconde, sa légende put ainsi perdurer au fil des années.

Entre-temps, les rumeurs allaient bon train. Au cours d'une rencontre avec lui, racontait-on, l'écrivain Skender Bermena, tout en s'efforçant de décoder son bafouillement, et considérant surtout cette élocution angoissée et erratique comme un effet de l'extrême renforcement de la censure, des obstacles mis à l'expression qui accablaient l'homme depuis des millénaires, s'était livré à une expérience littéraire : édifier un roman entier à partir de ces quelques borborygmes si péniblement sortis de l'antre noir du mutisme.

Dense comme une poussière de naine blanche, composé de quelque neuf à douze lignes, qualifié çà et là de « roman impossible » ou de « contre-roman », intitulé même *I Damun,* ou *le Damné,* d'après l'ancien vocable albanais dont on disait dériver le mot *démon,* cet ouvrage ne devait jamais voir le jour.

La triste histoire de la découverte et de la condamnation du groupe qui s'adonnait au spiritisme connut un sort diamétralement opposé à celui de la destinée d'Arian Vogli. Les faits, qui s'étaient étalés sur cinq ou six mois, se resserrèrent et se contractèrent d'abord sur une durée de cinq à six heures, pour se réduire encore ensuite à cinq à six minutes. Voici ce récit ultracondensé de la séance de spiritisme :

Sitôt après l'exhumation de Shpend Guraziu et l'audition de sa voix, Arian Vogli et ses hommes, crottés comme ils étaient, coururent d'une traite jusqu'à l'appartement où était déjà en train de se dérouler une séance. Le visage blafard, le médium se plaignait de ne pouvoir entrer en communication avec *Spiritus*. Il y a des parasites dans l'air, disait-il, des obstacles bizarres... Il prononçait ces derniers mots quand la porte du logement fut enfoncée et Arian Vogli et ses hommes, couverts de boue, y firent irruption. Hé oui, il y a des obstacles ! glapit-il. Puis, exhibant dans sa main la cassette de magnétophone, il se mit à ricaner comme le Diable en personne : Vous attendiez un esprit ? Eh bien, c'est moi qui l'ai capturé ! Qui c'est que j'ai ici ? Hé-hé, il gigote et tremblote comme un oisillon dans mon poing... Maintenant, tendez-moi les vôtres, que je vous passe les menottes...

Mais la réalité vécue avait été toute différente de ce scénario. Le déroulement de l'affaire, les personnages qui y participèrent, enfin et surtout sa durée n'avaient rien à voir avec cela. La durée, par exemple, avait été environ quarante mille fois supérieure à celle de la légende. Quant à l'auteur de la capture, Arian Vogli, dont le hé-hé ricanant était aussi, semble-t-il, le premier symptôme de sa transfiguration en Démon, il n'avait même pas pris part à l'arrestation du groupe, encore moins à l'élucidation du complot. Il croupissait dans une chambre d'isolement avec sa langue ratatinée, cependant que des escouades de galonnés, débarqués de la capitale, s'employaient jour et nuit à « débrouiller les fils ».

L'enquête, fort longue, s'étira sur plus de six mois. Le bruit courait que le Guide lui-même en suivait pas à pas les progrès. Comme il l'avait confié à ses proches, il ne voulait pas quitter ce monde sans avoir tout appris de cette ultime conjuration, apparemment la plus redoutable, contre lui et l'Albanie.

La première personne arrêtée fut Skender Morina, suivi le lendemain par le médium. Dans le courant de la même semaine furent tour à tour appréhendés les occupants de l'appartement, puis Nicolas, madame Greblleshi et les autres.

Skender Morina ne cacha pas qu'il avait voulu envoyer un appel à l'aide à l'Occident, que c'était même lui qui avait poussé Shpend Guraziu à s'adresser aux sénateurs français. Quant à la complicité des autres, il la nia farouchement. Il fut torturé avec sauvagerie puis, tôt le matin, emmené pour être mis à mort. Des gens qui l'avaient entr'aperçu rapportèrent qu'il avait un bras et un œil arrachés. On le jeta, encore à demi vivant, dans le puits d'une mine de charbon désaffectée hors de la ville.

Le médium mourut sous les sévices. Nicolas, bien qu'il eût accepté de signer n'importe quel aveu, ne connut pas un sort meilleur. Les autres non plus. Les enquêteurs les soupçonnaient de cacher le secret principal : la voie par laquelle l'Occident devait faire parvenir sa réponse.

Entre-temps, le dossier de l'affaire ne cessait de s'épaissir. Tour à tour, deux hauts fonctionnaires de la Sûreté, le commandant de la base navale de Pacha Liman et l'ancien ambassadeur d'Albanie à Paris furent coffrés. Les soupçons, murmurait-on, montaient plus haut encore, ce qui était dans la logique des choses pour un complot de cette envergure.

Quand on en vint à mettre en cause le ministre de l'Intérieur en personne, tous sentirent que ce n'était pas la limite, mais l'amorce d'une escalade. Tout indiquait que l'orage allait s'abattre sur le Bureau politique. C'est bien ce qui se produisit.

Pendant ce temps-là, les habitants de B., hébétés, écoutaient le journal télévisé de vingt heures sans pouvoir se faire à l'idée que le séisme qui secouait le pays avait eu pour épicentre le cimetière éploré de leur petite bourgade de province. C'était de là qu'avait jailli la voix qui, plus terrifiante que les trompettes de l'Apocalypse, pétrifierait le monde entier.

Tout cela fut évoqué de manière confuse et vague en cette sortie d'hiver. Dans la mesure où il se remanifestait, l'événement restait dangereux. Toujours mi-chair mi-poisson, hybride, son corps appartenait bien à l'époque moderne, tout en étant enveloppé des dures écailles du mythe. À l'évidence, une de ses deux natures cherchait à l'emporter sur l'autre.

Après s'être efforcés de l'oublier, les gens avaient plus ou moins compris que la seule façon de s'en délivrer était précisément de s'occuper de lui. De l'aider à s'embaumer lui-même. Sinon, dans l'état où il était, ni vivant ni mort, il continuerait de leur rester entre les pattes.

À présent il vieillissait et s'étiolait de jour en jour. Mais, au moment précis où il paraissait se recroqueviller à l'extrême pour se réduire à un simple noyau, il se redéployait soudain avec une énergie redoublée. C'est ainsi qu'au début de mars, comme dans une brusque tempête, les deux versions s'entremêlèrent et s'empoignèrent, déchaînées, dans un ultime effort pour s'entr'anéantir.

On eut amplement recours à de vieux modèles et archétypes dont l'efficacité était censée se mesurer à l'aune de leur ancienneté. Pour commencer, le souper officiel au palais des Brigades qui, à première vue, pouvait paraître fort éloigné de l'univers épique, fut refondu et réélaboré afin de reparaître sous une forme nouvelle. Le vieux canevas du « Repas avec le mort » se révéla déterminant dans sa mutation. L'invitation du mort à dîner, la promesse de le conduire à ce banquet, la double arrivée d'Arian Vogli et de Shpend Guraziu (Démon et Spiritus) au palais des Brigades (tous deux d'une extrême pâleur, l'un pour avoir séjourné trois ans sous terre, l'autre pour être descendu l'exhumer), tout cela vint alimenter l'une des deux principales versions du dîner. L'autre, fondée essentiellement sur la rencontre d'Arian Vogli avec le Double, eut tendance à s'en dissocier pour s'affirmer de son côté. Comme le Double avait été l'image du Guide, sa figure reflétée dans un miroir, ou encore son fantôme, le modèle épique paraissait tout à fait indiqué pour rendre la ballade du « Dîner avec le tyran mort ».

La part la moins intelligible de l'événement était celle qui ressortissait à la géopolitique. L'isolement volontaire de l'Albanie, son oubli par le reste du monde, la délégation de sénateurs français, la tentative d'envoyer un message à l'Occident, donc à l'OTAN, tout cela aussi était relativement étranger à l'univers de la légende. Celle-ci possédait bien des cuves et des solvants pour les traiter, mais trop modernes, et, partant, moins parfaits que les ustensiles et l'auge antiques où elle malaxait la pâte de mort. De vieilles tournures poétiques comme « Qu'est-ce donc qu'écrit et dit l'Europe ? », ou... « Là-bas en la noire Espagne... », mêlées à des extraits de journaux contemporains, voire à des apostrophes de partis politiques dans la presse à propos par exemple du trésor du Guide mis à l'abri dans des banques suisses (au milieu des pierres précieuses se trouvait aussi, racontait-on, la cassette contenant la voix de Spiritus), et surtout cette pomme de discorde : l'Albanie est-elle seule responsable de son isolement ou bien le monde a-t-il sa part dans cette vilenie ? – tout cela, quoique frayant avec la légende, paraissait devoir en tout état de cause demeurer en dehors. Mais c'était aussi précisément cela qui, curieusement, avait alimenté l'une des deux variantes finales : celle de la terre qui avait parlé. Abandonnée, muette, inécoutée, l'Albanie avait si douloureusement exhalé son dernier souffle que, par une nuit d'octobre, ce râle avait fait parler la terre comme si ç'avait été son âme.

En cette fin d'hiver, on sentit que, si étroitement que se condensât l'histoire, sa contraction ne pouvait aller au-delà, si bien que le « message de la terre » et la « capture de l'esprit » allaient en demeurer les deux noyaux.

Enchevêtrés, ces deux motifs principaux se rapprochaient de plus en plus, même quand ils paraissaient s'éloigner l'un de l'autre. Ce qui les liait, ce n'était pas seulement les mêmes protagonistes, Démon et Spiritus, mais aussi des dizaines d'autres fils. Un seul d'entre eux – la commune souffrance suscitée par l'obstacle, et l'effort pour le franchir – aurait suffi à en faire des jumeaux pour l'éternité. Il se retrouvait partout : obstacle à l'envoi d'un message au reste du monde, obstacle à la communication du médium avec Spiritus et à la conversation avec ses amis, obstacle à l'atterrissage de l'hélicoptère, à la liaison radio avec le pilote, rideau de brouillard séparant Arian Vogli du Double du tyran, paralysie frappant la langue de Démon et qui le faisait divaguer avec ses borborygmes, enfin bâillon mis à cette terre qui a su depuis lors l'arracher en réalisant l'impossible : l'exhumation du dernier râle de l'Albanie.

Au printemps, avant le retour des premières cigognes, on enregistra de nouveaux changements, mais moins profonds. De même que deux cyprès tout proches finissent par fusionner, les deux séduisants personnages féminins de cette triste histoire, Edlira Gjikondi et Suzana K., se réunirent et se fondirent en un seul.

De ce fait, l'inimitié opposant Démon et Spiritus s'enrichit d'un nouveau motif, cette fois éternel : la jalousie. En dehors du reste, ils s'affrontaient donc aussi à cause de cela. Ils se poursuivaient à travers ciel, criant « Elle est à moi ! », et leurs plaintes, par mauvais temps, s'entendaient de loin.

Bien qu'elle eût paru ne plus pouvoir se réduire davantage, l'histoire continua de se contracter au fil du printemps. Comme autant de branches mortes, il en chut rapidement des pans entiers, les jeunes pousses délaissées s'étiolèrent et une volonté générale d'oubli parvint à accomplir ce que des années entières n'auraient pu provoquer. C'est ainsi que, successivement, l'histoire du soldat-acteur que l'on continuait d'évoquer à la frontière maritime pour semer la terreur, celle de la femme oculiste arrêtée à cause du dicton du Vieux Corbeau et de l'Aveugle, entre bien d'autres, s'effacèrent des mémoires.

L'écrivain Skender Bermena qui s'était appliqué, disait-on, à étudier les cycles de la légende, après avoir dilaté son travail de douze lignes en un manuscrit de mille feuillets, le recontractait à présent en vue de le réduire cette fois à sept lignes.

La rumeur relative à son dérèglement mental n'avait encore jamais enflé à ce point.

Vers la mi-avril, l'histoire désormais ancienne de Spiritus et du Démon était toujours évoquée, mais de façon bien différente de ce qu'il en avait été jusque-là. On en parlait d'un ton détaché, avec un certain air de lassitude, comme on évoque communément les étoiles ou bien des événements très éloignés.

La carapace sous laquelle elle s'était blottie non seulement la préservait contre toute ingérence par sa dureté et même son poli de granit, mais masquait son rayonnement troublant.

Un azur bleuté, grisant, quasi insoutenable, paraissait disposé à venir en aide à tout et à tout le monde en ce printemps-là.

L'entrée en scène du fils de Spiritus (le jour où le fils de Suzana K. fêtait son vingt-et-unième anniversaire, l'actrice révéla qu'elle était tombée enceinte dès son premier et ultime rendez-vous avec le défunt), l'apparition du fils, donc, qui, comme on pouvait s'y attendre, se mit alors à la recherche de son père, loin d'affecter la ballade, lui valut une dernière contraction. Y avait naturellement contribué la Sainte Trinité chrétienne du Père, du Fils et du Saint-Esprit, formule à laquelle le frère franciscain Nik Prela avait dû de tomber sous le coup des *princes*.

Toujours binucléaire, la ballade restait tout aussi connue dans sa seconde variante, celle de « la terre qui a parlé ». Une formule encore plus antique en constituait le fondement : celle de la Bible présentant la création de l'homme par Dieu comme un mélange d'argile et d'esprit. En passant plus de trois ans sous terre et en se mêlant à elle, Spiritus avait finalement réussi à lui transmettre, comme dit la Bible, sa voix humaine.

C'est ainsi, hybride, que la ballade fut utilisée par les deux principales agences touristiques albanaises, « Albtourist » et « Shqiperiatourist ». Ayant l'air d'avoir été composée exprès pour ces deux officines rivales, elle était exploitée au même titre par les deux. Les flèches de l'une indiquaient l'emplacement du « piège à esprit » sur un haut plateau du Nord, près de l'ancienne auberge de l'« Os de Buffle » qu'elle avait achetée et convertie en motel. Quant aux dépliants de

Spiritus

l'autre, ils indiquaient que la « Plaine éplorée » (où la terre avait gémi et sangloté) se situait en Albanie centrale, non loin de la ville de B. ; à l'instar de l'agence rivale, elle avait réaménagé une auberge médiévale en lui restituant son appellation d'« Auberge des deux Robert », proscrite par les communistes.

Les brochures des deux agences, tout en mentionnant les dates des différentes saisons ainsi que les tarifs exprimés non seulement en monnaie locale, mais aussi en dollars et en marks, reproduisaient un extrait de la ballade.

Tirana - Paris
1995-1996

Impression réalisée sur CAMERON par
BRODARD ET TAUPIN
La Flèche

pour le compte des Éditions Fayard
en octobre 1996

Nº d'édition : 6979 – Nº d'impression : 6810Q-5
35-67-9716-01/8
ISBN : 2-213-59716-2

Imprimé en France
Dépôt légal : octobre 1996